TRILOGIA O ÚLTIMO POLICIAL

CIDADE DOS ÚLTIMOS DIAS

Tradução de Ryta Vinagre

CIDADE DOS ÚLTIMOS DIAS

Ben H. Winters

Rocco

Título original
COUNTDOWN CITY
The Last Policeman Book II

Copyright © 2013 *by* Ben H. Winters
Todos os direitos reservados.

Nenhuma parte desta obra pode
ser reproduzida no todo ou em parte sob qualquer forma.

Primeira publicação pela Quirk Books, Filadélfia, Pensilvânia.

A edição deste livro foi negociada através
de Ute Körner Literary Agent, S.L.U, Barcelona – www.uklitag.com

Direitos para a língua portuguesa reservados
com exclusividade para o Brasil à
EDITORA ROCCO LTDA.
Av. Presidente Wilson, 231 – 8º andar
20030-021 – Rio de Janeiro – RJ
Tel.: (21) 3525-2000 – Fax: (21) 3525-2001
rocco@rocco.com.br
www.rocco.com.br

Printed in Brazil/Impresso no Brasil

CIP-Brasil. Catalogação na fonte.
Sindicato Nacional dos Editores de Livros, RJ.

W746c	Winters, Ben H.
	Cidade dos últimos dias / Ben H. Winters; tradução de Ryta Vinagre. – 1ª ed. – Rio de Janeiro: Rocco, 2016.
	(O último policial; 2)
	Tradução de: Countdown city: the last policeman book II
	ISBN 978-85-325-2990-9
	1. Ficção norte-americana. I. Vinagre, Ryta. II. Título. III. Série.
15-21366	CDD–813
	CDU–821.111(73)-3

Para Adele e Sherman Winters (43 anos) e
Alma e Irwin Hyman (44 anos)

"O *Nahui Olin* não foi o primeiro sol. Segundo os astecas e povos vizinhos, houve quatro sóis antes dele. Cada sol controlava um mundo que foi destruído numa catástrofe cósmica. Estas catástrofes nem sempre resultaram em extinção em massa; às vezes as consequências eram transformativas, como de seres humanos em animais."
Meteors and Comets in Ancient Mexico
(Ulrich Köhler, in Geological Society of America Special Paper 356: *Catastrophic Events and Mass Extinctions*)

"Forever doesn't mean forever anymore
I said 'forever'
But it doesn't look like I'm gonna be around
much anymore."
Elvis Costello, "Riot Act"

PARTE UM

Um Homem com uma Mulher na Cabeça

Quarta-feira, 18 de julho

Ascensão Reta 20 08 05,1
Declinação - 59 27 39
Elongação 141,5
Delta 0,873 UA

1.

— É QUE ELE *PROMETEU* — disse Martha Milano, faiscando os olhos claros, as bochechas ruborizadas de angústia. Tristeza, perplexidade, desespero. — Nós dois prometemos. Prometemos um ao outro umas mil vezes.

— É verdade — digo. — É claro.

Tiro um lenço de papel da caixa na mesa de sua cozinha e Martha o pega, sorri amarelo e assoa o nariz.

— Desculpe — disse ela, e buzina de novo, recompõe-se, só um pouco, senta-se mais reta e respira fundo. — Mas, Henry, você é policial.

— Eu era.

— Está certo. Você era. Mas, quer dizer, tem...

Ela não consegue terminar, nem precisa. Entendo a pergunta, que flutua no ar entre nós e gira lentamente: *tem alguma coisa que você possa fazer?* E é claro que morro de vontade de ajudá-la, mas, francamente, não sei se *existe* alguma coisa que eu possa fazer, e é difícil, é impossível, sinceramente, saber o que dizer. Há uma hora que estou aqui sentado, ouvindo, anotando as informações em meu bloco de apontamentos azul. O marido desaparecido de Martha chama-se Brett Cavatone, 33 anos, visto pela última vez em um restaurante chamado Rocky's Rock 'n' Bowl, na Old Loudon Road, perto do Steeplegate Mall. O restaurante é do pai dela, explicou Martha, uma mistura de pizzaria e boliche de clientela familiar, ainda aberto, apesar de tudo, embora com um cardápio drasticamente reduzido. Brett trabalhava ali há dois anos, o braço direito do seu pai. Ontem pela manhã, lá pelas 8:45, saiu para resolver algumas coisas e não voltou.

Leio estas poucas anotações mais uma vez no silêncio preocupado da cozinha arrumada e ensolarada de Martha. Oficialmente, seu nome é Martha Cavatone, mas, para mim, ela sempre será Martha Milano, a menina de 15 anos que cuidava de minha irmã Nico e de mim depois da escola, cinco dias por semana, até que minha mãe chegava em casa, entregava-lhe dez pratas num envelope e perguntava sobre a família dela. Vê-la adulta é desnorteante, e ainda mais uma adulta vencida pela catástrofe emocional de ter sido abandonada pelo marido. Deve ser muito mais estranho para ela ter procurado por mim, justo por mim, em quem ela pôs os olhos pela última vez quando eu tinha 12 anos. Ela assoa o nariz de novo e lhe abro um leve sorriso gentil. Martha Milano, com sua mochila roxa JanSport abarrotada, a camiseta do Pearl Jam. Chiclete rosa-cereja e brilho labial canela.

Agora ela não usa maquiagem. O cabelo é um amontoado castanho e desordenado; seus olhos estão avermelhados de chorar; ela rói vigorosamente a unha do polegar.

— É nojento, não? — diz ela, quando me pega olhando. — Mas estive fumando feito uma louca desde abril e Brett nunca diz nada, embora eu saiba que isto o enoja. Tenho uma sensação idiota tipo, se eu parar agora, ele voltará para casa. Desculpe, Henry, você... — Ela se levanta abruptamente. — Quer tomar um chá ou outra coisa?

— Não, obrigado.

— Uma água?

— Não. Está tudo bem, Martha. Sente-se.

Ela arria de volta na cadeira, fica olhando o teto. Naturalmente, o que eu quero é café, mas graças a uma cadeia bizantina qualquer de desintegração da infraestrutura que determina a disponibilidade relativa de vários produtos perecíveis, não se consegue encontrar café. Fecho meu bloco e olho nos olhos de Martha.

— É difícil — digo devagar —, é muito complicado. Há muitos motivos para que a investigação de um desaparecido seja um desafio especial no ambiente atual.

— É. Não. — Ela pisca, fecha os olhos e os abre. — Quer dizer, claro. Eu sei.

Dezenas de motivos, na verdade. Centenas deles. Não há como mandar uma descrição pela rede, emitir um boletim geral ou incluir o caso na lista de desaparecidos e sequestrados do FBI. As testemunhas que talvez conheçam o paradeiro do desaparecido têm muito pouco interesse ou incentivo para divulgar essa informação, isso se elas próprias também não sumiram. Não há como ter acesso a bancos de dados federais ou regionais. Desde a última sexta-feira, parece que o sul de New Hampshire está sem eletricidade. Além disso, não sou mais policial e, mesmo que fosse, o Departamento de Polícia de Concord, por uma questão política, não investiga mais esses casos. Tudo isso faz com que as chances de encontrar determinado indivíduo sejam muito pequenas, é o que digo a Martha. Ainda mais porque — e aqui faço uma pausa, empresto à voz o máximo de carinho e sensibilidade que posso —, ainda mais porque muitas dessas pessoas foram embora por vontade própria.

— É — diz ela sem rodeios. — É claro.

Martha sabe de tudo isso. Todo mundo sabe. O mundo está mudando. Muitos ainda partem aos bandos em suas aventuras, chutam o balde, vão fazer mergulho ou transar com estranhos em parques públicos. E agora, mais recentemente, novas formas de partida abrupta, novas espécies de loucura à medida que nos aproximamos do fim. Seitas religiosas perambulando paramentadas pela Nova Inglaterra, competindo pelos convertidos: os Mórmons dos Últimos Dias, os Satélites de Deus. Os cruzados da misericórdia, viajando pelas estradas do deserto em ônibus com motores convertidos a gás de madeira ou carvão, procurando oportunidades para bons samaritanos. E naturalmente os sobrevivencialistas, em seus porões, acumulando tudo que podem, amontoando para o depois, como se bastasse alguma preparação.

Levanto-me, fecho o bloco. Mudo de assunto:

— Como está seu quarteirão?

— Está bem — diz Martha. — Acho.

— Existe alguma associação de moradores atuante?

— Existe. — Ela concorda inexpressivamente com a cabeça, sem ter interesse nessa linha de interrogatório, sem estar pronta para pensar em como serão as coisas para ela sozinha.

— Deixa eu te fazer uma pergunta. Hipoteticamente, se houvesse uma arma de fogo na casa...

— Tem — começa ela. — Brett deixou o...

Levanto a mão, interrompendo-a.

— Hipoteticamente. Você saberia usá-la?
— Sim. Eu sei atirar. Sim.
Concordo com a cabeça. Muito bem. Era só o que precisava ouvir. Tecnicamente, a posse ou venda de armas de fogo estão proibidas, embora tenha terminado meses atrás a breve onda de buscas de casa em casa. É claro que não vou de bicicleta até a School Street para denunciar que Martha Cavatone tem a arma de serviço do marido debaixo da cama — isto a colocaria na prisão pelo tempo que resta —, mas também não preciso saber de detalhe nenhum.

Martha resmunga "com licença" e se levanta, abre num solavanco a porta da despensa e estende a mão para uma pilha bamba de maços de cigarros. Depois se detém, bate a porta e gira o corpo para apertar os dedos nos olhos. É quase cômico, são gestos tão adolescentes: a procura impetuosa pelo conforto, a imediata e enfastiada abnegação de si mesma. Lembro-me de ficar em nossa varanda, aos sete ou oito anos, logo depois de Martha ir para casa no fim da tarde, tentando sentir a última lufada de canela e chiclete.

— Tudo bem, então, Martha, o que posso fazer é ir ao restaurante — ouço a mim mesmo dizendo — e fazer algumas perguntas. — Assim que as palavras saem de minha boca, ela atravessa a cozinha, abraçando-me pelo pescoço, sorrindo em meu peito, como se tudo já estivesse resolvido, como se eu já tivesse trazido seu marido para casa e ele estivesse na varanda, pronto para entrar.

— Ah, obrigada — diz ela. — *Obrigada*, Henry.
— Espere, escute aqui... espere, Martha.
Com delicadeza, tiro seus braços de meu pescoço, recuo um passo e planto-a diante de mim, invocando o espírito

severo e prático de meu avô, olhando firmemente nos olhos de Martha.

— Farei o que puder para encontrar seu marido, está bem?

— Sim — diz ela, esbaforida. — Você promete?

— Prometo. Só não posso prometer que vou encontrá-lo, e é claro que não posso prometer que o trarei para casa. Mas farei o que puder.

— Claro, eu entendo. — E ela está radiante, abraçando-me de novo, minhas observações de cautela entrando por um ouvido e saindo pelo outro. Não posso evitar, também sorrio, Martha Milano me abraça e estou sorrindo.

— É claro que vou pagar a você — diz ela.

— Não, não vai.

— Não, eu sei, não é com dinheiro *dinheiro*, mas podemos pensar em alguma coisa...

— Martha, não. Não vou levar nada de você. Vamos dar uma olhada por aí, está bem?

— Sim. — Ela enxuga a última lágrima.

* * *

Martha encontra para mim uma foto recente do marido, um bom instantâneo de corpo inteiro de uma viagem de pesca dois anos atrás. Eu o examino, Brett Cavatone, um homem baixo, de estrutura larga e forte, de pé na margem de um riacho na pose clássica, erguendo um achigã pingando água, homem e peixe olhando fixamente a câmera com a mesma expressão cética e melancólica. Brett tem barba preta, basta, sem aparar, mas o cabelo é tratado e curto, um corte à escovinha só um pouco crescido.

— Seu marido foi militar, Martha?

— Não — disse ela —, ele era policial, como você. Mas não de Concord. Da força pública estadual.

— Um oficial da polícia?

— Sim. — Martha tira a foto das minhas mãos, olha com orgulho.

— Por que ele saiu da força?

— Ah, sabe como é. Cansou-se. Quis mudar de vida. E meu pai estava abrindo o restaurante. Então, sei lá.

Ela resmunga esses fragmentos — *cansou-se, quis mudar de vida* — como se não exigissem outras explicações, como se a ideia de deixar voluntariamente a força policial tivesse um sentido evidente por si mesmo. Pego mais uma vez a fotografia e coloco no bolso, pensando em minha própria carreira breve: patrulheiro por 15 meses, detetive na Unidade de Crimes de Adultos por quatro meses, aposentado compulsoriamente junto com meus colegas em 28 de março deste ano.

Andamos pela casa juntos. Estou espiando os armários, abrindo as gavetas de Brett, sem encontrar nada de interesse, nada extraordinário: uma lanterna, alguns livros, uma dúzia de barrinhas de ouro. O armário e as gavetas da cômoda de Brett ainda estão cheios de roupas, o que, em circunstâncias normais, sugeriria um crime, e não abandono intencional, mas não existe mais o que chamamos de circunstâncias normais. No almoço de ontem, McGully nos contou uma história que ele ouviu: marido e mulher saíram para dar uma caminhada no White Park e a mulher de repente começa a correr, ela simplesmente foge, pula uma cerca viva e desaparece na distância.

"Ela disse, 'Segura meu sorvete um minutinho?'", dissera McGully às gargalhadas, urrando e socando a mesa. "E o pateta parado ali com dois sorvetes na mão."

A mobília do quarto dos Cavatone é bonita, resistente e simples. Na mesa de cabeceira de Martha há um diário rosa-choque com um pequeno cadeado de bronze, como o diário de uma criança, e ao pegá-lo sinto o mais leve cheiro de canela. Perfeito. Abro um sorriso. A outra mesa de cabeceira, a de Brett, tem um minitabuleiro de xadrez, as peças dispostas como se o jogo tivesse começado; o marido, Martha me diz com outro sorriso carinhoso, joga contra si mesmo. Acima da cômoda há uma pequena pintura de bom gosto de Cristo crucificado. Na parede do banheiro, ao lado do espelho, está um lema em letras maiúsculas e elegantes: SE TU ÉS O QUE DEVIAS SE, ATEARIAS FOGO NO MUNDO!

— Santa Catarina — diz Martha, aparecendo a meu lado no espelho, acompanhando as palavras com o indicador. — Não é lindo?

Voltamos ao térreo e nos sentamos de frente um para o outro no sofá marrom e limpo da sala de estar. Há uma coluna de trancas de segurança pela porta e filas de barras de ferro nas janelas. Abro meu bloco e reúno mais alguns detalhes: a que horas o marido saiu para trabalhar ontem, a que horas o pai dela apareceu, disse "você viu o Brett?" e eles perceberam que o homem estava sumido.

— Essa pode parecer uma pergunta óbvia — digo, quando termino de escrever as respostas que ela me dá. — Mas o que você acha que ele pode estar fazendo?

Martha atormenta a unha do dedo mínimo.

— Eu pensei muito nisso, acredite. Quer dizer, parece idiotice, mas pensei alguma coisa *boa*. Ele não sairia para fazer bungee jumping, nem injetar heroína nem nada disso.
— Minha mente tem um flash de Peter Zell, a última pobre alma em cuja procura saí, enquanto Martha continua: — Se ele foi mesmo embora, se ele não...

Concordo com a cabeça. Se ele não estiver morto. Porque esta possibilidade também paira sobre nós. Muita gente desaparecida sumiu porque morreu.

— Ele estaria fazendo alguma coisa *nobre* — conclui Martha. — Algo que ele pensava ser nobre.

Aliso as pontas de meu bigode. Algo nobre. Uma ideia forte de se ter a respeito do marido de alguém, em particular um marido que acaba de desaparecer sem dar explicações. Uma gota rosada de sangue apareceu na beira da unha de Martha.

— E você não acha que seja possível...
— Não — diz Martha. — Mulheres, não. De jeito nenhum. — Ela nega com a cabeça, inflexível. — Não o Brett.

Não pressiono, continuo. Ela me diz que ele circulava por aí em uma bicicleta preta de dez marchas; ela me diz que não, ele não tinha nenhuma atividade constante além do trabalho e da casa. Pergunto se há mais alguma coisa que ela precise me contar sobre o marido ou o casamento, e ela diz não: ele estava aqui, os dois tinham um plano, depois ele foi embora.

Agora só o que resta é a pergunta de um milhão de dólares. Porque, mesmo que eu consiga localizá-lo — o que quase certamente não conseguirei —, ainda há a questão de que o abandono de cônjuge não é ilegal e nunca foi e, naturalmente, a essa altura não tenho poder para obrigar ninguém a nada. Não sei exatamente como explicar isso a Martha Milano e desconfio de que ela de qualquer modo sabe, assim sigo em frente e digo:

— O que quer que eu faça se o encontrar?

A princípio ela não responde, mas se recosta no sofá e olha fixamente, quase com romantismo, em meus olhos.

— Diga que ele precisa voltar para casa. Diga que a salvação dele depende disso.

— A... salvação dele?

— Vai dizer isso a ele, Henry? A salvação dele.

Resmungo alguma coisa, não sei bem o quê, e baixo os olhos para o meu bloco, um tanto constrangido. A fé e o fervor são uma novidade; não eram características de Martha Milano quando éramos jovens. A realidade é que ela não apenas ama este homem e sente falta dele; ela acredita que ele pecou ao abandoná-la e sofrerá por isso no outro mundo. Que chegará, naturalmente, muito antes do que costumava ser.

Digo a Martha que voltarei assim que tiver alguma notícia e conto onde ela pode me encontrar, nesse meio-tempo, se precisar falar comigo.

Ao nos levantarmos, sua expressão se transforma.

— Meu Deus, desculpe, eu sou uma... desculpe. Henry, como está sua irmã?

— Não sei — digo.

Já estou na porta, abrindo caminho pela série de trancas e correntes.

— Você não sabe?

— Manterei contato, Martha. Contarei a você o que descobrir.

* * *

O ambiente atual. Foi o que eu disse a Martha: *a investigação de um desaparecido é um desafio especial no ambiente atual.* Suspiro, agora, diante da leve inadequação do eufemismo. Mesmo agora, 14 meses depois dos primeiros avistamentos esparsos e inacreditáveis, sete meses depois da probabilidade de impacto aumentar para 100%, ninguém sabe como chamar. "O problema", dizem algumas pessoas, ou "o que está acontecendo". "Essa loucura." Em 3 de outubro, daqui a 77 dias, o asteroide 2011GV$_1$, de 6,5 quilômetros de diâmetro, mergulhará no planeta Terra e destruirá a todos nós. *O ambiente atual.*

Desço animadamente a escada da varanda dos Cavatone para a luz do sol e solto a corrente da bicicleta de seu encantador bebedouro de cimento para passarinhos. O gramado deles é o único aparado na rua. Hoje faz um lindo dia, quente, mas não demais, o céu azul-claro, nuvens brancas ao sabor do vento. Um puro dia de verão sem complicações. Na rua, não há carros, nem barulho de carros.

Afivelo o capacete e levo a bicicleta lentamente pela rua, entro à direita, na Bradley, a leste para a Loudon Bridge, na direção do Steeplegate Mall. Uma viatura policial está estacionada no final da Church, com um policial ao volante, um jovem sentado reto, de óculos escuros com armação envolvente. Cumprimento-o com a cabeça e ele retribui, lento, impassível. Há uma segunda viatura na esquina da Main com a Pearl, esta com um motorista que reconheço ligeiramente, embora seu aceno em retribuição ao meu seja no máximo superficial, rápido e sem um sorriso. Ele faz parte da legião de jovens patrulheiros inexperientes que incharam as fileiras do Departamento de Polícia nas semanas antes de sua reorganização repentina pelo Departamento de Justiça — a mesma reorganização que dissolveu a Unidade de Crimes de Adultos e as outras divisões de detetives. É claro que não tenho mais os memorandos, mas a estratégia operacional atual parece ser a da presença esmagadora: sem investigações, sem policiamento de bairro, apenas um policial em cada esquina, reação rápida a qualquer sinal de perturbação da ordem pública, como nos acontecimentos recentes do Dia da Independência.

Se eu ainda *estivesse* na força policial, a Ordem Geral relevante para o caso de Martha seria a 44-2. Consigo invocar o formulário em minha mente, praticamente o vejo: Parte I, Procedimentos; Parte VI, Circunstâncias Anormais. Passos investigativos adicionais.

Tem um sujeito na Main com a Court, de barba suja e sem camisa, rodando e dando socos no ar, com fones no ouvido, mas aposto que não sai música nenhuma deles. Tiro as mãos do guidom e o barbudo acena, para e baixa os olhos, ajustando o volume inexistente. Depois de atravessar a ponte, pego um pequeno atalho, costuro pela Quincy Street e a escola fundamental. Prendo a bicicleta com a corrente na cerca do campo de jogo, tiro o capacete e passo os olhos pelo pátio de recreio. É o auge do verão, mas há um pequeno exército de crianças zanzando por ali, como tem havido todos os dias, o dia todo, jogando queimado e amarelinha, perseguindo-se pelo mato do campo de futebol, urinando no muro da escola de tijolinhos deserta. Muitos passaram a noite aqui também, acampados em suas toalhas de praia e colchas de *Star Wars: A Guerra dos Clones*.

Micah Rose está sentado em um banco nas cercanias do play, de pernas puxadas para cima, abraçadas junto do peito. Tem 8 anos. A irmã, Alyssa, tem 6 e anda na frente dele, de um lado a outro. Pego os óculos que estive carregando no bolso de meu casaco e entrego a Alyssa, que bate palmas, deliciada.

— Você consertou.

— Não eu, pessoalmente — digo, olhando Micah, que tem o olhar pétreo e fixo no chão. — Conheço um cara. — Aponto o banco com a cabeça. — Qual é o problema da fera?

Micah levanta a cabeça e faz uma carranca de alerta para a irmã. Alyssa vira a cara. Veste um casaco jeans sem mangas que dei a ela duas semanas atrás, de número duas vezes maior, com um aplique da banda Social Distortion nas costas. Pertenceu a Nico, minha própria irmã, muitos anos atrás.

— Vamos lá, gente — digo, e Alyssa olha Micah pela última vez e desabafa:

— Uns garotos grandes da St. Alban's estiveram aqui e pareciam uns malucos, empurrando e tudo, e pegaram umas coisas.

— Cala *a boca* — disse Micah. Alyssa olha dele para mim e quase chora, mas se recompõe.

— Eles levaram a espada de Micah.

— Espada? — digo. — Sei.

O pai dos dois é uma figura irresponsável de nome Johnson Rose, foi meu colega no secundário e por acaso sei que chutou o balde muito cedo. A mãe, se não ouvi a história errada, mais tarde teve uma overdose de vodca e analgésicos. Muitas crianças que passam o dia aqui têm histórias parecidas. Existe uma, Andy Blackstone — eu o vejo agora, quicando uma bola grande de borracha na escola —, criado, por um motivo qualquer, pelo tio. Quando a probabilidade aumentou para 100%, ao que parece o tio disse a ele para dar o fora.

Depois de sondar um pouco mais Alyssa e Micah, revela-se, para meu alívio, que o que se perdeu é um brinquedo — uma espada samurai de plástico que antigamente fazia parte de uma fantasia ninja, mas Micah usou no cinto por algumas semanas.

— Tudo bem — digo, apertando o ombro de Alyssa e me virando para olhar nos olhos de Micah. — Não é grande coisa.

— É um saco — diz enfaticamente Micah. — Um saco.

— Eu sei.

Passo pelas informações sobre Brett Cavatone até o final de meu bloco, onde marquei algumas pequenas tarefas para mim mesmo. Risco *Óculos de A.* e escrevo *Espada samurai*, seguido de alguns pontos de interrogação. Enquanto me levanto sem jeito depois de estar agachado, Andy Blackstone quica a bola para meu lado e me viro a tempo de ela pular da calçada e bater em minhas palmas estendidas com um golpe satisfatório e doloroso.

— E aí, Palace — grita Blackstone. — Quer bater uma bola?

— Fica para a próxima. — Pisco para Alyssa e recoloco o capacete. — Estou trabalhando num caso.

2.

O Rocky's Rock 'n' Bowl por acaso era uma grande construção de tijolos aparentes com janelas de vidro escuro e uma placa piegas acima da porta — notas musicais e uma família sorridente de desenho animado mastigando uma pizza. O Rocky's fica logo depois do exterior abandonado do Steeplegate Mall e para chegar lá é preciso passar pelo enorme estacionamento do shopping, atravessar uma pequena pista de obstáculos de lixeiras viradas derramando seu conteúdo e veículos abandonados, os capôs arrombados por ladrões para arrancar os motores. Na frente da porta do restaurante, sentado como uma estátua no alto de uma máquina automática de jornais vazia, está um garoto de uns 20, 21 anos, com uma barba irregular e rala de adolescente e um rabo de cavalo curto, que diz "Como é que vai?" enquanto me aproximo.

— Ótimo — digo, enxugando a testa suada com um lenço.

O garoto pula da máquina e se aproxima com cautela para me receber, tranquilão, as mãos metidas nos bolsos do casaco leve. Um truque de criminoso — nunca se sabe se ele tem uma arma ou não.

— Terno bonito, cara — diz ele. — Posso ajudar em alguma coisa?
— Estou procurando a pizzaria. — Aponto atrás dele.
— Claro. Desculpe, como é seu nome mesmo?
— Henry. Henry Palace.
— E como ouviu falar de nós?

Um monte de perguntas disparadas, não para ter as respostas, mas para ter uma análise: *esse cara é muito nervoso? O que ele quer?* Mas ele próprio está nervoso, os olhos resvalando com cautela de um lado a outro, e eu falo devagar e com calma, com as mãos onde ele possa ver.

— Conheço a filha do proprietário.
— Ah, não brinca. E qual é o nome dela mesmo?
— Martha.
— Martha — diz ele, como se tivesse esquecido e precisasse ser lembrado. — Valeu.

Satisfeito, o garoto dá um passo exagerado para trás, a fim de abrir a porta.

— Ei, Rocky — chama. Uma rajada de música e odores quentes da escuridão de dentro. — Um amigo de Martha. — E então, para mim, enquanto eu passo: — Desculpe pelo incômodo. Hoje em dia, todo cuidado é pouco, tá entendendo?

Concordo educadamente com a cabeça, perguntando-me o que ele tem escondido no casaco, o que significa que está metido ali para receber um visitante que não tenha as respostas certas: um canivete, um pé de cabra, um revólver de cano curto. *Hoje em dia, todo cuidado é pouco.*

A música que toca na pizzaria é rock and roll das antigas, metálico, mas alto; deve haver um rádio boombox movido a bateria enfiado em algum lugar, ajustado no máximo. O Rocky's é apenas um salão, largo como um hangar de avião, de teto alto, barulhento e cheio de eco. Em uma extremidade fica uma cozinha aberta com um enorme forno a lenha para pizza, alguns cozinheiros estão ali de mangas arregaçadas e aventais, tomando cerveja, agitados, rindo. A área de jantar tem as toalhas de mesa xadrez vermelho e branco clássicas e baratas, pequenos cilindros gordos de pimenta em pó, discos de vinil e guitarras de papelão expostas nas paredes. Há uma placa em formato de jukebox Wurlitzer anunciando os especiais do dia, todos com nomes de garotas de canções do rock clássico: Layla, Hazel, Sally Simpson, Julia.

Um homem parrudo de avental branco manchado sai gingando da cozinha, erguendo a pata de urso que é sua mão numa saudação amistosa.

— Como é que vai? — diz ele, exatamente como o garoto lá fora, a mesma cordialidade treinada. Barriga de Papai Noel, tatuagens desbotadas de âncora nos braços, manchas de molho escorrendo na frente como sangue de desenho animado. — Quer dar uns tiros ou vai comer alguma coisa?

— Uns tiros?

Ele aponta. Atrás de mim há seis pistas de boliche remodeladas como stands de tiro, com rifles em suportes numa extremidade e alvos humanos de papel na outra. Enquanto estou olhando, uma jovem com protetores de ouvido estreita os olhos e dispara a arma de paintball, estourando uma mancha amarela no braço do alvo. Ela grita, feliz, e o marido, talvez namorado, aplaude e diz, "Ótimo". Na pista seguinte, um corcunda de cabelos brancos, de um grupo de idosos, anda lentamente para o rifle quando é sua vez. Volto-me para o grandalhão.

— É o Sr. Milano?

— Rocky — diz ele, o sorriso tranquilo e relaxado paralisando-se e endurecendo. — Posso ajudá-lo em alguma coisa?

— Espero que sim.

Ele cruza os braços grossos, estreita os olhos e espera. É "Ooby Dooby" — a música que toca no rádio —, Roy Orbison das antigas. Adoro essa música.

— Meu nome é Henry Palace — digo. — Na verdade, já nos conhecemos.

— Ah, sim? — Ele sorri, satisfeito, mas desinteressado: um dono de restaurante, um homem que conhece muita gente.

— Eu era criança. Tive um surto de crescimento.

— Ah, tá legal. — Ele me olha de cima a baixo. — Parece que você teve vários deles.

Sorrio.

— Martha me pediu para tentar localizar o seu genro.

— Epa, epa — diz Rocky, de repente com os olhos mais afiados, olhando-me com mais cautela. — Que foi, você é da polícia? Ela chamou *a polícia*?

— Não, senhor. Não sou policial. Eu era, antigamente. Não sou mais.

— Bom, seja você o que for, deixa eu te poupar algum tempo — diz ele. — Aquele babaca disse que ficaria com minha filha até o dia da explosão, depois mudou de ideia e deu no pé. — Ele resmunga, volta a cruzar os braços. — Alguma pergunta?

— Algumas — digo. Atrás de nós, o baque surdo dos tiros de paintball batendo nos alvos. Esse tipo de coisa acontece por toda a cidade, em graus variados, as pessoas "preparando-se para o depois" de várias maneiras. Aprendendo a atirar, fazendo aulas de caratê, construindo dispositivos para conservação de água. No mês passado, a biblioteca pública deu um curso gratuito chamado "Coma Menos e Viva".

Rocky Milano leva-me pelo restaurante a um pequeno nicho abarrotado junto da cozinha. Sempre ouvi boatos sobre o pai de Martha, boatos idiotas de crianças, falados num tom confidencial por aqueles de nós que ficavam aos cuidados dela: ele tinha "conexões", "foi em cana", tinha uma folha corrida de um quilômetro. Uma vez acho que perguntei a minha mãe, que trabalhava na central de polícia, se ela podia puxar a ficha dele para mim, um pedido que ela tratou com o desprezo adequado a qualquer solicitação dessas partindo de um menino de dez anos.

Agora aqui está Rocky, desculpando-se com um sorriso bem-humorado enquanto empurra uma pilha de pratos de papel de uma cadeira para mim, acomodando-se atrás de uma mesa de metal amassado. Essencialmente, ele confirma tudo que foi dito por Martha. Brett Cavatone casou-se com sua filha cerca de seis anos antes, quando ainda era um policial estadual na ativa. Eles não tinham nada em comum, Brett e Rocky, mas se davam bem. O homem mais velho respeitava o novo genro e gostava de como tratava a filha: "Como uma princesa — como uma completa princesa." Quando Rocky decidiu abrir este lugar, Brett deixou a polícia para trabalhar para ele, ser seu braço direito.

— Tudo bem — digo, assentindo, tomando notas. — Por quê?

— Por que o quê?

— Por que vir trabalhar aqui?

— Ah, como é que é? Você não ia querer trabalhar para mim?

Levantei os olhos incisivamente, mas o sorriso tranquilo de Rocky ainda estava ali.

— Eu quis dizer: por que ele deixaria a polícia?

— Tá, entendi o que você quis dizer — diz ele, e agora o sorriso aumenta, alarga-se, mais propriamente, tomando mais terreno em sua cara redonda. — Terá de perguntar a ele.

É claro que ele está brincando, me fazendo de idiota, mas não me importo. A verdade é que estou gostando da companhia do pai de Martha. Estou impressionado com seu restaurante decrépito e sua insistência rebelde em mantê-lo aberto, proporcionando alguma normalidade e conforto até o "dia da explosão".

— O caso do Brett — diz Rocky, agora à vontade, recostado e com as mãos entrelaçadas na cabeça — é que o cara era o máximo. Trabalhava muito. Um touro. Ficava aqui mais do que eu. Fez a cadeira em que você está sentado. Batizou os especiais da casa, pelo amor de Deus. — Rocky ri, aponta distraidamente o salão, onde o marido e a mulher do tiro ao alvo agora estão sentados a uma das mesas, dividindo uma pizza. — Aliás, a que eles estão comendo é uma simples. O especial desta semana se chama Boa Sorte para Achar a Merda da Carne.

Ele gargalha, tosse.

— Mas então o plano era tocarmos o lugar juntos; depois, quando eu morresse ou ficasse de miolo mole, ele assumiria. É evidente que isso não está acontecendo, muito obrigado ao Sr. Asteroide Desgraçado, mas quando eu disse que manteria aberto até outubro, Brett falou "beleza". Sem problema. Ele topa tudo.

Concordo com a cabeça e tomo nota de tudo: *trabalhador — fez as cadeiras — aberto até outubro*. Preenchendo uma nova página do bloco azul.

— Ele prometeu — diz Milano, com azedume. — Mas o garoto fez muitas promessas. Como você já ouviu.

Baixo o lápis, sem saber o que perguntar agora, de repente dominado pelo absurdo de minha missão. Como se qualquer informação vá me preparar para sair na imensidão caótica que se tornou o mundo e trazer o marido de Martha Milano de volta a suas promessas. Na cozinha, o pequeno grupo de cozinheiros faz uma algazarra por algum motivo e bate as mãos. Colado com fita adesiva atrás de Rocky na sala apertada está um dos alvos das pistas de boliche, uma figura humana em silhueta, a tinta azul borrando toda a cara: na mosca.

— E os amigos? Brett tinha muitos amigos?

— Ah, na verdade, não — diz Milano. Ele funga, coça o rosto. — Não que eu saiba.

— Um hobby?

Ele dá de ombros. Estou me agarrando a uma palha. A verdadeira questão não é se ele tem um hobby, mas vícios, ou talvez um vício novo que quisesse levar para um test drive, agora que o mundo entrou em contagem regressiva. Uma amante, talvez? Mas esse não é o tipo de coisa que o sogro saberia. O rádio toca Buddy Holly, "A Man with a Woman on His Mind". Outra ótima. Ultimamente não tenho ouvido muita música — sem rádio no carro, sem iPod, sem aparelho de som. Em casa, ouço radioamador em um scanner de conversas policiais, pulando da faixa de emergência federal para um boateiro elétrico que se intitula Dan Dan, o Radio Man.

— Pode me dar alguma ideia, senhor, do provável destino de seu genro quando ele saiu daqui ontem de manhã?

— Posso. Só foi resolver umas coisas. Comprar leite, queijo, farinha de trigo. Papel higiênico. Tomate em lata, se alguém tivesse. Na maioria dos dias, ele chegava e abria o lugar comigo, depois saía na bicicleta de dez marchas para encontrar o que pudesse, voltando para almoçar.

— E onde ele procuraria por essas coisas?

Rocky ri.

— Próxima pergunta.

— OK. Claro.

Viro a página de meu bloco. Só quis jogar verde. Aonde quer que Brett tenha ido fazer compras ontem pela manhã, provavelmente não era um estabelecimento que opera segundo as rigorosas restrições do mercado de alimentos definidas na IPSS-3, os títulos revisados da lei de preparação para o impacto que governa a alocação de recursos: racionamento, limites de permuta, restrições de uso da água. Rocky Milano não vai contar todos os detalhes a um visitante inquisitivo, em particular alguém com ligações na força policial. Pergunto-me de passagem como Brett Cavatone se sentia com essas pequenas negociações da lei atual: um ex-policial, um homem com uma pintura de Jesus na parede acima da cama.

— Posso lhe perguntar, senhor, se havia algo de anormal na lista de ontem? Alguma coisa fora do comum?

— Ah, vejamos. — Ele fecha os olhos por um segundo, verificando algum registro interno. — É. Tinha. Ontem ele devia ir a Suncook.

— Por que Suncook?

— Num lugar chamado Butler's Warehouse, uma loja de móveis. Um cara veio jantar no fim de semana, disse que a loja ainda tinha um monte de mesas velhas de madeira. Pensamos em dar uma olhada, ver se podíamos usar.

— Tudo bem — digo e faço uma pausa. — O senhor disse que ele foi de bicicleta?

— É — diz Milano, depois de ele mesmo fazer algum silêncio. — Colocamos um reboque na coisa. Como eu disse, o garoto é um touro.

Ele me olha tranquilamente, com as sobrancelhas um pouco erguidas, e não posso deixar de interpretar um alegre desafio nessa expressão: devo acreditar nisso? Imagino o homem baixo e forte com a barba densa da fotografia de Martha, imagino-o em uma bicicleta de dez marchas com um reboque numa manhã quente de verão, curvado para frente, retesando os músculos, arrastando uma pilha de mesas redondas de madeira de Suncook até aqui.

Rocky se levanta abruptamente e eu olho para trás, acompanhando o olhar dele. É o garoto da calçada, aquele com a barba adolescente rala e o rabo de cavalo.

— E aí, Jeremy — diz Rocky, batendo uma falsa continência ao garoto. — Como está o mundo lá fora?

— Nada mal. O Sr. Norman está aqui.

— Tá brincando? — diz Milano, levantando-se. — Já?

— Quer que eu...

— Não, estou indo. — Meu anfitrião se espreguiça como um urso e tira o avental. — Olha, nosso amigo aqui quer saber do Brett — diz ele a Jeremy. — Tem alguma coisa a dizer sobre o Brett?

Jeremy sorri, quase ruboriza. É magro e rijo, baixo, com feições delicadas e olhos pensativos.

— O Brett é demais.

— É — diz Rocky Milano, saindo do nicho e indo para a cozinha propriamente dita, à próxima questão nos negócios. — Ele era mesmo.

* * *

Na frente do Rocky's Rock 'n' Bowl, uma gata malhada e imunda se insinua embaixo da roda traseira de minha bicicleta, miando apavorada para o alarme estridente e insistente de um dos carros abandonados no Steeplegate Mall. Um avião a jato de combate em baixa altitude zune acima de nós, rápido e barulhento, deixando um rastro de fumaça branca e luminosa no azul cintilante do céu. *Ele está bem para o interior*, penso, tirando a gata e a depositando em um trecho quente da calçada. A Força Aérea faz a maior parte das incursões mais perto do litoral, onde vem dando apoio a lanchas da Guarda Costeira encarregadas de interceptar os imigrantes da catástrofe. Ultimamente há cada vez mais deles, pelo menos de acordo com Dan Dan, o Radio Man: grandes navios de carga e balsas frágeis, barcos de passeio e embarcações roubadas da marinha, uma maré incessante de refugiados de todo o hemisfério oriental, desesperados para chegar à parte da Terra que não está na rota direta do Maia, onde existe uma chance magra de sobreviver, pelo menos por um tempinho. A política do governo é de interdição e contenção, o que significa que as lanchas fazem voltar aquelas embarcações que podem ser rechaçadas com segurança, interceptam as demais e as conduzem à margem. Ali os imigrantes da catástrofe são processados em massa, transferidos a uma das instalações de segurança que foram construídas ou estão em construção por toda a costa.

Uma porcentagem dos IC inevitavelmente escapa, ou as patrulhas fazem vista grossa e eles conseguem escapar até de milícias anti-imigrantes que os perseguem pela costa e para dentro das matas. Só vi alguns aqui em Concord: uma família de chineses, esfarrapada e emaciada, pedindo comida educadamente algumas semanas atrás na frente do ponto do SARE na padaria Waugh da South Street. Ali dentro, esperei na fila por três bisnagas e rasguei-as em pedaços, entregando à família como se fossem pombos ou patos.

* * *

No caminho de volta, paro no largo gramado tomado de mato da sede do governo de New Hampshire, que agora ressoa de uivos e risos, uma pequena multidão aos gritos, espalhada em grupos de dois e três. Famílias pequenas, casais de jovens, mesas de carteado unidas e cercadas por idosos elegantemente vestidos. Cestas de piquenique, garrafas de vinho. Um orador está em cima de uma caixa, um homem de meia-idade, careca, formando um megafone com as mãos.

— Os Boston Patriots — berra o sujeito. — O US Open. O Outback Steakhouse. — Risos de apreciação, alguns aplausos. Tem sido assim já há algumas semanas, a brilhante ideia de alguém que pegou: as pessoas se revezam, esperando pacientemente, para uma récita incessante das coisas de que sentirão falta no mundo. Há dois policiais, anônimos como robôs em seu traje preto da tropa de choque, as metralhadoras atravessadas nas costas, assistindo a cena em silêncio.

— Ping-pong. Starbucks — diz o orador. As pessoas gritam, aplaudem e trocam cutucões. Uma jovem magricela com uma criança de colo equilibrada no braço está atrás dele, esperando para dizer sua parte. — Aqueles copões de pipoca que a gente tem nos feriados.

Tenho conhecimento de uma contramanifestação sarcástica dada de vez em quando em um bar de porão na Phenix Street, organizada por um homem que antes era subgerente do Capital Arts Center. Ali, as pessoas anunciam, numa falsa solenidade, todas as coisas de que *não* sentirão falta: representantes de atendimento ao cliente. Imposto de renda. Internet.

Volto à bicicleta e vou para o norte, depois o oeste, a meu compromisso de almoço, pensando em Brett Cavatone — o homem que conseguiu se casar com Martha Milano e a abandonou. Forma-se uma imagem em minha mente: um sujeito duro, inteligente, forte. E — qual foi mesmo a palavra usada por Martha? — nobre. *Ele deve estar fazendo algo nobre.* De uma coisa eu sabia, eles não deixam que qualquer um se torne policial estadual. E jamais conheci um deles que tivesse trocado seu emprego por um trabalho no ramo de alimentos.

3.

— Então a mulher está no médico, sente uma dor estranha, o médico faz todos os exames e diz, "Sinto muito, a senhora tem câncer". — O detetive McGully gesticula como um comediante de *vaudeville*, a careca brilhando vermelha, a voz gutural trovejando na expectativa do riso. — E a questão é que não há nada que eles possam fazer. Nada! Nem radiação, nem quimioterapia. Eles não têm remédios e os aparelhos dosadores não funcionam bem com os geradores. É uma trapalhada. O médico diz, "Escute, senhora, eu lamento muito, mas a senhora tem seis meses de vida... *wakka-wakka*". — Culverson revira os olhos. McGully prepara-se para o golpe fatal. — E a mulher olha para o médico e diz, "Seis meses? Que ótimo! Tenho três meses a mais do que os outros!"

No fim da piada, McGully paralisa o rosto e faz uma careta cômica, agita as mãos feito o Urso Fozzie. Abro um sorriso educado. Culverson raspa mel da borda de um pote para colocar no seu chá.

— Vão se foder vocês dois. — McGully nos descarta com um gesto das mãos grossas. — É engraçado.

Culverson solta um grunhido e bebe um gole de chá, e eu volto ao bloco, aberto na mesa ao lado de nossa pilha de cardápios que ninguém lê. Ruth-Ann, a garçonete do Somerset Dinner, mantém os cardápios meticulosamente atualizados, corrigindo-os toda semana, escrevendo as alterações, riscando itens indisponíveis com um marcador preto e grosso. McGully, ainda rindo da própria piada, pega dois charutos e rola um pela mesa para Culverson, que acende os dois e devolve um. Meus amigos, mascando seus charutos praticamente em uníssono: branco, careca e de meia-idade, negro, com pança de meia-idade, ervilhas numa vagem, à vontade em sua mesa de restaurante. Homens vivendo a aposentadoria compulsória, desfrutando de seu lazer como octogenários.

O que faço é revisar as anotações da manhã, lembrando-me de Martha roendo as unhas e olhando fixamente os cantos da sala.

— Aliás, essa história é verídica — diz McGully. — Não a parte em que ela fala dos seis meses. Mas Beth tem uma amiga que acabou de ter o diagnóstico, com quarenta anos, e não há merda nenhuma que se possa fazer por ela. História verídica.

— Como está Beth?

— Está ótima — diz McGully. — Tricotando suéteres. Eu digo a ela que é verão, e ela diz que vai esfriar. Eu respondo, como assim, quando o sol for engolido pelas cinzas?

McGully diz isso como se fosse outra piada, mas ninguém ri, nem mesmo ele.

— Vocês ouviram falar de Dotseth? — diz Culverson.

— Sim — responde McGully. — Soube do vice-governador?

— É. Uns doidos.

Já ouvi todas essas histórias. Examino as páginas de meu bloco. Como é que vou conseguir uma espada samurai de plástico?

Ruth-Ann, anciã, grisalha e vigorosa, passa para recolher os pratos e colocar cinzeiros sob os charutos e todos agradecem com um gesto de cabeça. Além de papinha de aveia e queijo, o único refrigério que ela pode oferecer é chá, porque o principal ingrediente é água, que por enquanto ainda sai das torneiras. Variam as estimativas de quanto tempo ainda vai durar o abastecimento de água pública, agora que a eletricidade acabou para sempre. Depende de como estão os reservatórios; depende de o Departamento de Energia priorizar os geradores de nossa cidade em detrimento de outras partes do nordeste — depende, depende, depende...

— E aí, Palace — diz Culverson de repente, com um desinteresse treinado, como se algo acabasse de lhe ocorrer. Minha coluna enrijece de irritação, sei o que ele vai perguntar. — Alguma notícia de sua irmã?

— Nada.

— Nada?

— É.

Ele já perguntou. Ele insiste em perguntar:

— Não teve nenhuma notícia dela?

— Nem uma palavra.

McGully se intromete:

— Vai procurar por ela?

— Não. Não vou.

Eles se olham: *que vergonha*. Mudo de assunto:

— Quero fazer uma pergunta a vocês. Que distância acham que tem daqui até Suncook?

Culverson inclina a cabeça de lado.
— Não sei. Nove quilômetros?
— Não — diz McGully. — Doze. E uns quebrados. — Ele solta uma nuvem densa de fumaça, que abano com a mão. Antigamente o ventilador de teto levava parte da fumaça, mas agora está parado e a nuvem cinza e densa pende baixa sobre a mesa.
— Por quê? — pergunta Culverson.
— Um homem que estou procurando, ele tinha de ir de bicicleta a Suncook e pegar umas cadeiras.
— De bicicleta? Com um reboque?
— Que homem é esse que você procura? — diz McGully.
— Um desaparecido.
— Trazer cadeiras de bicicleta de Suncook? — diz Culverson. — O que é esse sujeito, um elefante?
— Peraí, peralá. — McGully vira a cabeça para mim, um charuto ardendo no V de dois dedos. — Um desaparecido? Está trabalhando em um caso, detetive?

Resumo para eles rapidamente: minha antiga baby-sitter, o marido que sumiu, a pizzaria perto do Steeplegate Mall.
— O cara é da estadual? — diz Culverson.
— Era. Saiu para trabalhar na pizzaria.
Culverson faz uma careta. McGully interrompe:
— Quanto essa garota está pagando a você? Para encontrar o sumido?
— Eu disse que ela é uma velha amiga.
— Isso não é dinheiro.
Culverson ri distraidamente. Sei que ele está revirando outro detalhe, o elemento do policial que vira empregado de pizzaria. McGully não terminou:
— Você disse a essa garota que é inútil, não é?

— Eu disse a ela que era pouco provável.

— *Pouco provável?* — McGully, animado, bate o punho fechado na mesa. — É um jeito de colocar a questão. Sabe o que devia dizer a ela, Ichabod Crane? Devia dizer a ela que o homem se mandou. Está morto, ou num puteiro, fumando crack em Nova Orleans, em Belize ou num buraco qualquer. E que se ele a deixou foi porque quis, o mais inteligente a fazer é esquecer que ele existe. Puxar uma cadeira e se preparar para ver o sol sumir.

— Claro — digo. — Tá bom.

Desligo-me da conversa, baixo os olhos para as mãos e os cardápios corrigidos. Raios de sol de um amarelo sujo brilham pelo escuro da vitrine, espalhando-se pela toalha de mesa como grades bambas de cadeia. Quando volto a olhar, McGully está balançando a cabeça.

— Olha, você gosta dessa garota? Então, não lhe dê falsas esperanças. Não desperdice o tempo dela. Não desperdice o seu.

Agora olho para Culverson, que sorri suavemente, batendo a ponta dos dedos na testa.

— Já contei a vocês que meu vizinho é o Sargento Trovão? — diz ele.

— O quê? — diz McGully.

— O homem do tempo? — pergunto.

— No Canal Quatro, às seis e às dez horas. Minha própria celebridade pessoal. — Culverson apalpa os bolsos do paletó, procurando alguma coisa. Culverson e eu ainda usamos blazer na maior parte do tempo; na maior parte do tempo também uso gravata. McGully veste uma camisa polo com seu nome bordado no bolso.

— Não costumávamos conversar muito — explica Culverson —, só trocávamos cumprimentos, a não ser agora, que só estamos ele e eu no quarteirão, e assim de vez em quando passo na casa do cara, bato na porta, como é que vai, sabe como é? Ele é bem velho.

McGully tira uma baforada dos charutos, está se entediando.

— Mas então, ontem o Sargento Trovão veio me mostrar uma coisa. Disse que não pretendia, mas não conseguiu resistir.

Culverson encontra o que procurava no bolso interno do blazer e desliza para mim pela mesa. É um folheto, fino e elegante, um folder colorido de papel brilhante com fotos de idosos sorridentes em uma sala de estar revestida de madeira, agradável e iluminada por arandelas. Há fotos de guardas de segurança de maxilar heroico e capacete andando por corredores estéreis. Um jovem casal sorri radiante junto de uma refeição: massa e salada em uma toalha de mesa de linho. E numa fonte de bom gosto e discreta, *O Mundo de Amanhã Espera por Você...*

— O Mundo de Amanhã? — pergunto, e McGully pega o folheto.

— Uma bosta. — Ele bufa, virando o folheto daqui para lá. — Um monte de bosta.

Joga-o de volta pela mesa e leio o anúncio no verso do folheto. O Mundo de Amanhã oferece camas em uma "instalação meticulosamente mobiliada, permanente e construída com segurança em um local reservado nas White Mountains de New Hampshire". A palavra "permanente" está em itálico. Oferecem três níveis de acomodações: standard, premium e luxo.

Coloco o folheto estendido na mesa.

— Tome — diz McGully. — Pegue um guardanapo. Limpe um pouco esse monte de bosta.

Reparo que não está listada uma taxa de admissão para este maravilhoso "Mundo de Amanhã". Pergunto a Culverson e ele diz secamente que varia de um cliente para outro, pelo que falou o Sargento Trovão. Em outras palavras, o preço é o que você pode pagar.

— Ontem à noite vi uns homens chegando e pegando o trator cortador de grama do Sargento Trovão, sua adega climatizada e o micro-ondas — diz Culverson. — Esta manhã, eles desmontaram seu galpão de tijolos, derrubaram com aquelas marretas de construtor e carregaram os tijolos em carrinhos. Esses caras usam macacão. Acho que o macacão é um bom toque, se você tenta dar a volta em alguém e levar tudo que ele tem.

— Você não tentou impedi-los? — diz McGully, e Culverson recua, olha para ele como quem diz *ficou maluco?*

— Ah, é — diz ele. — Eu estava mesmo preparado. Acha que esses caras não andam armados?

Viro o folheto nas mãos. Instalações médicas de última geração. Refeições gourmet. Mesas de dados.

— Além do mais — diz Culverson —, você devia ter visto o sorriso do Sargento. — Ele se recosta e nos olha, a raposa num galinheiro. — Sorrindo feito um tarado. Nunca vi um velho tão feliz.

McGully fica agitado. Bate as cinzas na xícara de chá e fala:

— Que sentido tem? — Mas ele já sabe qual é e eu sei também. De qualquer modo, Culverson nos responde:

— Talvez seja a falsa esperança que você está dando para essa mulher, a sua ex-babá... mas mesmo assim é esperança, não? Uma pequena centelha no escuro? — McGully solta um muxoxo irritado, e Culverson vira-se para ele, dizendo: — Estou falando sério, cara. Talvez conseguir que Palace trabalhe no caso evite que esta mulher enlouqueça.

— Exatamente — digo. — É exatamente isso.

Culverson me olha duramente e se vira para McGully.

— Caramba, talvez isto evite que o Palace fique louco.

Curvo-me sobre meu bloco e continuo:

— Se você quisesse fazer uma pizza, onde procuraria os ingredientes? O chefe desse cara o mandou ontem pela manhã procurar mantimentos e imagino que ele quis dizer um bazar.

— Sem dúvida nenhuma — diz Culverson. — Ninguém dirige uma pizzaria com queijo SARE.

Ele não soletra a palavra, pronuncia como a maioria das pessoas, *sare*. O Sistema de Alocação de Recursos de Emergência.

— Mas que bazar? O da Pirelli?

— Olha, não pergunte para mim. Vou muito bem com meu pequeno jardim e a hospitalidade de Ruth-Ann. Mas meu estimado colega é um homem casado e tem necessidades diferentes.

Há uma longa pausa, enquanto Culverson apaga o charuto no cinzeiro e olha incisivamente para McGully, que enfim lança as mãos para o alto e suspira.

— Puta que pariu — diz ele. — No prédio antigo do Elks Lodge. Na South Street, depois da Corvant.

— Tem certeza? — Tomo notas no bloco, batendo o pé no piso de Ruth-Ann. — Estive por aquelas bandas há pouco tempo, para consertar uns óculos no Paulie's. O prédio parece que foi totalmente saqueado.

— Não o porão — diz ele. — O cara estava procurando queijo, tomate em lata e azeitonas? Bazar Elks. É batata. Diga a eles que eu mandei você.

— Obrigado, McGully — digo, baixando o lápis, sorridente.

— Não se esqueça, precisa levar alguma coisa.

— Muito obrigado.

— Tá, tudo bem. Não enche.

— Bem no fundo — diz Culverson, olhando com ternura para McGully —, você é um modelo de humanidade.

— Não enche você também.

Ruth-Ann circula de novo, ligeira e hábil com seus sapatos ortopédicos. Abro-lhe um sorriso e ela pisca para mim. Venho a Somerset desde que tinha 12 anos.

— Quanto te devemos? — pergunta Culverson, como sempre, e Ruth-Ann responde, "Um zilhão de trilhão de dólares", como sempre, e sai apressada.

* * *

Chego em casa, jogo os restos de todos numa tigela grande de plástico e assovio para meu cachorro, um bichon frisé branco e peludo chamado Houdini que pertencia a um traficante de drogas.

— Epa, espere aí — digo a ele, enquanto ele lança o corpo pequeno pela sala para a tigela de comida. — Senta. Fica.

O cachorro me ignora; late de prazer e enfia a carinha feliz nos restos. Muito brevemente, quando nos conhecemos, decidi treinar Houdini como cão de busca e resgate, mas há muito tempo abandonei esse projeto. Ele não tem interesse nenhum em obedecer a qualquer ordem ou instrução; ainda é um filhote puro e ignorante. Sento-me em uma cadeira de madeira à mesa da cozinha para vê-lo comer.

Mais cedo, menti para Culverson e McGully, como faço sempre que eles me pressionam sobre o caso de minha irmã mais nova. Sei onde ela está e sei o que está fazendo. Nico se envolveu com alguma conspiração antiasteroide, uma das muitas redes pequenas de fantasistas e tolos que acreditam saber evitar o que está por vir, ou provar que é uma enorme armação do governo, como o pouso na Lua ou o assassinato de Kennedy. Os detalhes de suas operações, não sei nem quero saber. E certamente não estou interessado em discutir nada disso com meus colegas. Há outras coisas em que prefiro pensar.

— Desculpe, garoto — digo a Houdini quando ele esvazia a tigela e se vira para mim, na expectativa. — É só isso.

Ligo meu scanner e mexo no cristal até pegar Dan Dan, the Radio Man. Ele fala da Comissão Mayfair, a audiência conjunta entre Câmara dos Deputados e Senado sobre o fracasso da NASA e de várias agências dos departamentos de Defesa e Segurança Nacional "em proporcionar um alerta adequado ou proteção contra a ameaça que se agiganta, por um período de anos e até décadas". Achamos graça dessa em Somerset, os outros detetives e eu, imaginando o velho senador Mayfair desencavando quem sabia sobre o 2011GV$_1$ e quando.

— Ora essa, isto é um acinte! — declarou McGully, no personagem, apontando no ar um dedo senatorial. — Nossos próprios cientistas conspirando com o asteroide *o tempo todo*!

Agora Dan Dan, the Radio Man, fala desanimado que Eleanor Tolhouse, vice-diretora da NASA de 1981 a 1987 e agora com 85 anos, é mantida no recinto do Senado, em uma cela, "para sua própria proteção".

Desligo o scanner. Houdini ainda me olha, triste e franco, assim eu suspiro e sirvo um quarto de xícara de ração seca, exatamente o que eu queria evitar ao trazer para casa os restos da mesa. Agora sobrou apenas uma porção nesse saco e depois deste tenho 16 sacos com dez porções por saco. Houdini come aproximadamente duas porções por dia, e assim precisamos ter cuidado para os 77 dias que restam. Mas quem está contando?

Levanto, me espreguiço e encho sua tigela de água. Essa é uma das grandes piadas: *quem está contando?* A resposta, naturalmente, é todo mundo — todo mundo está contando.

4.

O CACHORRO LATE E ABRO OS OLHOS, sentando-me com o coração apertado como um punho.

— Que foi, garoto? — digo. — O que foi?

Houdini late para a porta, a pouca distância do sofá da sala de estar dilapidada em que venho dormindo desde abril. Houdini não para de latir, alto, estridente e insistente, o que é muito pouco característico dele. Pulo para fora do sofá, empurro o cachorro de lado e levanto as quatro tábuas soltas do piso. Minhas mãos se atrapalham no escuro, encontro o cofre, encontro o seletor, giro a combinação, puxo a porta para cima e pego uma faca serrilhada comprida e uma pistola Ruger LCP.

Houdini ainda late e anda de um lado a outro, um fio curto e tenso de ansiedade, jogando-se para um lado, depois o outro. Mando inutilmente que ele se acalme. Segurando as armas, passo pelo cachorro, andando lenta e decididamente até meu ombro estar colado na porta.

— Está tudo bem, garoto — sussurro, o coração agora martelando, o punho da faca suado na palma de minha mão. — Está tudo bem.

Da janela pequena e engastada na porta vejo um leve tremor de luz, um facho de lanterna disparando pelo gramado. *E se Palace for assassinado em uma invasão de domicílio antes que possa começar a procurar?*, pergunta o detetive Culverson em silêncio. *O que vai acontecer com minha ex-babá e sua centelha no escuro?*

A gente agora ouve essas histórias, as pessoas contam em sussurros assombrados histórias de invasão de domicílio e agressão física. Leon James, na Thayer, um antigo banqueiro, inconsciente por espancamento, a casa saqueada em busca de uns cobres. As duas mulheres de meia-idade, amigas antigas que passaram a morar juntas depois que os maridos chutaram o balde. Para elas, foi uma gangue de adolescentes com máscaras de gorila, as duas foram sexualmente atacadas e espancadas quase até a morte. Os gorilas não levaram nada, não estavam bêbados nem drogados, simplesmente queriam causar terror. Aquele caso que denunciei, quando soube dele — bati na janela do motorista de um dos Chevrolet Impalas plantados numa esquina, dei o número da casa e o nome da mulher, como me descreveram. O jovem policial na viatura olhou vagamente para mim, disse que faria um relatório e lentamente fechou a janela.

A luz da lanterna sumiu. Olho o escuro, as árvores salientes, os galhos áridos pelo verão em silhueta à luz da lua. Minha pulsação galopando; a respiração acelerada e perturbada de Houdini.

E então um estrondo lá fora, em algum lugar no gramado, o barulho de vidro se quebrando, seguido um instante depois pela voz de um homem, baixa, mas nítida: "Merda. Porra. Caralho."

Abro a porta e saio correndo e gritando, com a arma em uma das mãos e a faca na outra, feito um bárbaro atacando um acampamento medieval.

Paro no meio do gramado. Não há nada. Não vejo ninguém. Há uma fila de postes neste meu trecho da West Clinton, mas é claro que agora estão todos apagados, refletindo muito pouco a luz das estrelas, as lâmpadas no alto como frutas de vidro fossilizadas. Mais barulho: um arranhão, depois um esmagar, vidro em vidro, e mais palavrões aos murmúrios.

O peso da arma me é desconhecido; é menor e mais compacta do que o revólver de serviço SIG Sauer P229 que eu usava na patrulha. Minha amiga Trish McConnell providenciou-me a Ruger na semana passada, depois de eu ter dito que estava aderindo às regras do IPSS sobre armas de fogo e não tinha nenhuma em minha casa. McConnell, um ex-colega ainda na força policial, mais tarde deixou a arma em um pequeno envelope pardo entre minha porta de tela e a porta da sala, com um bilhete. *Aceite*, dizia. *Por favor.*

Agora estou feliz por tê-la. Corro a arma por um amplo arco no gramado, falando para o escuro:

— Fique onde está. Parado e baixe sua arma.

— Não estou... não tenho arma nenhuma. Que merda, cara, me desculpe. — Aquela voz, vindo áspera do gramado de meu vizinho enquanto me aproximo, é conhecida, mas não consigo situar, como a voz de um sonho. — Porra, cara, eu sinto muito mesmo.

Paro de andar.

— Quem está aí?

— É o Jeremy.

Jeremy. O garoto da frente do restaurante, com a barba de três dias e o rabo de cavalo. Solto a respiração. Minha pulsação se desacelera. Pelo amor de Deus.

— Acho que eu caí tipo numa armadilha ou coisa assim — diz ele.

— Espere aí. Estou indo.

Jeremy está na vala do gramado do Sr. Maron, numa poça de lascas e cacos grossos de vidro quebrado. Meus olhos piscam ao luar, focalizo e o encontro, desgrenhado e confuso, com um talho na testa, feito uma ferida de facada.

— Ei — diz ele com a voz fraca. — Desculpe.

— Não é uma armadilha — digo a Jeremy. Olho de cima e ele me fita timidamente, como um cervo ferido. — É um destilador solar.

— O que é um destilador solar? — diz ele, depois olha a sujeira de vidro à sua volta. — Acho que eu o quebrei.

Dou uma gargalhada, sentindo, junto com minha onda de alívio, um carinho confuso por esse garoto que se machucou rondando a frente de minha casa no meio da noite. Como se aquela coisa idiota de fato *fosse* uma armadilha e eu tivesse acabado de pegar uma espécie de duende azarado.

— Um destilador solar do sistema de captação — digo —, para captar água da atmosfera. Meu vizinho construiu.

— Ah. Peça desculpas a ele por mim.

— Ele morreu. O que você está fazendo aqui?

Jeremy leva a mão ao corte na testa, estremece, examina a ponta dos dedos manchados de sangue. Muito parecido com o que fazia no restaurante: um sujeito pequeno, olhos escuros e sensíveis, rosto suave e pouco masculino. Meu vizinho, o Sr. Moran, vendedor de calçados, solteiro, jovial e de meia-idade, passou três semanas construindo o destilador solar antes de ser baleado em 4 de julho por um grupo de justiceiros de uma organização chamada American

Soil. O Sr. Moran tentava afastá-los de um caminhoneiro, que partia para o acampamento de imigrantes em Cape Cod com comida e primeiros socorros. O motorista do caminhão também foi assassinado.

— É, eu sinto muito mesmo — repete Jeremy. — É só que não queria que Rocky soubesse que vim procurar por você e não consegui pensar em nenhum motivo particularmente válido para sair do restaurante cedo, então tive de esperar fechar.

— Tudo bem — digo.

— Então, tive de passar na biblioteca para procurar seu endereço.

— Tudo bem.

— Você não estava na lista telefônica, mas tinha outro Palace... N. Palace?

— Minha irmã. Ela usava meu endereço para solicitações de cartões de crédito.

— Ah.

Ele ainda está deitado ali no vidro, onde eu queria que ele ficasse até saber exatamente o que está havendo aqui. A sede da Biblioteca Pública de Concord fica aberta 24 horas por dia a essa altura, limpa e iluminada por uma equipe mínima de bibliotecários e um quadro de voluntários.

— Jeremy — digo. — Por que você veio aqui?

— Eu só queria te dizer para não fazer isso. Não traga Brett de volta, quer dizer. Deixa o cara em paz.

— Vamos lá — digo, baixando a faca e a arma e estendendo a mão pelos restos do destilador solar. — Levante-se.

* * *

— Isso foi idiotice.
— Está tudo bem.
— Eu me sinto um imbecil.
— Está tudo bem.

Jeremy agora está sentado à mesa de minha cozinha, com uma toalha de papel apertada na testa e o sangue passando pelas bordas.

— É sério — diz ele. — Eu me sinto um idiota.
— Eu falo sério. Não se preocupe com isso.

Não pressiono Jeremy a respeito de Brett, ainda não, não peço para expor seus propósitos ao atravessar toda a cidade para me procurar. Não quero que ele fuja e é assim que parece: ele constrangido e desconcertado e, se pressionado, vai dizer "esquece essa história" e dar no pé, partindo para a noite.

Acendo velas e meu fogareiro de acampamento, coloco uma chaleira para o chá e faço a ele algumas perguntas fáceis e despreocupadas. O sobrenome de Jeremy, por acaso, é Canliss, que me parece familiar, assim peço a ele para soletrar.

— Sei — digo. — Você é de Concord?
— Não — responde ele. — Sim. — Solta o ar, ajeita-se na cadeira, fica mais à vontade. — Bom, na verdade não.

Ele nasceu aqui, segundo diz, mas se mudou aos 15 meses de idade. É uma história típica da Nova Inglaterra: criado nos arredores de Montpellier; fez o ensino médio aos trancos; fez alguma coisa ao ar livre; "mais ou menos me afastei da família", acabou em Portsmouth e depois foi para a Universidade de New Hampshire por um semestre; largou a faculdade, tentou mais uma vez, abandonou de novo; e então terminou aqui, em Concord, arrumando uma "casinha de merda". Depois conseguiu um emprego na pizzaria e em seguida anunciaram o fim do mundo.

— E quanto ao Brett? — por fim pergunto, muito despreocupadamente, servindo o chá, falando com brandura por sobre meu ombro, do outro lado do cômodo. — Por que você não quer que eu o encontre?

— Olha, cara, não é nada da minha conta — diz ele, depois fica em silêncio e eu me concentro na água e nas xícaras. Quando me viro, ele está esfregando o queixo e continua: — Porque, cara, ele é o *Brett*, tá sabendo? — Baixo as xícaras de chá e me sento, esperando.

— Se ele... — Jeremy ergue as mãos, como se procurasse pelas palavras às apalpadelas. — Se ele teve de ir, teve de ir. Entende o que eu quero dizer?

— Na verdade, não. Não o conheço. Fale-me dele.

— Sei lá. — Ele ri, inquieto, repete consigo mesmo: — Ele é só o *Brett*.

Neste elogio inespecífico e tautológico há um respeito e uma admiração tão profundos que o timbre de sua voz se altera. Quando ele diz "Brett" é como outras pessoas dizendo Elvis ou Jesus. Ele não é qualquer um — ele é o *Brett*. Houdini ainda está tremendo embaixo da mesa, ainda não se convenceu de que o perigo passou. Levanto-me e lhe sirvo o que resta do saco de ração, um agrado para acalmar os nervos. Agora restam 16 sacos, dez porções por saco.

— Sei que ele teve seus motivos — confessa Jeremy. — É só o que estou dizendo.

— Que motivos?

— Cara, sem essa. — Ele baixa a cabeça. — Você sabe.

— Não. Sinceramente, não sei. Você era íntimo dele?

— Não. — Ele retira o papel-toalha molhado da testa e o embola entre as mãos. — Não de verdade.

— Mas ele era seu amigo?

— Bom, tipo um amigo do trabalho, tá entendendo? Do restaurante.

— Vocês trabalhavam juntos com frequência?

— Sim, claro, mas isso antes dessa merda idiota de asteroide.

Sorrio. Uma clara vivacidade ausente de *nosso ambiente atual*.

A merda idiota de asteroide.

— No início eu achava o cara um chato, tá entendendo? Tipo um caretão. Ele é religioso, não bebe, é genro do chefe, essas coisas.

Não tenho bloco nenhum aqui. Nem lápis. Estou assentindo lentamente, registrando os detalhes, exigindo no meio da noite que minha mente preste atenção, catalogue e organize estas informações que me chegam.

— Mas, saindo com Brett, de repente você pensa: ah, esse cara é legal. Ele faz umas piadas estranhas o tempo todo, bem baixinho, quando a gente roda de carro por aí. Piadas inteligentes, tipo que você não entende muito bem, mas sabe que é brilhante. Ele te ajuda a fazer as merdas que você não sabe, sem fazer você se sentir um burro.

Concordo com a cabeça. Conheci pessoas assim, mas por algum motivo quem me vem à mente é meu avô Nathanael Palace, que nos criou, Nico e eu, depois da morte de nossos pais e que tinha o espírito contrário: sempre pronto a lhe mostrar que você era ruim em alguma coisa, que você fazia algo errado.

— Eu e Brett, a gente costumava sentar na minha escada e ver os caras dirigindo... como se chamam mesmo esses caminhões cheios de prisioneiros?... entrando e saindo da cadeia.

— Furgões de transporte — digo, livrando-me da imagem de meu avô, fixando-me no alvo.

— Isso, isso. E Brett apontava os furgões e dizia: "Temos de dar graças a Deus, meu amigo. Temos de dar graças a Ele." Como se ele gostasse de mim, tá entendendo? Não só de mim. Ele gostava das pessoas em geral.

— E... — faço uma pausa, mudo o rumo: — Brett falou em ir embora? Em chutar o balde, quer dizer?

Jeremy baixa os olhos. Suas faces coram.

— Que merda, cara. Você faz perguntas demais.

— É da minha natureza. Ele falou sobre isso ou não?

— Não — diz ele. — Não especificamente. Mas estava pronto para ir. Tá entendendo?

— Ele tinha uma amante?

— Não sei. Não.

— Você não sabe ou não tinha?

— Talvez tivesse — diz Jeremy. — Acho que sim, talvez, é.

— Quem é a mulher? — curvo-me para frente, agora com o coração em disparada. — Onde?

— Não sei — diz ele, retraindo-se, acovardando-se com minha ansiedade. — Eu não sei.

— Era uma mulher que ia à pizzaria?

— Não. Não sei.

Mas ele sabe. Ele sabe de alguma coisa. Só que ele não vai me contar, não agora. Passo a ponta dos dedos pelos olhos. Tenho mais alguma coisa em mente.

— Brett era um caretão, você disse, religioso. O que ele achava de Rocky operar por fora do SARE?

— Como é? — Ele fica confuso, perturbado.

— Quer dizer, mandando-o para o bazar, ao mercado negro?

— Peraí — diz Jeremy de repente e bate a mão aberta na mesa. — Para. Olha aqui. — E então meu ansioso visitante noturno fala tão rápido e com tal ardor que sua boca parece um borrão no escuro do outro lado da mesa. — Se ele *quisesse* sair para pular a cerca ou coisa assim, não precisaria de permissão de ninguém.

— Nem mesmo da mulher dele?

— Não, nem da mulher dele. Eu não sei de você, cara, mas eu não tenho colhões pra dar o fora e fazer o que quero. Pode ser uma garota, ou parasailing, sei lá... o que for. Mesmo agora, eu não tenho a coragem. — Jeremy balança a cabeça numa autorrecriminação amargurada, como se esta fosse a falha de caráter definitiva, essa falta de bravura apocalíptica. — Mas parece que Brett *tinha* colhões, não é? E, como disse, ele era... ele era um cidadão firme. Então, ele conseguiria fazer o que quer, é o que estou dizendo. E não acho que você ou Martha nem ninguém tenha de andar por aí tentando arrastar o cara de volta.

Ele joga na mesa o papel-toalha ensopado de sangue e empurra a cadeira para trás.

— Já chega, cara. Desculpe ter incomodado você.

Ele se levanta. Eu me levanto.

— Tenho mais perguntas.

— Desculpe também pelo troço do teu vizinho. No gramado. Eu sinto muito mesmo.

E acabou-se, ele sai pela porta, e como não tenho mais nenhum poder conferido pelo governo de Concord para obrigá-lo a ficar, simplesmente assisto a Jeremy ir embora, cambaleando na escuridão, um facho de lanterna balançando irregular pelas formas escuras das árvores. Estou pensando na força de personalidade que meu desaparecido devia possuir para inspirar a devoção intensa, embora peculiar, a que acabo de assistir. Esse garoto pode sentir que lhe falta coragem, mas ele fez uma caminhada nada insignificante atravessando a cidade, agora mesmo, no escuro, desprotegido, para defender seu amigo. Porque o admira. Porque deseja também que ele tenha ido embora para algum lugar.

Vou para a sala, carregando uma vela em um prato como um personagem de Dickens e anoto tudo de que me lembro quando encontro um lápis e meu bloco, escrevo com a maior rapidez e atenção que posso: *Uma garota? Parasailing? Meio caretão.* Esboço a história da infância de Jeremy, escrevo seu nome completo e olho. Que expressão antiquada ele usou, *pular a cerca*. "Se ele quisesse pular a cerca ou coisa assim..."

Quando termino de escrever, baixo o lápis e olho fixamente a chama bruxuleante da vela. A grande pergunta ainda é a que fiz a Martha, 12 horas ou não sei quanto tempo atrás: o que eu faço se o encontrar? Se Jeremy tem razão, se Brett foi pular a cerca e se eu por milagre conseguir localizar essa figura formidável, esse ex-policial estadual — e então?

Eu me aproximo desse adulto que faz o que tem vontade com os cacos restantes de tempo e digo o quê, exatamente?

Meu nome é Henry Palace, senhor. Sua mulher gostaria que o senhor voltasse para casa agora, por favor.

Apago a vela.

Passo na ponta dos pés por meu cachorro adormecido e jogo as pernas compridas pela beira do sofá, fechando os olhos.

As lembranças brotam, como sempre, e eu as afasto.

São as cenas que bloqueei persistentemente e que estou consciente de ter bloqueado. Não de meus pais; meus pais mortos com quem agora convivia há muitos anos, cuja ausência integrei em minha tristeza, bem no fundo de meu caráter. Mas há uma mágoa mais recente, uma mulher chamada Naomi, que amei e que foi arrancada de mim, uma perda repentina e brutal como um tiro numa sala escura. E estou consciente de que a atitude correta a tomar, da perspectiva terapêutica, seria invocar as lembranças importantes, permitir-me enfrentar o trauma, expô-lo à luz e deixar que o tempo fizesse seu trabalho curativo.

Mas não há tempo. Setenta e sete dias — agora 76 — menos de três meses — quem está contando? Não *existe* tempo.

Afugento as lembranças, me viro e penso em meu caso.

PARTE DOIS

A Longa Estrada

Quinta-feira, 19 de julho

Ascensão Reta 20 06 33,0
Declinação -59 53 12
Elongação 141,0
Delta 0,863 UA

1.

— Ah, claro, eu o conheço. Sujeito sério. Ombros largos. Botas.

— É isso mesmo — digo, erguendo a fotografia, meu desaparecido segurando seu peixe. — O nome dele é Brett Cavatone.

— Se você diz. Acho que não chegamos a nos apresentar.

O leiteiro é um velho fazendeiro da Nova Inglaterra, saído de um livro de histórias, o boné da John Deere puxado para trás, a testa queimada de sol, penhascos abaixo dos olhos como falésias numa praia. Estou em sua barraca em um canto movimentado do bazar Elks e ele atrás da instável mesa de carteado, placas escritas à mão, alguns coolers para viagem cheios de gelo, grandes como baús.

— Ele vinha aqui com frequência? — pergunto.

— Sim, na maioria dos dias, acredito que sim.

— Esteve aqui na terça-feira?

— Na terça? — A mais leve hesitação. Ele vira a cabeça de lado. — Não.

— Não estou perguntando sobre ontem. Terça-feira. Dois dias atrás.

O velho empurra o boné para trás.

— Sei que dia é, meu jovem.

Abro um sorriso forçado, espio o cooler do velho. Ele vende garrafas de leite e barras grosseiras de manteiga enrolada em papel encerado. Sua placa escrita a giz relaciona o que quer em troca: "Ração para galinha, em quantidade". Frutas frescas e sucos, "em quantidade". "Roupas de baixo", com uma lista de tamanhos.

— Desculpe insistir, mas é importante. Tem certeza de que este homem não veio aqui na manhã de terça-feira?

— Nada é certo além da morte e da ressurreição de Nosso Senhor Jesus Cristo — diz o fazendeiro, olhando o teto do porão do Elks Lodge e, para além dele, o paraíso. Depois baixa a cabeça numa carranca para Houdini, que fareja sua manteiga. — Mas não, eu não o vi ontem.

O leiteiro fecha a tampa do cooler com um estalo e meu cachorro e eu prosseguimos, costurando pelos corredores caóticos e abarrotados do bazar. Está movimentado aqui, porém silencioso, as pessoas andando sozinhas ou em pequenos grupos de uma mesa a outra, de uma barraca a outra, sussurrando olá, cumprimentando com a cabeça, quietas. Vejo uma mulher magra de sardas e olhos nervosos e incisivos examinar os produtos em uma mesa: levanta uma barra de sabão, baixa, cochicha algo para o homem corpulento que toma conta da barraca, ele meneia a cabeça negativamente.

Atravessamos o lugar, Houdini e eu, costurando pelas pilhas grandes e toscas de pegue-o-que-quiser espalhadas e amontoadas sobre cobertores no meio do caminho. Gabinetes quebrados de computador e telefones, baldes vazios e bolas de futebol murchas, pilhas grandes e meticulosas de artigos inúteis que antigamente se via em farmácias e grandes lojas de subúrbio: cartões de visita, óculos de leitura, revistas de celebridades. Os objetos de real valor estão nas barracas tripuladas: laticínios e carnes defumadas, latas e abridores de lata, garrafas de água e de refrigerante. Só fazem troca ou permuta, embora algumas barracas ainda tenham preços afixados, datando do auge da hiperinflação, antes do colapso da economia do dólar: sabonete em barra, 14.500 dólares. Caixa/macarrão com queijo, 240 mil, depois uma seta apontando para *acabou macarrão com queijo*. Um sujeito enorme com uma jaqueta de caça com estampa de camuflagem posta-se no meio de sua barraca arrumada, em silêncio e sério, abaixo de uma placa que diz simplesmente GERADORES.

— Bananas — diz um sujeito desleixado que passa indolente com um blusão e boné de caça, resmungando. — Quer?

— Não, obrigado.

Ele avança, dirigindo-se aos fregueses em geral.

— Bananas muito boas.

Fico andando por ali, fazendo a ronda, mostrando a foto de Brett, puxando a manga dos que reviram o lixo e dando um tapinha no ombro de vendedores irritados, recebendo sua carranca e sua expressão desconfiada com uma confiança tranquila, com meu clichê de detetive de televisão: "Com licença, viu este homem?" Todos a quem pergunto contam a história do leiteiro, nos mesmos detalhes irrisórios: é, eles o viram. É, ele vem muito aqui. Uma vendedora, uma mulher enérgica oferecendo três tipos de carne-seca, assim como Bíblias com páginas laminadas, lembra-se ternamente de Brett — diz que ele é um de seus clientes preferidos.

— Nunca tratamos de negócios? — diz ela, transformando a afirmação em uma pergunta com uma leve inflexão no final da frase. — Mas em algumas manhãs rezamos?

— Pelo quê, senhora?

— Paz — diz ela. — Só paz para todos?

Continuo, de barraca em barraca, examinando o bazar. Parece que Brett andou fazendo exatamente o que Rocky Milano mandou, trocando produtos perecíveis com os fazendeiros, trapaceiros e ladrões, vasculhando as pilhas de lixo em busca de coisas que o restaurante pudesse usar: papel higiênico, detergente, velas, lenha, pratos e colheres. E ninguém, ao que parece, viu o homem na terça pela manhã.

Enquanto trabalho, o bazar fica mais movimentado, o ruído e a agitação aumentam à medida que se encerra a manhã. Há uma barulheira violenta, dois homens trocando socos na cabeça em meio a cobertores de tecido de terceira, discutindo intensamente por um capacete de futebol amassado dos Falcons. Os proprietários do bazar chegam às pressas, um grupo de homens magros e rudes com o cabelo muito curto, reunindo-se como uma equipe de rúgbi, entoando "fora, fora, fora, fora" enquanto conduzem os brigões à saída.

Em uma barraca que diz simplesmente MISCELÂNEA há uma mulher atarracada de cabelo ruivo horripilante enroscado no alto da cabeça, fumando um cigarro comprido e fino.

— Com licença — pergunto a ela. — A senhora tem brinquedos?

— O senhor quer dizer... — Ela baixa a voz. O cigarro balança no canto da boca. — Por exemplo, armas?

— Não — respondo. — Estou procurando por um determinado brinquedo. Para um amigo.

Ela baixa ainda mais a voz:

— Quer dizer, para sexo?

— Não. Deixa pra lá. Obrigado.

Ao recuar, esbarro em alguém e me viro, murmurando "desculpe". É um dos proprietários e ele não se desculpa comigo, só fica parado ali, de braços cruzados, musculoso e grave. É um brutamontes magro com duas tatuagens de lágrima, uma abaixo de cada olho pequeno e brilhante. Eles me examinaram atentamente quando entrei aqui, esses sujeitos, perguntaram-me três vezes como eu conhecia McGully, avaliaram com ceticismo o velho Mr. Coffee que eu trouxe, relutante, para escambo.

Agora este me olha de cima a baixo: o paletó de meu terno, meus sapatos de policial. Ele fede a cerveja de véspera e a algum produto capilar oleoso.

— Bom-dia — digo.

— Está tudo nos conformes pra você? — A voz dele é grave, inexpressiva. Entendo a mensagem.

— Vamos, garoto — digo a Houdini. — Hora de ir embora.

* * *

A meio caminho do bazar Elks e minha próxima parada, levo a bicicleta ao centro da cidade e dou uma volta lenta pelo estirão deserto da Main Street: vidro quebrado, vitrines destruídas, dois adolescentes embriagados, um por cima do outro num banco. É uma cidade fantasma. É um daqueles postos avançados de caubói de faroeste que costumavam manter preservados como um museu vivo: aqui havia uma livraria. Antigamente, esta era uma loja de presentes. Há muito, muito tempo, havia aqui um posto de gasolina Citgo.

* * *

Olho a porta da frente do Departamento de Polícia de Concord por alguns minutos, mas não consigo entrar. Como policial juramentado, eu abriria essa porta, cumprimentaria com um gesto de cabeça a recepcionista de olhos calorosos atrás do vidro à prova de balas e pegaria minhas tarefas do dia. Quando criança, eu empurrava a porta com as duas mãos e a recepcionista de olhos calorosos era minha mãe.

Agora, hoje, mundo diferente, ando cabisbaixo, anônimo e discreto, dou uma volta pelo prédio no sentido anti-horário, passo pelas placas de redação severa colocadas a intervalos de dez metros nos frades de cimento pelo perímetro. Sentinelas patrulham o telhado, em meio às moitas tortas de antenas e geradores barulhentos, policiais vestidos de preto com fuzis semiautomáticos, girando lentamente o olhar, para um lado, depois o outro, como se protegessem um consulado sitiado em uma nação caótica do Terceiro Mundo. Encontro uma posição a cerca de meia quadra na School Street, quase na YMCA, e me agacho atrás de uma caçamba de lixo.

— Vamos lá — digo, esperando, observando as portas grandes da garagem que agora foram abertas pela metade, revelando uma área de carga recém-instalada onde antigamente ficava a oficina. — Vamos lá, amiga.

A rotatividade de pessoal nos últimos meses foi drástica, a força policial se refazendo, afundando ainda mais em suas missões essenciais — não impedir o crime, nem investigá-lo ou contê-lo, apenas manter o maior número possível de pessoas vivas e incólumes. Manter todos vivos para morrer depois, como diz McGully. Mas há pelo menos uma policial conhecida minha que ainda está aqui e que por acaso sei que recentemente começou a fumar e gosta de fazer sua primeira pausa para o cigarro do dia às 12 horas. Olho o relógio.

— Vamos lá.

Alguém termina de abrir a porta da garagem e duas rampas de metal longas e planas saem com estrondo da área de carga. Policiais descem os degraus de cimento ao térreo, enfileirando pallets e carrinhos, gesticulando e resmungando em seus walkie-talkies. Arrisco-me a olhar mais de perto, saio um pouco de trás da caçamba e ando lentamente pela rua, até que me abaixo na entrada vazia da sorveteria Granite State. A atividade na área de carga agora é maior, policiais entrando e saindo do prédio, feito robôs, como formigas, os uniformes pretos e grossos pesados no sol.

— Oi, detetive Palace. Como está a aposentadoria?

Ela aparece bem na hora e está sorrindo, encontrando espaço a meu lado na soleira estreita da porta, um pouco mais de um metro e meio de altura mesmo com as botas militares, sua máscara de Plexiglas da tropa de choque virada para trás, abrindo espaço para o cigarro do meio-dia.

— Policial McConnell — digo. — Preciso de sua ajuda.

— Sério?

Um lampejo de empolgação seguido imediatamente pela preocupação. Sempre gostamos de trabalhar juntos, Trish e eu, primeiro como patrulheiros, depois durante meu breve período como detetive. Mas agora tudo mudou. Ela dá um trago no cigarro.

— Tudo bem. Bom, primeiro preciso te avisar que se meu sargento me vir aqui fora falando com você, terei de fingir que você é um pervertido e provavelmente lhe darei um tiro com o taser. Desculpe.

— Que sargento... Gonzales?

— Não, Belewski. Gonzales? Carlos foi embora há muito tempo. Não, Belewski, você não o conhece, mas ele procura pessoal para cortar e não gosta de nós, os remanescentes.

Ela faz um gesto brusco com a cabeça e saímos da porta da sorveteria, andamos no mesmo passo, afastando-nos da central de polícia.

— Belewski é federal? — pergunto. — De fora da cidade?

— Não posso lhe dizer.

— Do exército?

— Não posso lhe dizer isso, detetive. Você está indo bem?

— O que quer dizer?

— Tem o bastante para comer?

— Estou ótimo. Trabalho em um caso.

— Tudo bem. — Ela assente e sua voz fica toda pragmática. — O que você pegou? Incêndio criminoso?

— Um desaparecido.

— Tá brincando? Todo mundo está desaparecido.

— Eu sei. Mas esse é diferente.

— É? Porque muita gente está desaparecida. Tipo metade do hemisfério oriental, só para começar.

Paramos na frente do que antigamente era uma lanchonete Subway: a porta de vidro espatifada, os móveis virados, muita pichação no protetor do bufê de coberturas.

— Esses são refugiados — digo a ela. — O caso que peguei é de um caucasiano de 33 anos, casamento feliz, emprego remunerado.

— Emprego remunerado? Você bebeu? Sabe que dia é hoje?

— Ele desaparece do trabalho às oito e quarenta e cinco da manhã e não volta.

— Que trabalho?

— Uma pizzaria.

— Ah, cara. Talvez ele tenha caído numa dimensão alternativa. Já verificou as dimensões alternativas?

Um pequeno grupo de policiais passa por nós, as botas esmagando os cacos de vidro na calçada da Subway. Um deles hesita por meio segundo, olhando de Trish para mim; ela sustenta o olhar, assente rispidamente para ele. Não ia verdadeiramente me atingir com o taser — eu acho que não, de qualquer modo. McConnell está diferente de antigamente, de algum modo mais adulta; o rabo de cavalo pequeno e a baixa estatura, que no passado sempre me pareceram canhestros e quase adolescentes, esta manhã têm a aparência contrária: sinais de maturidade, de desembaraço.

— Continue andando — diz McConnell, quando o colega policial se afasta. — Vamos continuar andando.

Conto-lhe rapidamente de minha investigação enquanto damos uma volta pelo quarteirão, fornecendo os pontos principais que sei de cor: Martha Cavatone, de olhar desvairado, torcendo as mãos; Rocky Milano e sua pizzaria desafiadoramente movimentada; Jeremy Canliss visitando-me no meio da noite, sua forte sugestão de que Brett tem uma mulher em algum lugar.

— Então o cara está trepando. Ou tomando um porre numa praia. Onde está o problema?

Demos a volta e agora estamos de volta à caçamba onde me escondi antes, o lixo se derramando por todos os lados. Sou tranquilamente 45 centímetros mais alto que McConnell e agora ela me olha de baixo, a central do Departamento de Polícia assomando atrás dela como um planeta alienígena.

— Ele já foi policial — digo. — O marido.

— Ah, é? — O walkie-talkie de McConnell estala e resmunga e ela o olha, depois para a área de carga, agora com um enxame de policiais agitados.

— É. Policial da força pública do estado.

Ela volta a me olhar, hesitante por um momento, depois sua expressão muda.

— Você quer a ficha.

— Só se...

— Seu babaca.

Ela balança a cabeça em negativa, mas eu pressiono, sentindo-me mal, mas não posso evitar — ela é a única pessoa que me resta ali.

— Agora Concord é o quartel-general de todo o estado, não é? Então, qualquer documento relacionado com pessoal da força estadual estará aqui no porão. Qualquer coisa com o selo do estado de New Hampshire.

McConnell responde devagar:

— Não é mais como antigamente, Hank. Você não pode simplesmente descer ao porão e preencher o formulário com... qual era o nome dele mesmo? Wilentz?

— Wilentz.

Ela não está zangada, apenas triste. Resignada.

— Você não pode simplesmente descer e preencher o formulário e depois Wilentz faz alguma piada, obriga você a admirar a coleção idiota de bonés dele. Agora, quando desço lá e solicito uma ficha, tenho três supervisores que são completos estranhos me perguntando para que eu quero. Num estalo, estou acabada. Vou para o olho da rua, fazer o que você faz o dia todo.

— Ler — digo. — Ensinar uns truques ao cachorro.

— O cachorro do traficante? Como ele está se saindo?

— Mal.

— Eles estão pagando, Palace. Sabe disso, não é? Por isso ainda estou de farda. — Ela cospe a palavra *farda*, como quem diz *câncer*.

— Uma sirene vai soar e depois entra um caminhão. — Ela olha o relógio. — Em 45 segundos. E a merda que sai dali... comida, água, suprimentos... se estou com essa roupa, ganho minha parcela. É como estão fazendo isso. É assim que existe qualquer atividade policial: porque os babacas de farda levam a primeira parte.

— Entendi.

— Entendeu? Eu *não posso* perder meu emprego.

A filha de McConnell, Kelli, tem nove anos; Robbie, se não me engano, tem cinco. O pai deles foi embora quatro anos atrás, antes do asteroide, antes disso tudo. "Barry chutou o balde", disse-me Trish uma vez, "antes que o balde entrasse na moda."

— Desculpe — digo. — Eu devia ter pensado melhor.

— Deixa isso pra lá.

— É sério, desculpe.

— Hank — diz ela, mais baixo. Um tom de voz diferente.
— Sim?
— Um dia, quando chegar a hora, vou fugir para uma mansão na floresta, em algum lugar no oeste de Massachusetts, e vou levar você comigo. O que acha disso?
— Claro — digo. — Parece ótimo.

E então McConnell, muito rapidamente, estende a mão e puxa meu bigode com força.
— Ei.
— Desculpe. É uma coisa que sempre quis fazer. *Carpe diem*, né?
— É.

E então a sirene dispara, alta e insistente, uma buzina de tornado soprada em algum lugar no telhado do Departamento de Polícia. McConnell resmunga "merda" enquanto seu walkie-talkie berra, estalando numa série de códigos: "Equipe 409, para Alfa. Equipes 6040, para Alfa." O código é desconhecido e pergunto a McConnell o que significa.
— Significa que tenho trinta segundos para atravessar a rua e voltar para o personagem. — Ela cerra os dentes e me olha fixamente, balançando a cabeça. — Qual é o nome do seu cara?
— Cavatone.
— Ele foi da estadual?
— Até dois anos atrás. Mas Trish, é sério, deixa pra lá.

Agora eu me sinto mal. Ela tem razão. Eu não devia colocá-la nesta situação. Tenho uma imagem mental permanente dos filhos de Trish, de dois anos atrás, quando ela não conseguia encontrar uma babá e os arrastou à festa de aposentadoria de alguém: Kelli, uma criança ensimesmada de olhos vigilantes com uma blusa verde-lima Hello Kitty, Robbie chupando o polegar.

— Oeste de Massachusetts, detetive — diz McConnell.
— Você e eu.

Ela dá uma piscadela, baixa a máscara do capacete e está sorrindo, vejo as linhas de sua testa acima do Plexiglas. Depois vai embora, acelerando o passo quando o caminhão de 18 rodas entra com um estrondo, o motorista agarrando o volante enorme, os nós dos dedos brancos enquanto chocalha a coisa para o lugar certo. A polícia inunda seus flancos de metal achatados como insetos na carcaça de um animal da floresta.

— Trish — chamo. Não resisto. — Se tiver café no caminhão...

Por sobre o ombro, ela me mostra o dedo médio e desaparece no bando de policiais.

* * *

Nico, minha irmã, está morando em uma loja de roupas usadas na Wilson Avenue. Sei onde ela está, entocada com um pequeno grupo rotativo de imbecis mal-ajambrados, aparvalhados, delirantes e paranoicos. Minha irmã.

Venho aqui de vez em quando. Não bato na porta, não entro. Atravesso a rua ou me esquivo pela viela enlameada atrás da loja, inclinando-me para a janela aberta, a fim de ouvir sua voz, ter um vislumbre dela. Hoje estou bem agachado em um banco do ponto de ônibus do outro lado da Next Time Around, com uma edição de seis meses de *Popular Science* diante dos olhos, feito um espião.

Da última vez que falei com Nico Palace foi em abril e ela estava na minha varanda, de jaqueta jeans, revelando, com desafio e orgulho, que se aproveitou do irmão mais velho, policial e crédulo, levou-me a usar minhas conexões na polícia para ter informações confidenciais sobre a segurança da instalação da Guarda Nacional de New Hampshire na Pembroke Road. Ela me usou, sem falar do marido, Derek, que provavelmente foi executado ou pegou perpétua como consequência das manobras dela. Fiquei assombrado e furioso, disse isso a Nico, e ela e me garantiu — toda esbaforida de convencimento — que todas as maquinações foram a serviço de um objetivo profundamente importante. Ela ficou na minha varanda, fumando um de seus American Spirits, os olhos brilhando de conspiração, e insistiu que ela e os companheiros anônimos trabalhavam para salvar a todos nós.

Ela queria que eu pedisse os detalhes e não lhe dei essa satisfação. Em vez disso, disse a ela que este projeto, qualquer que fosse, era o absurdo mais perigoso que eu conhecia e não nos falamos desde então.

Entretanto, aqui estou eu, virando as páginas de *Popular Science*, lendo pela milésima vez sobre a composição do solo num leito marinho da Indonésia e o que isto significa para a matéria ejetada que explodirá em nossa atmosfera no impacto — aqui estou eu, esperando para me tranquilizar de que Nico está bem. Dois dias depois de ela ter ido embora, fiquei ansioso com sua ausência, o bastante para passar três horas infelizes agachado nessa viela suja, ouvindo pelas janelas até que um dos nojentos dali de dentro falou com outro que Nico estava em Durham, fazendo contato com pretensos revolucionários utópicos da República Livre de New Hampshire.

Os detalhes, ignorei. Só precisava saber, como agora, que ela estava bem.

Enfim a porta se abre e um sujeito gordo de vinte e poucos anos e cabelo seboso sai para jogar no lixo um saco de algum fluido — urina? Óleo de cozinha? A água do bong? — e vejo Nico, magra, pálida e fumando, pouco além da porta.

Queria poder abandonar minha irmã com seus amigos e planos idiotas. Queria poder parar de dar pelota, como meu pai costumava dizer, a essa criança egoísta, petulante e ignorante. Mas ela é minha irmã.

Nossos pais morreram e também o pai de meu pai, que nos criou, e é minha responsabilidade garantir, por enquanto, que ela continue viva.

2.

— Sente-se em qualquer lugar, meu bem.

É hora do almoço, mas Culverson e McGully não estão aqui e, enquanto deslizo para uma banqueta junto do balcão, sinto uma onda de ansiedade. Sempre que alguém não está onde deveria, parte de minha mente retorna à certeza de que está morto ou desaparecido.

— Ainda é cedo — diz Ruth-Ann, lendo meus pensamentos, ao se aproximar com uma jarra de água quente e uma bandeja com saquinhos de chá. — Eles chegarão.

Vejo-a voltar ao balcão. O asteroide virá, destruirá a Terra e deixará para trás apenas Ruth-Ann, flutuando na vasta escuridão do espaço, com uma das mãos agarrada à alça de sua jarra.

No balcão está a edição de despedida do *Concord Monitor*, de um domingo quatro semanas atrás, e pego para ler mais uma vez, apesar de já ter lido da primeira à última página umas cem vezes. Campanha de bombardeio americana e europeia contra armas nucleares, alvos militares e civis gerais pelo Paquistão. A recém-formada Comissão Mayfair, intimando para obter os registros do Spaceguard Survey e do Observatório de Arecibo, em Porto Rico. O imenso cruzador de doze cobertas e bandeira norueguesa que avançou para o porto de Oakland e descobriu-se que carregava mais de vinte mil imigrantes da catástrofe provenientes da Ásia Central, mulheres e crianças "amontoadas feito animais" em seus porões.

Há uma longa matéria na última página sobre uma jovem, ex-estudante de direito na Universidade de Boston, que decidiu ir para o Oriente, à Indonésia, uma IC ao contrário, para esperar a destruição do mundo "no epicentro do evento". O artigo tem um tom um tanto irônico de "quem diria?", a não ser pelas citações dos pais apavorados da garota.

E então, no canto inferior esquerdo da primeira página, o mea-culpa curto e angustiado do editor: falta de recursos, falta de pessoal, é com grande pesar que anunciamos o imediato e efetivo...

Enquanto Ruth-Ann centraliza minha xícara de chá no pires, há um tumulto do lado de fora, alguém abrindo a porta. Giro o corpo, esbarro o cotovelo na xícara e ela se espatifa no chão. Como uma gângster, Ruth-Ann pega embaixo do balcão uma espingarda de cano duplo e aponta para a porta.

— Pare — diz ela à mulher trêmula. — Quem é você?

— Está tudo bem — digo, descendo da banqueta, tropeçando em minhas próprias pernas, apressado. — Eu a conheço.

— Ele *voltou*, Henry — diz Martha, frenética, suplicante, o rosto afogueado e rosado. — Brett voltou para casa.

* * *

De algum modo, consigo colocar Martha Milano no guidom e a levo para casa de bicicleta como namorados dos velhos tempos. Depois de entrarmos, e ela bater a porta e correr a coluna de trancas de alto a baixo, Martha vai diretamente à cozinha e à despensa, aquela com os pacotes de cigarros — depois se detém, dá um tapa na coxa, foge para o sofá e desaba.

— Ele esteve aqui?

Martha assente com vigor, quase violentamente, os olhos saltados como uma criança assustada.

— Bem onde você está agora. Hoje de manhã. De manhã bem cedo.

— Você falou com ele?

— Não, não, na verdade não falei. — Ela balança a cabeça, começa a roer a unha. — Não tive nem uma chance. Ele sumiu.

— Sumiu?

Martha faz um rápido movimento descendente, como um mágico jogando pó das fadas no palco, *uuush*.

— Ele estava aqui e depois simplesmente... *sumiu*.

— Tudo bem.

A sala está exatamente como antes. É Martha que parece diferente. Está mais trêmula do que em nosso encontro na manhã de ontem, sua pele branca ainda mais pálida, marcada por manchas de um vermelho vivo, como se ela andasse espremendo espinhas na cara. O cabelo não parece ter sido lavado ou penteado e voa para todo lado, grosso e embaraçado. Tenho uma sensação desagradável, como se sua ansiedade com o desaparecimento do marido tivesse sofrido uma metástase para outra coisa, algo mais próximo do desespero profundo, até da loucura. Pego meu bloco, abro numa página em branco.

— A que horas ele esteve aqui?

— Muito cedo. Não sei. Às cinco? Não sei. Eu estava sonhando com ele, acredite ou não. Tenho um sonho em que ele para em casa com sua antiga viatura, as luzes girando. E ele sai, de botas, estende a mão para mim e eu corro para seus braços.

— Que bonito. — Vejo o sonho em minha mente como um pequeno filme: as luzes azuis da viatura policial espargindo a calçada, Martha e Brett correndo para os braços um do outro.

— Mas aí acordei, porque ouvi um barulho alto. No térreo. Isso me assustou.

— Que tipo de barulho exatamente?

— Não sei — diz ela. — Um estalo? Um baque? Um barulho qualquer.

Não digo nada, lembro-me de meu próprio visitante noturno, Jeremy Canliss, tropeçando no destilador solar do Sr. Moran. Mas Martha vê a crítica em meu silêncio e troca de marcha, sua voz fica irridatiça e insistente:

— Era ele, Henry, eu sei que era ele.

Sirvo-lhe um copo de água. Digo a ela para começar do início, contar-me exatamente o que aconteceu e anoto todo. Ela ouve o barulho, acende uma vela, espera no alto da escada, sem fôlego, até que ouve de novo. Sem se atrever a chamar, supondo que fosse um invasor violento e preferindo ser apenas roubada a estuprada ou morta, ela olha fixamente escada abaixo, até que o reconhece.

— Você viu o rosto dele?

— Não. Mas o... formato dele, sabe. Seu corpo.

— Tudo bem.

— Ele é baixo, mas forte. Era ele. — Concordo com a cabeça, espero, e ela continua: — Chamei por ele, desci a escada correndo, mas, como eu disse, ele... — Seu rosto desaba nas mãos. — Ele *sumiu*.

Toda a louca energia de Martha esmorece; ela afunda no sofá enquanto minha mente dispara pelas possibilidades, tentando dar a ela o crédito que posso: pode ter sido um arrombador de casas, existem muitos, que no último minuto decidiu, por algum motivo, sair de mãos abanando. Algum desvairado, que tende à violência, de repente assustado ou confuso com sua presa.

Ou, muito possivelmente, não foi nada. O sintoma de uma mente desesperadamente solitária e sobrecarregada, assustando-se com as sombras.

Rondo pelos cômodos do primeiro andar, fazendo minha rotina de policial, engatinhando, procurando pegadas no carpete felpudo. Investigo as janelas uma por uma, passando atentamente a ponta dos dedos nos caixilhos. Nenhum dano. Não foram abertas. Nenhum sinal de entrada forçada, nem cacos de vidro pelo carpete, nem arranhões nas trancas. Se alguém entrou, tinha uma chave. Paro junto à porta, passando a mão pela longa coluna de trancas de segurança e correntes.

— Martha, você tranca esta porta à noite?

— Sim. Sim, nós sempre... eu vejo todas as... — Ela para, morde o lábio ao perceber aonde quero chegar. Brett não pode ter passado por esta porta sem que ela a tivesse aberto para ele.

— Tem as janelas — diz ela.

— Claro. Mas estão trancadas. — Dou um pigarro. — E têm grades.

— É verdade. Mas... — Impotente, ela olha a casa pequena. — Mas esta é a casa dele. Ele instalou todas as trancas, as grades e... quer dizer... ele é o *Brett*. Ele podia... podia ter entrado, se quisesse. Não é?

— Não sei — respondo. — É claro. Tudo é possível.

Não sei mais o que dizer. A expressão de Martha, de uma crença pura e feroz, sem se deixar perturbar pelas provas ou pelo bom senso... É de enlouquecer, a sua própria maneira, e de súbito estou enfurecido e exausto. Lembro-me do detetive McGully, questionando meus motivos, implicante, mas não a sério: *isso não é dinheiro*. Ouço Trish também: *já procurou nas dimensões alternativas?*

Atrás de Martha, na parede, há uma TV de tela plana, um retângulo frio e achatado, e fico impressionado com a profunda inutilidade do objeto, um receptor para uma espécie de sinal extinta, um lembrete de tudo que já está morto, uma lápide pendurada na parede.

Martha agora resmunga, esfrega as faces com a palma das mãos, tenta se recompor.

— Eu sei que era ele, Henry — diz ela. — Eu te disse que ele ia voltar e ele voltou.

Ando pela casa, procuro me concentrar, ver as coisas da perspectiva de minha cliente. Brett volta, mas não se aproxima dela, não se detém para conversar. Por quê? Ele não está de volta, mas há algo que ele precisa que ela saiba. Ele quer deixar um recado. Gesticulo positivamente com a cabeça, reviro a ideia, tudo bem... E onde está o recado? No sofá, Martha Cavatone espreme o rosto com as mãos, seus dedos cobrindo as bochechas, o queixo e os olhos, como trepadeiras subindo pela parede de uma casa.

— Ele esteve aqui — resmunga, agora falando sozinha —, eu sei que ele esteve aqui.

— Sim.

— O quê?

Estou chamando da cozinha. Estou na despensa. Ela vem correndo, eu me viro e a olho fixamente.

— Martha, você tem razão. Ele esteve aqui.

Atordoado, solto a tampa de papelão perfurada do pacote de cima dos Camels.

— Aqui — digo. Os olhos de Marta estão arregalados como pratos de papel. — Ele lhe deixou um bilhete. Escondido onde achou que você veria.

E estou quase rindo, porque é isto que acontece quando você decide que um caso é pura fumaça — sem solução, sem chances. Você encontra uma pista, clara e incontroversa. Tem uma data, pelo amor de Deus. Dia 19 de julho. A data de hoje. Sento-me ao lado dela no sofá para ler o que Brett Cavatone escreveu cuidadosamente numa letra bonita.

GARVIN FALLS 17 Nº2 // SR. PHILLIPS //
RAIO DE SOL RAIO DE SOL MEU, TODO MEU

A ansiedade de Martha se esvai de seu corpo. Ela se senta reta, firme como a conheço, o cenho imperturbável, um suave brilho nos olhos. Sua fé recompensada.

— Este bilhete faz sentido para você? — pergunto.

— A última parte faz. — Ela fala suavemente, quase aos sussurros. — Raio de sol, raio de sol, meu, todo meu. Ele sempre me dizia isso. Quando nos casamos. Raio de sol, raio de sol, meu, todo meu. — Ela pega a tira de papelão de minha mão e lê mais uma vez, murmura as palavras consigo mesma. — Ele está dizendo isso para que eu saiba que é ele.

— E o resto? Garvin Falls?

— Não. Quer dizer... Parece um endereço, mas não sei onde fica.

É um endereço. A Garvin Falls Road é uma rua industrial sinuosa, a leste do rio, ao sul da Manchester Street. Uma área industrial, sem manutenção e árida desde antes do início de nosso ambiente atual.

— E este Sr. Phillips?

— Não.

— Tem certeza?

— Não sei quem é.

Com delicadeza, pego o pedaço de papelão em suas mãos e leio de novo.

— Martha, preciso ter certeza de uma coisa. Não havia mais ninguém que soubesse disso. "Raio de sol, raio de sol, meu, todo meu", quero dizer. Esse codinome?

— Codinome?

Os olhos de Martha focalizam em mim e ela tem aquela expressão perplexa e digna de pena, que reconheço dos velhos tempos, quando eu costumava fazer coisas que a surpreendiam — dizer educadamente "não, obrigado" a um segundo copo de leite achocolatado, ou desligar a televisão logo depois de passar nossa meia hora permitida.

— Isto não é um codinome, Henry — diz Martha. — Era só uma coisa carinhosa que dizíamos ou ao outro. Uma frase amorosa que usávamos. Porque nos amávamos.

— Muito bem — digo, colocando o pedaço de papelão no bolso. — É claro. Vamos.

3.

Martha e eu deixamos a bicicleta acorrentada ao bebedouro de cimento e andamos juntos da casa dos Cavatone para a Garvins Falls Road, evitando o centro da cidade, atendo-nos às tranquilas ruas secundárias, às áreas com patrulhas ativas de associação de moradores. Relativamente seguro, porque nada é seguro.

Minha mente zumbe de perguntas. Se Brett de fato voltou, se era realmente ele, então por quê? Por que ir embora e voltar? Quem abandona a mulher e volta para deixar um endereço de correspondência?

Martha não se abala com os detalhes. Martha é impelida por surtos de expectativa jubilosa.

— Nem acredito nisso — diz ela, quase cantando, como uma estudante. — Estamos indo a pé para lá e Brett estará esperando por mim. Nem acredito.

Mas ela acredita. Sim, acredita. Ela anda com tamanha velocidade pela Main Street, a caminho da ponte, que preciso correr para acompanhá-la, mesmo com minhas passadas largas. Passo meu braço pelo dela, tento moderar seu ritmo. Não é seguro andar a passo acelerado — muitas pedras soltas e sulcos na calçada. Ela está com um vestido simples de algodão preto e eu com meu terno e, quando vejo nosso reflexo em uma das vidraças restantes do que antigamente era a Howager's Discount Store na Loudon Road, parecemos viajantes do tempo, como se tivéssemos vindo de foguete de outra era; talvez dos loucos anos 1920, ou do pós-guerra, um cara com seu broto saindo para uma caminhada ao meio-dia, por acaso entraram na esquina errada e saíram numa via de pedregulhos de um mundo em colapso.

Não há placa que identifique o prédio na Garvins Falls Road, nenhuma indicação de que existem ou existiram empresas ali, apenas o número "17" em estêncil em tinta cor de ferrugem na parede de tijolos do lado de fora. Em seu interior, a portaria é decrépita e vazia, não há elevador de passageiros — apenas uma pesada porta antifogo com a única palavra "escada" e a porta gradeada e enferrujada de um elevador de carga.

— Muito bem — digo, olhando em volta lentamente. — Tudo bem.

Mas Martha já está em ação, atravessando às pressas a portaria vazia e abrindo a porta da escada. Depois recua, confusa, e solta um leve assovio de surpresa. Atrás da porta não tem nada: a escada sumiu, literalmente sumiu, é apenas um poço vazio com um corrimão subindo pelas paredes. Como se a escada tivesse ficado invisível, como se fosse uma escada para fantasmas.

— Hum — digo. Não gosto disso. É propositaI, defensivo, uma fortificação. Martha abraça a si mesma enquanto olha a escuridão do poço da escada.

— Precisamos chegar lá em cima — diz ela. — O que vamos fazer?

— Elevador de carga. Eu vou primeiro. Você espera aqui.
— Não. Preciso vê-lo. Não posso mais esperar.
— Não sabemos o que tem lá em cima, Martha.
— Ele está lá — diz ela, de queixo cerrado, segura. — Brett está lá em cima.

A porta do elevador se abre imediatamente quando aperto o botão e Martha entra, eu entro atrás dela e meu estômago se aperta quando a porta se fecha. Estamos em movimento. Há uma claraboia no teto do elevador e outra mais acima, em algum lugar no alto do poço, lançando raios de sol duplamente destilados como uma mensagem de uma estrela distante. À medida que o elevador sobe devagar, Martha, apesar de toda a bravata, fica tensa e se aproxima um passo de mim. Ouço-a murmurando orações no escuro e ela está em "que estais no céu" quando o elevador estremece e para, a porta se abre com um gemido, revelando uma sala cheia de suprimentos: engradados, pallets carregados de vidros e latas, garrafas de água, estantes. Depois um homem grita e se joga no elevador, diretamente em minha cintura, arrancando-me o fôlego e obrigando-me a recuar para um canto escuro. Ele cai por cima de mim e fecha a mão em meu rosto. Estou esmagado no chão sujo com esse homem agachado sobre mim como um lobo, um licantropo, seus joelhos prendendo meus ombros, segurando minha boca fechada e batendo algo duro e frio no lado de minha cabeça.

Eu me contorço. Tento falar e não consigo. Os olhos do estranho são brilhantes e estreitos na luz fraca e refratada.

— É um grampeador — fala o homem suavemente em meu ouvido, baixo, como um amante. — Mas eu o modifiquei. Fiz uma gambiarra nele.

Ele aperta com mais força o grampeador em minha têmpora, tento virar a cabeça e não consigo. Pelo canto dos olhos vejo Martha Cavatone, de boca escancarada, os olhos distorcidos de medo. Uma mulher alta está atrás dela, a mão puxando pelo cabelo a cabeça de Martha para trás, a outra segurando a ponta afiada de um cutelo em seu pescoço. A postura das duas é bíblica, brutal, um cordeiro em seu ponto de abate.

Estamos neste quadro vivo, nós quatro, enquanto a porta do elevador se fecha num rangido e começamos a descer, ouvindo o tinido enferrujado das correntes.

— O elevador leva 35 segundos pra chegar ao térreo — diz o homem em cima de mim, curvando o corpo para frente para me achatar ainda mais. — Se depender da gente, ele toca o térreo, a porta se abre, rolamos os corpos pra fora e apertamos o botão pra subir.

Martha grita e se debate nas mãos da mulher. Eu respiro pelo nariz, fundo.

— Não sei o que acontece com os corpos. Parece cedo demais para o canibalismo, mas quem sabe? Só o que sei é que eles estão sempre desaparecendo.

O queixo do homem é quadrado e projetado. Sua mão é áspera e cheira a sabonete Ivory. Comecei a contar o tempo assim que ele principiou a falar; restam vinte segundos.

— O que eu fiz foi plugar o grampeador ao motor de um aparador de sebe, assim ele serve pra alguma coisa. Tenho armas, mas estou poupando minhas balas. Sabe como é.

O homem sorri duro, dentes brancos e brilhantes, um espaço entre os dois da frente. O elevador desce, as correntes chocalham ensurdecedoras, como uma artilharia. Tempo, dez segundos – nove –, quem está contando?

— Minha amiga Ellen está usando uma faca de açougueiro. Não tem imaginação nenhuma, sabe?

— Vai se foder, viado — diz a mulher que segura Martha, olhando feio para o homem. Ele estufa as bochechas, olha para mim como quem diz *dá pra acreditar nessa?* Tempo, dois segundos. Um. O elevador para com um baque. Meus ossos se chocam. Eu me preparo.

— Quem são vocês? — pergunta o homem, tirando a mão de minha boca. Eu respondo:

— Meu nome é Henry Pal... — E ele dispara o grampeador com um zunido e um estalo e meu cérebro explode. Eu grito e ouço outro grito, no canto, é da mulher, Ellen. Estico o pescoço e procuro enxergar através das centelhas de dor, estrelas vermelhas e douradas ardendo por meu campo de visão. Martha está mordendo o braço da mulher, libertando-se aos pontapés.

— Porra! — grita Ellen, levantando o cutelo como um açougueiro, e Martha berra, "Phillips! Sr. Phillips!".

— Ah — diz o homem, e relaxa. — Mas que merda.

Ellen baixa o cutelo, respira pesadamente e Martha arria contra a parede do fundo do elevador, o rosto nas mãos, chorando. Uma senha. É claro. *Sr. Phillips*. Palace, seu idiota.

O sangue escorre pelo lado de minha cabeça, desce pela testa e entra nos olhos. Levanto o dedo e toco a ferida, um buraco do tamanho de uma moeda, o pequeno grampo afiado enterrado na carne fina de minha têmpora. Meu agressor joga a arma no chão do elevador.

— Ellen, pode apertar o botão pra subir, querida?

* * *

Há mais produtos do que os que vi naquela primeira olhada, muito mais: uma sala cheia de caixas, cada caixa transbordando de coisas — coisas úteis. Pilhas, lâmpadas, ventiladores portáteis, umidificadores, sacos de fritas, utensílios de plástico, suprimentos de primeiros socorros, canetas, lápis e grandes resmas de papel. O homem, aquele que atirou em minha cabeça com o grampeador, me dá um tapinha nas costas e sorri voraz, abre os braços e dá uma meia-volta orgulhosa pela sala.

— Muito legal, né? — diz ele, depois responde à própria pergunta, sentando-se em uma cadeira giratória. — É *muito* legal. Consegui um Office Depot.

Ele pilota a cadeira pela sala sobre as rodas vacilantes e para atrás de uma mesa larga, em L, com tampo de vidro, onde coloca os pés e abre um pote plástico de pretzels.

Tenho a palma da mão na têmpora, o sangue escorre livremente por meu pulso, empoçando-se por dentro das mangas da camisa. Martha se abraça, tremendo, olhando temerosa a mulher com o cutelo. Dois anos atrás, nesta época, Martha Cavatone estaria no Market Basket, escolhendo alguma coisa para o jantar, ou talvez no banco, na lavanderia. Daqui a um ano, quem sabe?

— Olha, eu tenho um amigo — diz nosso anfitrião de trás de sua mesa de vidro. — Na verdade, um conhecido, que me devia uma grana preta. Isto foi em dezembro passado. E, sabe como é, tive um pressentimento de como ia rolar essa história do asteroide. Ainda estava no escuro, escondido pela Lua.

Quando ele fala no asteroide, aparece um brilho satisfeito e ansioso nos olhos, como se fosse a melhor coisa que aconteceu na sua vida. Conjunção é o que ele quer dizer. Em dezembro, o $2011GV_1$ ainda estava em conjunção, alinhado com o Sol e de observação impossível. Não estava "escondido pela Lua". Meus olhos caíram na água — caixas de garrafas, dez garrafas por caixa, duas pilhas de dez caixas, lado a lado. Dez garrafas de água por caixa vezes dez vezes dois.

— E esse sujeito, o coitado, eu o procurei e disse, olha, esquece o dinheiro. Porque esse cara, quando não estava fazendo apostas ruins nos esportes, era o gerente do Office Depot, em Pittsfield. E o bom do Office Depot é que eles não têm só coisas de escritório. Têm uma variedade extraordinária de mercadorias.

Ele parece fazer um comercial do Office Depot e sabe disso. Ri, joga para trás o cabelo na altura dos ombros.

— Mas então a merda afunda, dizem que o mundo vai acabar e eu estou em boa posição, entendeu? Tenho uma cópia das chaves desse sujeito, tenho uns amigos preparados, um caminhão reservado, tenho alguma gasolina. — Ele pisca de novo. Dá de ombros. — Então, eu consegui um Office Depot.

— *Nós* conseguimos, Cortez — diz rispidamente Ellen. — Nós conseguimos. — Ela está na porta do poço vazio da escada, ainda com o cutelo.

Cortez sorri duro para mim, revira um pouco os olhos, como se estivéssemos em conluio, ele e eu, meninos contra meninas. Eu o examino, cabelo preto e comprido, testa volumosa, queixo pronunciado — ele me lembra um hóspede que tivemos uma vez quando eu era criança, um poeta famoso que meu pai convidou para dar uma palestra na St. Alselm's. Minha mãe disse que ele era "feio de um jeito bonito".

Dou outra olhada em Martha, para me assegurar de que ela está bem. Está sentada a uma mesa; a sala está cheia de mesas, com tampo de vidro, escrivaninhas, mesas imponentes de carvalho; muitas com as gavetas trancadas.

Uma sala cheia de tocas, esconderijos, coisas malocadas.

— Conhece este homem? — digo, tirando do bolso a fotografia de Brett.

Cortez ofega dramaticamente, lança as mãos para o alto.

— Ah, meu Deus, você é a merda de um policial!

— Não, senhor.

— Faça isso de novo — disse ele, sorrindo. — Com a foto. Pergunte de novo.

Coloco a fotografia diante dele.

— Conhece este homem?

Ele dá um tapa na mesa, deliciado.

— Um policial da vida real. Parece um flashback de ácido.

— Sim — diz Ellen em voz baixa, de seu lado da sala, ainda com o cutelo de açougueiro na mão. — Nós o conhecemos. Ele esteve aqui ontem. Você é a mulher dele?

Cortez lança um olhar irritado a Ellen enquanto Martha concorda com a cabeça, seus olhos se enchendo de uma esperança renovada ao percorrerem a sala. Ela está pensando, *aqui... nesta sala*. Ela exulta no fato da proximidade dele, no espaço, se não no tempo: *ele esteve aqui.*

— Sim. Ele esteve aqui. — Cortez me olha de cima a baixo, ainda maravilhado com o policial da vida real. — E disse que a mulher viria sozinha, por isso atirei em você com meu grampeador.

— Está tudo bem — digo.

— Não estou pedindo desculpas.

— Será que eu posso... — Martha engole em seco. Suas mãos tremem. Ela olha de Ellen para Cortez, depois de volta a Ellen. — O que ele queria?

— Coisas — disse simplesmente Cortez.

— O quê? — diz Martha.

Estou mais uma vez olhando a sala: as mesas, os arquivos, as caixas de produtos que compramos por impulso, snacks de frutas, biscoitos de cheddar e barras de cereais.

— Como assim, o quê? — diz Cortez, sorrindo. — Era o que ele queria. Coisas! Coisas pra *você*, querida.

— Desculpe — diz Martha. — Não entendi.

— Ah, meu bem — diz Ellen, olhando para Cortez, enfim baixando o cutelo e passando o braço por Martha. — Ele nos pagou para cuidar de você. Até o depois.

— Cuidar? — Martha tem os olhos arregalados. — Como assim?

— Significa *dar um monte de merda*. — Cortez roda para o lado delas na sala e pega a faca. — Significa *não deixar que morra*.

— Cala a boca, Cortez — diz Ellen. — Significa que ele pagou adiantado para darmos a você coisas suficientes para se aguentar até o fim. Comida, água, pilhas, lanternas, roupas, tampões higiênicos. O que for.

— E se você tiver medo de coisas que pintam à noite, damos proteção. — Cortez volta à sua mesa, coloca a faca de Ellen numa gaveta. — Até o fim.

— Mas não depois? — pergunto.

— Depois? — Cortez dá uma gargalhada, joga as pernas na mesa como um especulador corporativo. — Qualquer um que faça promessas para depois é mentiroso e ladrão.

Estou com a mão na testa ensanguentada, pensando bem, percebendo junto com Martha exatamente o que isto significa. Brett queria que ela fosse bem cuidada, o que é muito gentil, só que isto significa que ele sabia que iria embora. Não é mais uma questão de acidente ou crime. Brett Cavatone abandonou a mulher com premeditação, eficiência e decisão. Martha encara bem à frente, perdida atrás da mesa grande como uma criança no escritório do pai.

— Com licença — diz ela, de repente sentando-se reta, a voz cuidadosamente controlada. — Vocês têm algum cigarro?

— Sim, meu bem — diz Ellen, abrindo um baú do tamanho de uma banheira pequena. — Aos milhares.

A dor em meu novo ferimento reacendeu uma antiga, como uma bola de pinball quicando em um pino e o iluminando: um ponto dolorido, onde uma vez fui esfaqueado, pouco abaixo do olho esquerdo. Foi o traficante de drogas que me apunhalou, aquele cujo cachorro está agora na minha casa, esperando para ser alimentado.

— Esta proteção. É um serviço que vocês oferecem? — pergunto a Cortez. — Estava em oferta?

— É. — Ele sorri. — Está interessado?

— Não, obrigado. Como as pessoas pagam por este serviço?

— Com coisas — diz ele, o queixo forte, o sorriso torto. — Mais coisas. Coisas que posso alterar e oferecer a outros caras. Objetos que posso guardar para um dia de chuva. Para um dia de muita chuva.

— E como *ele* pagou a vocês? — Ergo de novo a fotografia.

— Ah! — Cortez esfrega as mãos, os olhos brilhando como moedas. — Quer ver?

* * *

Peças e pedaços grandes de metal, sucata e montes de metal. Prata reluzente, plástico preto moldado, vidro e mostradores. Olho a pilha, olho para Cortez.

— É um veículo.

Cortez mexe as sobrancelhas misteriosamente, divertindo-se. Pegamos o elevador juntos em silêncio e saímos, contornamos os fundos e descemos uma escada bamba de porão, agora acessível apenas por um alçapão na calçada. O porão do número 17 da Garvins Falls tem piso de concreto, lâmpadas fracas no teto ligadas a um gerador barulhento e fedido, movido a biocombustível. Levanto uma chapa comprida de ferro reforçado e encontro palavras pintadas do outro lado numa tipologia infantil de quadrinhos: CALIFÓRNIA: TERRA DA CORRIDA DO OURO!

— Um caminhão-baú — digo, e o sorriso torto de Cortez se alarga.

– Dá pra acreditar nisso?

Dá. Eu acredito. Rocky Milano mentiu: ele não tinha mandado seu amado genro e braço direito rebocar móveis pelo condado em uma bicicleta de dez marchas. É assim que um restaurante fica aberto: toma posse de um veículo que funciona, fabrica um suprimento de gasolina ou biocombustível ilegal, ou faz escambo com ele, faz um mapa confiável dos pontos de controle do Departamento de Justiça a serem evitados. Não admira que Rocky fique tão aflito. Ele não perdeu apenas um genro e um ótimo funcionário; perdeu seu capital ativo mais valioso. Queria poder voltar àquela pizzaria e perguntar a ele novamente, pressioná-lo com todas aquelas meias-verdades e evasivas. Não sou policial, eu diria. Sou só um cara tentando ajudar sua filha.

— O que eu disse a ele é que se você vai deixar isto, precisa desmontar — diz Cortez. — Vou conseguir mais por ele, peça por peça, você não acha?

Não me arrisco a uma conjectura. Levanto uma barra de metal suja do tamanho do meu braço.

— Coluna de direção. — Cortez dá uma risadinha, aponta com o queixo.

Vago por entre as peças do caminhão, identificando os pedais, as tiras do cinto de segurança, o ferro chanfrado e inclinado da rampa de carga. As formas fraturadas de algo comum, como um caminhão de mudança, parece uma visão de lembrança distante, como se eu examinasse a carcaça massacrada de um mastodonte. Os dois aros do pneu estão empilhados, um por cima do outro, as rodas de borracha preta e grossa ao lado deles.

Ergo o corpo e olho Cortez, o cabelo no estilo Jesus, o sorriso malicioso.

— Por que ele confiaria em você? — pergunto. — Que você cumpriria sua parte na troca?

Ele abre a mão pelo esterno, ofendido. Eu espero.

— A gente se conhece de outros tempos, aquele policial e eu. Ele sabe quem eu sou. — Ele sorri como um gato mágico. — Sou um ladrão, mas um ladrão com honra. Ele me viu sendo preso, viu quando fui solto e me reformei. Porque eu sou confiável. Um homem de negócios tem de merecer confiança, é só isso.

Tiro o chumaço de gaze de minha têmpora — está ensopado de sangue — e recoloco ali. Rocky Milano não fechou seu restaurante, embora estejamos em contagem regressiva: ele dobrou as apostas, intensificou seu compromisso com as operações e sua identidade pessoal. Como fez também Cortez, um ladrão.

— Além disso, ele disse que se eu o deixasse na mão, se eu deixasse alguma coisa acontecer com a mulher dele, ele voltaria e me mataria — acrescenta Cortez, quase de imediato. — Conheço gente que diz isso e não fala sério. Tive a forte impressão de que este era um homem que cumpre com sua palavra.

— E ele não te deu nenhum sinal de para onde ia?

— Nada. — Cortez faz uma pausa, sorri com malícia. — Mas vou te contar uma coisa. Não sei pra onde ele estava indo, mas tinha uma pressa danada pra chegar lá. Eu tentei arrancar isso do homem. Eu disse, para alguém que está aqui pra desmontar um veículo funcional e deixá-lo pra trás, você quer mesmo dar no pé. Mas ele não riu. Nem um pouquinho.

Não, penso. Aposto que não riu. Se Brett era o careta que eu sentia ser, se ele era a figura decente e honrada que surge das lembranças de todos, ele *detestou* vir aqui. Eu o imagino, a caminho da Garvins Falls Road, neste caminhão roubado — sentindo o gosto amargo da atitude que tomava, de depositar sua confiança neste espertalhão presunçoso.

Brett Cavatone desmontando um caminhão-baú, trabalhando rapidamente sob o olhar cintilante de Cortez, sem olhar o relógio, apenas fazendo o trabalho bem e atentamente, até que acabou.

Meu desaparecido era um homem louco para partir, numa febre para ir embora, mas sabia que partir era errado. Ele chegou a um acordo consigo mesmo, atingiu um equilíbrio moral, fez o que precisava, fez arranjos para a mulher que abandonava.

Digo "obrigado" a Cortez. Ele diz "não há de quê" e faz uma mesura. Subo para pegar Martha.

* * *

Na Garvins Falls Road, do lado de fora, o sol do final de dia brilhando dourado e perfeito pelas calçadas sulcadas, olho o prédio atrás de mim e Martha tem os olhos na rua. Está mais quente do que ontem, mas ainda não é desagradável. Há duas nuvens perfeitas provocando-se pelo céu azul e luminoso. Martha parece calma e controlada, surpreendentemente, considerando o que acaba de saber.

— Eu te falei — diz ela, muito baixinho, e eu respondo: "Como disse?" — Eu te falei, ele é uma rocha, aquele homem. É assim que ele é. Ele pensa nas coisas. É tão zeloso. Até... — Ela sorri, vira a cara para o sol. — Até quando me abandona, ele tem consideração.

— Sim — digo. — Claro.

Ao longe, no centro de Concord, o chamado ensurdecedor da sirene de tornado. Imagino o caminhão roncando para a área de carga, McConnell e os outros policiais apressando-se para se posicionar, formando seu perímetro, preparando-se para descarregar.

— Então, só para que fique inteiramente claro, Martha — falo com a maior gentileza possível. — Você não quer mais que eu encontre seu marido?

— Ah, não — diz ela, sobressaltada. — Agora quero mais do que nunca que você o encontre.

4.

As pessoas falam do asteroide que matou os dinossauros como se tudo tivesse acontecido em um só dia. Todos os dinossauros estavam por ali, todos juntos em área aberta, o asteroide desceu e destruiu a todos, matou todos de uma vez só.

É claro que não foi assim. Alguns morreram no dia, não há dúvida disso, e provavelmente foram muitos — mas a questão toda levou anos. Talvez gerações. Ninguém sabe ao certo. Sabem que um asteroide de 10 quilômetros explodiu na crosta terrestre na península de Yucatán 65,6 milhões de anos atrás, abrindo um corte profundo no planeta e escurecendo o céu, e parte dos dinossauros se afogou e alguns pegaram fogo, outros morreram de fome quando a vegetação parou de crescer, outros ainda cambalearam pelo novo mundo frio. Comiam o que conseguiam encontrar, brigavam pelos restos e esqueceram-se de que houve um asteroide. Cérebros de noz, criaturas da necessidade, eles só conheciam sua fome. Muitas espécies morreram. Muitas outras, não.

Desta vez também acontecerá das duas formas: a maioria das pessoas morrerá em outubro e nos violentos cataclismos que se seguirão, muitas outras morrerão mais tarde.

Morte súbita *versus* morte lenta; o instantâneo e certo *versus* o prolongado e imprevisível. Meus pais morreram ambos de repente, num estalar dos dedos, uma fenda no tempo: um dia minha mãe estava aqui, depois foi enterrada, e logo depois disso meu pai, puf, foi-se. Com meu avô, foi no modo lento: diagnóstico, tratamento, remissão, recaída, novo diagnóstico, o curso caprichoso da doença. Houve uma tarde em que nos reunimos junto de seu leito, Nico, eu e alguns amigos dele, despedimo-nos, depois ele ficou melhor e viveu outros seis meses, pálido, magro e irritadiço.

Naomi Eddes, a mulher que amei, tomou o outro rumo, o primeiro: puf e foi-se.

As melhores provas científicas disponíveis sugerem que no dia D a atmosfera da Terra será dilacerada pelas chamas, como que por uma detonação nuclear prodigiosa: sobre a maior parte do planeta, um calor de assar, o céu em fogo. Tsunamis altos como arranha-céus assolarão os litorais, afogando a todos a centenas de quilômetros do impacto, enquanto pelo planeta erupções vulcânicas e terremotos agitarão a paisagem, estilhaçando a crosta do mundo em todas as suas junções ocultas. E depois a fotossíntese, o truque mágico que sustenta toda a cadeia alimentar, será apagada por um manto de escuridão puxado sobre o sol.

Mas ninguém sabe. Ninguém sabe de fato. Eles têm programas de computador, baseados no evento de Yucatán, baseados na Sibéria. Tudo depende, porém, da velocidade final, do ângulo de aproximação, da composição exata do objeto e do solo abaixo do ponto de impacto. É provável que nem todos morram. Mas é provável que a maioria morra. Será sem dúvida terrível, mas é impossível dizer exatamente como. Qualquer um que faça promessas para depois é um mentiroso e um ladrão.

* * *

Chegando em casa, encontro o grosso envelope manilha metido entre a porta de tela e a de entrada, e assim, quando abro a porta, o pacote se solta e cai na varanda com um baque. Agacho-me e abro o envelope com um só dedo, deslizando para fora uma pasta manilha, bem recheada, com o selo do Arquivo da Polícia Estadual de New Hampshire Brett Alan Cavatone (apos.).

— Obrigado, Trish — sussurro e me viro para o leste, na direção da School Street, para lhe fazer uma saudação, suave e doce como um beijo soprado.

Depois de entrar, fecho a porta com cuidado, pois não quero acordar Houdini, que ronca levemente no sofá, enroscado, com a cara espremida na lateral quente do próprio corpo. Na cozinha, acendo três velas e preparo chá. O registro da polícia é escrito no jargão seco desses relatórios: uma história curta redigida em explosões breves e estáticas de prosa institucional. Em todo ele refere-se ao sujeito como O. Cavatone. "O" de oficial de polícia. O. Cavatone formou-se na academia de polícia em tal data. Na data tal e tal, foi designado para a Unidade D da Divisão de Polícia Estadual com a patente de Soldado I; transferido para o norte, em seguida, para a Unidade F; reconhecido com uma comenda e uma pequena cerimônia por salvar a vida de uma vítima de acidente de trânsito; promovido a Soldado II. No todo, as páginas falam de uma carreira admirável e firme: nenhuma citação, nenhuma advertência, nada macula o registro.

— A Medalha do Governador — digo em voz baixa a mim mesmo, virando uma página, assentindo minha apreciação. — Muito bem, O. Cavatone. Meus parabéns.

Lá pela metade da quarta página, as explosões rápidas e resumidas de informações dão lugar a um parágrafo longo e detalhado, demorando-se em algum pormenor sobre determinado incidente. Começa com um relatório de prisão: quatro suspeitos acusados de invasão. O local é um matadouro administrado por uma fazenda de gado leiteiro chamada Blue Moon, perto de Rumney. A aparente missão dos supostos invasores era instalar equipamento oculto de gravação em vídeo, mas dispararam alarmes e foram detidos fugindo da cena. Subsequentemente, os suspeitos explicaram ao policial que fez a prisão — O. Cavatone — que sua ação pretendia reunir provas de tratamento desumano e insalubre do gado bovino: para "provocar horror e escândalo", diz o relatório, "direcionado à Blue Moon em particular e à prática agrícola americana em geral".

O caso me lembrou alguma coisa, a história do matadouro. Levanto-me e ando um pouquinho pela cozinha escura, tentando me recordar. De acordo com a data no registro, essa prisão aconteceu dois anos e meio atrás. Provavelmente li sobre isso no *Monitor*, ou talvez tenham examinado o caso conosco na academia. Uma espécie interessante de crime, uma categoria incomum de motivação para esta parte do mundo: provocação política, universitários com máscaras de esqui tingidas plantando câmeras de vídeo.

Houdini resmunga dormindo, rosna um pouco. Bebo meu chá. Está frio. Pego o registro novamente, leio os nomes dos criminosos, todos indiciados por invasão e duas acusações de danos. Marcus Norman, Julia Stone, Annabelle Demetrios, Frank Cignal.

Releio os nomes, examino-os, tamborilando os dedos. Por que a ficha do O. Cavatone inclui o relatório detalhado deste caso específico, por que um parágrafo inteiro sobre esta prisão, quando devem ter sido centenas ao longo de uma carreira de seis anos?

Não é difícil descobrir a resposta, pelo que vejo. Na verdade, está em destaque na página seguinte do registro.

"Acusações contra todos os suspeitos retiradas; O. Cavatone ausente em várias ocasiões para dar testemunho relevante."

Este incidente da Blue Moon conclui o registro de Brett Cavatone. Não há informações sobre exoneração, nem um relatório feito de sua dispensa ou aposentadoria precoce. O resto de sua história eu já sei, mais ou menos: Brett deixa a polícia estadual alguns meses depois, aos trinta anos, e aceita um emprego na nova pizzaria do sogro. E então, três dias atrás, desaparece.

Eu me levanto e me espreguiço, sentindo os ossos doendo por todo o corpo. Meu corpo pede aos gritos para dormir — dormir ou tomar um café. Sinto um latejar surdo na têmpora e só quando levo um dedo à pequena casca ao lado de meu olho é que me recordo de que mais cedo fui atingido com um grampeador. Delicadamente, chego Houdini para o lado e me deito junto dele no escuro. Depois de alguns minutos estou de pé novamente, reabrindo a pasta... relendo de novo... e mais uma vez.. incapaz de parar... o impulso de descobrir falando em mim como passarinhos na manhã, como crianças desobedientes.

* * *

— Vou comer a lagosta a Thermidor — diz o detetive Culverson.
— Não temos — diz Ruth-Ann, suspirando teatralmente.
— Coq au vin?
— Também não temos.
— Está brincando.
— Lamento.

É o meio da manhã do dia seguinte, sexta-feira, e Culverson e Ruth-Ann estão fazendo o toma lá, dá cá sedutor que normalmente me diverte, mas agora bato os dedos na beira da mesa, remexendo-me com impaciência enquanto eles fazem toda a cena. O detetive McGully ainda não chegou, mas isso não importa, é a opinião de Culverson que quero.

— Olha aqui — digo, assim que Ruth-Ann se vira e volta para a cozinha. Deslizo o documento para ele. Não inteiro, apenas as duas últimas páginas. — Me diz o que você vê.

— Esse é o cara que chutou o balde? — Ele abre lentamente seus óculos de leitura. — O namorado de sua babá?
— Marido.
— Ah, pensei que fosse namorado.
— Você pode dar uma olhada?

Culverson ergue as páginas e passa os olhos, os óculos empoleirados na ponta do nariz, e rapidamente chega exatamente à mesma conclusão que eu.

— Parece que ele foi demitido.

— Sim.

— Mas alguém não quer dizer isso.

— Isso! — Sorrio radiante para ele. — Exatamente.

— Mas onde está o McGully? — diz Culverson, endireitando as costas e olhando a porta.

— Não sei — respondo rapidamente e dou um tapinha na pasta. — Mas a questão é por quê, não é? Por que esse cara foi demitido? Quer dizer, ele não foi testemunhar.

— É verdade. Mas ele não pode ser demitido por não ir.

— Certo. — Pausa. Respiro fundo. — Mas e se ele *não pôde* ir?

— Como assim? Está dizendo que o cara estava bêbado?

Ruth-Ann volta com duas tigelas de aveia.

— Lagosta a Thermidor — diz ela, colocando uma diante de mim. — E coq au vin — entregando a de Culverson.

— Não — digo, quando ela se afasta. — Não, bêbado não.

— Escute, Stretch, se você tem alguma revelação surpreendente para mim, fale logo e acabe com isso — diz Culverson. Ele mete um guardanapo na gola da camisa, abrindo-o pelo peito como um babador. — Talvez você não tenha ouvido falar, mas a vida é curta.

— Brett batizou os especiais da casa.

— Hein?

— Na pizzaria. Rocky me contou... o chefe, o sogro dele... ele me contou. Brett sai da polícia logo depois dessa história na fazenda leiteira, vai trabalhar com o pai da mulher dele na pizzaria e um de seus primeiros trabalhos é: batizar os pratos especiais. Todos receberam nomes de clássicos do rock. Layla: um nome muito incomum e específico. Hazel: incomum e específico. Sally Simpson: incomum e específico. E por fim... Julia.

Ele olha o que aponto, onde coloquei o dedo no registro, a lista de suspeitos. Marcus Morman, Julia Stone, Annabelle Demetrios, Frank Cignal.

— Palace.

— De todos os nomes de mulher em todas as músicas do mundo?

— *Palace*.

— Até de todos os nomes de mulher em todas as músicas dos Beatles? Quem escolhe Julia? — Bato o dedo na página. — Quem, se não um homem com uma mulher na cabeça?

— Eu não sou fã dos Beatles — diz Culverson, mexendo o mel em seu mingau de aveia. — Tem alguma pista relacionada com o Earth, Wind and Fire?

— Deixa disso, Culverson.

— Só estou implicando com você.

— Eu sei. Mas acha que isso faz sentido?

— Sinceramente? Não. — Ele sorri afetado. — Você andou demais, meu jovem amigo. Afastou-se tanto das provas disponíveis que não consigo mais te ver, embora seja alto como um poste telefônico.

— Talvez. — Cruzo os braços. — Mas eu tenho razão.

— É possível — disse ele. Conheço Culverson há mais tempo do que qualquer um vivo, a não ser por minha irmã. Há muito tempo, quando eu ainda era criança, foi o detetive Culverson que solucionou o assassinato de minha mãe. — E olha só, sabe do que mais? O mundo está prestes a explodir. Então, sabe como é, mexa-se. Tem o último endereço conhecido da jovem Julia?

— Tenho — digo, dando um tapinha no registro. — Durham.

— Durham? — diz ele.

— É. Na época do incidente, ela ia para o penúltimo ano na Universidade de New Hampshire.

— Então, seu último paradeiro conhecido fica na área da República Livre. Está disposto a ir de porta em porta por lá?

— Não. Talvez. — Cerro os dentes. Esta é parte complicada. — Na verdade, conheço alguém que talvez possa ajudar.

— Ah, é? — Culverson ergue uma sobrancelha. — E quem seria?

Sou salvo pelo gongo. A porta tilinta e McGully entra com uma antiga mala Samsonite, como um caixeiro-viajante. Olhamos para ele, Culverson e eu, e Ruth-Ann olha de seu lugar no balcão, o velho McGully com sua mala e as botas. Ninguém diz nada. É isso aí — é como se ele já estivesse sumindo, desbotando, perdendo toda a cor para o preto e branco diante de nossos olhos. Ele para à porta do restaurante, na antessala, perto da caixa registradora, onde estão as fotos ainda penduradas do proprietário, Bob Galicki, apertando a mão de vários políticos, onde há uma antiga máquina de chicletes de bola. A essa altura os chicletes se foram, a esfera de vidro quebrada há muito tempo.

Culverson recosta-se na cadeira; McGully nos olha em silêncio.

— Nossa — diz Culverson. — Para onde?

— Nova Orleans — diz McGully. — Vou a pé até a 95, procurar um ônibus para o Sul.

Culverson assente. Eu não digo nada. O que posso dizer? Pelo canto dos olhos, vejo Ruth-Ann reta feito uma vara no balcão, de jarra em punho, olhando McGully em sua porta.

— Você contou a Beth? — pergunta Culverson.

— Não. — McGully abre seu sorriso de macaco e logo o fecha, baixando os olhos para o chão. — Eu disse a ela que a gente devia dar o fora daqui, devia fazer uma mudança, mas ela... ela é acomodada, sabe? Não vai sair da casa. A mãe dela morreu naquela casa. — Ele ergue os olhos e os baixa de novo, resmunga para a camisa. — Mas eu deixei um bilhete. Um bilhete pequeno.

— Ei — digo. — McGully...

E ele fala: "Não... não, cala essa boca", e eu digo: "O quê?" e de repente ele está berrando, furioso, atravessando o salão para o meu lado.

— Você parece um garotinho, sabia disso?

Ele se curva para mim sobre a mesa. Eu me encolho.

— No seu universozinho arrumado, com seus blocos, os mocinhos e bandidos. Essa merda não tem importância nenhuma, cara. Essa merda acabou.

— Calma — diz Culverson, levantando-se um pouco —, agora é melhor se acalmar. — Mas McGully continua com o dedo na minha cara.

— Espere só até a água acabar. Espere só, caralho. — Ele rosna, arreganha os dentes. — Acha que esse tira que você procura, acha que ele é um bandido? Acha que eu sou um bandido?

— Eu não disse isso — murmuro, mas ele não ouve. Não é bem comigo que ele está falando.

— Bom, espere só até as torneiras pararem de funcionar. *Aí* você vai ver uns bandidos do caralho. — Ele está vermelho. Sem fôlego. — Tá legal?

Não digo nada, mas parece que ele quer uma resposta.
— Tá legal — digo.
— Tá legal, espertinho?
— Tá legal.
Olho nos olhos de McGully e ele assente, relaxa. Ninguém diz mais nada. As botas guincham no linóleo quando ele se vira, Ruth-Ann dando muxoxos para os arranhões que ele deixa no piso. Depois a porta tilinta e ele sai: dá a largada. Nós nos olhamos por meio segundo, eu e Culverson, depois me levanto, minha aveia intocada na mesa.
— E então — diz Culverson, tranquilamente. — Universidade de New Hampshire, hein?
— É. Só um dia, calculo. Vou num pé e volto no outro.
Ele concorda com a cabeça.
— OK.
— O único problema é que tem as crianças. — E conto a ele sobre Micah e Alyssa, o problema da espada, e ele diz claro, ele diz que vai cuidar disso. Falamos em voz baixa, com cautela, sem muito movimento, a energia furiosa de McGully ainda zumbindo pelo ambiente.
Arranco a folha de papel relevante de meu bloco e Culverson a coloca no bolso da camisa.
— Pode ir, Henry. Resolva seu caso — diz ele. — Manda ver.

* * *

Estou sentado no ponto de ônibus do outro lado da rua, de frente para a Next Time Around, a loja de roupas vintage, há trinta segundos, talvez um minuto, criando coragem. Depois me levanto, ando a passos firmes até lá e bato na porta.

Ninguém atende. Fico parado ali feito um pateta. Em algum lugar mais adiante, na Wilson Avenue, há um estrondo abafado e metálico, como se alguém batesse duas tampas de lixeira. Bato de novo, desta vez mais forte, alto o bastante para sacudir o vidro da porta. Sei que eles estão ali dentro. Estou curvado para espiar pela janela acortinada quando a porta repentinamente é aberta e ali está o jovem gordo de cabelo seboso, usando um gorro de lã, apesar do calor.

— Sim? — ele rosna. — O que é?

— Meu nome é Henry Palace — começo, e Nico chega às pressas, contorna rapidamente o cara recurvado para me abraçar como uma louca.

— Henry! — diz ela. — Mas o que houve? — Só que ela está feliz, sorrindo, recuando um passo para me olhar, avançando para me abraçar mais uma vez. Dou uma olhada nela também, vejo como está, a minha irmã: uma camiseta branca masculina e calça de camuflagem, um American Spirit pendurado como o palito de um pirulito no canto da boca. O cabelo está bem curto, picotado e tingido de preto; a transformação é drástica e toda para pior. Mas seus olhos são os mesmos, cintilantes, maliciosos e inteligentes.

— Eu sabia — diz ela, olhando meu rosto e ainda sorrindo. — Eu sabia que aquela não foi a última vez que te vi.

Não respondo, abro um sorriso, espio para além dela a sala abarrotada, as araras de rodinhas e caixas transbordando de roupas, os manequins arrumados numa variedade de poses obscenas. Tem um homem ali no chão, dormindo, sem camisa, em lençóis embolados, uma mulher sentada como os índios, botando cartas para si mesma. Tem um simulacro de mesa, só um pedaço de compensado deitado sobre dois cavaletes, tomado de papel para desenho e jornais antigos. A loja cheira a mofo, cigarros e cecê. O homem atarracado do gorro de lã se curva sobre o corpo prostrado do adormecido para alcançar um bico de Bunsen e acender o cigarro na chama azul.

— E aí? — diz Nico. — O que você quer?

O que eu quero, repentina e intensamente, é tirar minha irmã desse buraco imundo, arrancá-la como aqueles detetives particulares que puxam crianças de cultos e as reúnem aos pais. Quero dizer a ela que precisa deixar este... este... este alojamento, este albergue, esta loja ordinária em que ela decidiu passar os últimos dias da história humana deitando-se com esse grupo de teóricos da conspiração infestados de piolhos. Quero que ela desista de qualquer fantasia que a essa altura motive seus atos e venha ficar onde eu possa vê-la. Quero gritar para ela, pelo amor de Deus, ela é tudo que me resta e é a única pessoa ainda viva a quem ainda tenho direito e sua péssima capacidade de decisão me deixa ao mesmo tempo deprimido e furioso.

— Hein? — diz Nico, tirando um trago do cigarro e soltando a fumaça pelo nariz.

Não digo nada disso. Sorrio.

— Nico. Preciso de sua ajuda.

PARTE TRÊS

Sinais e Senhas

Sábado, 21 de julho

Ascensão Reta 20 03 13,8
Declinação -60 44 02
Elongação 139,9
Delta 0,844 UA

1.

Se eu encontrar a mulher, acharei o homem.

Culverson tem razão. Quando visto com objetividade, meu plano, na melhor das hipóteses, é um tiro no escuro. É um plano de um novato ou de um imbecil: procurar por uma pessoa no único lugar da Nova Inglaterra que deve ser o mais difícil para se encontrar alguém. Uma mulher de quem não tenho descrição física, só uma idade e um endereço velho. E por quê? Porque esta mulher pode ou não ter tido uma relação dois anos atrás com o homem que agora eu procuro.

E a questão é que McGully também tem razão — não estou alheio a isso. Há um aspecto de meu caráter que tende a se agarrar a um problema difícil, mas com potencial para ser resolvido, em vez de brigar com o problema vasto e insolúvel que seria o único enxergado por mim se eu tirasse os olhos, figurativamente falando, de meus bloquinhos azuis. Há um milhão de coisas que podiam ser feitas além de investir horas extras na solução de um abandono de quem chutou o balde, para curar o coração ferido de Martha Milano. Mas é o que faço. É o que faz sentido para mim, o que há muito tempo faz sentido. E certamente uma grande proporção do perigo e do declínio atual do mundo não é inevitável, é o resultado das pessoas fugindo temerosas das coisas que fazem sentido há muito tempo.

Isto é o que prefiro dizer a mim mesmo e é o que estou me dizendo agora enquanto parto para Durham, pedalando à noite, do leste para o sudeste pela Rota 202 com minha irmã louca como aliada, boiando numa nuvem de instinto e conjecturas. São apenas 65 quilômetros de Concord a Durham, uma viagem fácil de bicicleta, sem nenhum trânsito veicular em nenhum dos dois sentidos, apenas o clima brando de verão e o canto de aves noturnas. Às vezes Nico pedala na frente, às vezes quem vai na frente sou eu, e gritamos piadas um para o outro, observações curtas, verificações:

— Tudo bem com você?
— Tá, cara. E você?
— Tá.

Uma vez os faróis de um ônibus aparecem no escuro como um peixe-lanterna, aproximam-se, passam zunindo. Um ônibus da misericórdia, rodando com algum combustível vagabundo, apinhado de passageiros cantando e batendo palmas, os bagageiros amarrados precariamente no teto: partindo para fazer boas ações em algum lugar em nome de Jesus. Observamos as luzes traseiras desaparecerem na distância a oeste, a visão antes familiar de faróis de ônibus em uma estrada à noite hoje parece desconhecida e sinistra, como se um tanque tivesse acabado de passar por ali.

Não tenho ido na Universidade de New Hampshire, não recentemente. Já estive lá, nos velhos tempos, mas não desde o Maia, nem desde a "revolução" branca de janeiro, quando um grupo de alunos baniu o corpo docente e os funcionários, tomou posse do campus e o rebatizou de República Livre de New Hampshire. Ao que parece, o plano era forjar rapidamente uma sociedade utópica em que os participantes voluntários pudessem viver o resto do tempo em harmonia comunitária com seus irmãos e irmãs, todos contribuindo, todos respeitando a liberdade dos outros de passar as horas restantes da vida fazendo o que julgavam correto.

Nico, como eu desconfiava, já esteve lá várias vezes. Pelo visto, seu clubinho de Concord tem uma espécie de escritório-satélite na República Livre. E, mais importante, ela alega saber exatamente como me colocar para dentro. "Ah, sim", disse Nico, sorridente, quando expliquei meu dilema, deliciada por estar de posse de alguma coisa que eu precisava. "Conheço o lugar. Conheço muito bem. Todos os sinais e senhas." E quando expliquei quem era a cliente, que o homem que eu procurava era casado com Martha Milano, foi a sopa no mel. Nico ficou satisfeita em preparar uma bolsa e vir me ajudar a andar pela área.

Só havia uma condição — e ela disse isso, é claro, estreitando os olhos como um durão de filme de gângster, "Só tem uma condição..." Depois da viagem, quando eu conseguisse o que precisava, tinha de prometer que me sentaria para ela explicar o que ela e seus amigos estão fazendo.

— Pode apostar — eu disse a ela. Estávamos sentados na Next Time Around, em dois pufes sujos, falando aos sussurros. — Tudo bem.

— Eu falo sério, Henry.

— Como assim?

— Você sempre diz que vai ouvir alguma coisa com atenção, mas depois que o outro está falando, fica completamente desligado, se envolve em algum diálogo complicado de policial consigo mesmo sobre outra coisa.

— Isso não é verdade.

— É só me prometer que quando nos sentarmos, e eu explicar tudo para você, você vai ouvir de mente aberta.

— Eu prometo, Nic. — Foi o que eu disse a ela, arrancando-me com dificuldade do pufe. Depois até olhei em seus olhos, para garantir que Nico soubesse que eu a estava ouvindo, e não a outras vozes em minha cabeça. — Eu prometo.

E assim, agora estamos pedalando pela 202, passando por regiões arborizadas, por Northwood Center e Northwood Ridge, às vezes falando, às vezes cantando, às vezes só deslizando em silêncio, ouvindo o baque e o golpe distante de árvores derrubadas para fazer lenha. Foi mais difícil para Nico do que para mim, tudo que aconteceu, a série de eventos catastróficos que marcaram nossa infância. Eu tinha 12 anos, e ela seis, quando nossa mãe foi assassinada no estacionamento de um Market Basket, nosso pai se enforcou com um cordão de cortina e fomos morar com nosso avô severo e desinteressado.

Para mim, seria difícil me livrar desses três traumas consecutivos e sobrepostos, desenredá-los e avaliar criticamente qual deles mais me afetou. Posso dizer com confiança, porém, que embora tudo isso tenha sido doloroso para mim, atropelou minha irmã como uma muralha de água — puxou-a para baixo e nunca a deixou subir. Aos seis anos, ela era uma pedrinha preciosa de criança: de raciocínio ágil, ansiosa, curiosa, inteligente, camaleônica. Lá veio a grande onda fulminante, quebrou-se sobre ela e a arrastou, encheu-a de dor como água nos pulmões de um afogado.

Em algum lugar a leste de Epsom, Nico começa a cantar, algo que de pronto reconheço ser uma música de Dylan, só que não consigo situar, o que é estranho, pensando bem, que ela conheça uma música que eu não conheço. Mas Nico chega ao refrão e percebo que é "One Headlight", gravada pelo filho de Dylan.

— Adoro essa música — digo. — Está cantando isso por causa de Martha?

— O quê?

Avanço, pedalo ao lado de Nico.

— Não se lembra? Naquela primavera, ela ouvia essa música sem parar.

— Ouvia? Ela ainda estava por lá?

— Tá brincando? O tempo todo. Ela fazia o jantar toda noite.

Nico me olha e dá de ombros. Invariavelmente, nos referimos àquele período sombrio e maldito de nossa lembrança mútua como *aquela primavera*, e não pela formulação mais embaraçosa que seria mais precisa: "os cinco meses depois da morte terrível de mamãe, mas antes da de papai."

— Fala sério que não se lembra disso?

— Por que você se importa?

— Não me importo.

Ela tem uma explosão de velocidade, assume a liderança novamente e volta a cantar. "Me and Cinderella, we put it all together..."

Houdini está no reboque preso na bicicleta, em meio aos suprimentos, ofegando, alegre, sua língua pequena, rosada e estranha sentindo o gosto do vento.

* * *

Já passa da meia-noite quando chegamos ao India Garden, o péssimo restaurante nos arredores do campus que era, por alguma razão, o lugar preferido para jantar de Nathanael Palace quando eu estava no primeiro ano do secundário e vínhamos passear no campus. Iluminação multicolorida fraca, funcionários indiferentes; porções fartas de uma comida pouco comestível, de textura estranha e temperada demais. De qualquer modo, não me interessava em nada ser aluno da Universidade de New Hampshire. Só precisava de sessenta horas de crédito para o Departamento de Polícia de Concord e foi o que fiz: sessenta horas exatas no Instituto de Tecnologia de New Hampshire, depois fui para a Academia de Polícia. Imaginei que no fim meu avô ficaria orgulhoso, depois que eu estivesse na força policial, mas quando me formei ele tinha morrido.

Nico e eu encostamos as bicicletas e andamos pelo restaurante abandonado como visitantes de um planeta alienígena. A placa foi arrancada e as vitrines e a porta quebradas com um objeto rombudo, mas o interior está intocado, preservado como que para uma exposição de museu. Filas compridas de travessas embaixo de lâmpadas de aquecimento há muito tempo frias, mesas retangulares bambas e irregulares. O cheiro também é o mesmo: açafrão, cominho e uma leve ressonância de esfregão molhado vinda do piso de linóleo. A caixa registradora, por milagre, tinha dinheiro, quatro cédulas moles de vinte dólares. Sinto-as entre meu polegar e o indicador. Pedaços de papel sem nenhum valor; história antiga.

Houdini adormeceu no reboque, aninhado entre minhas garrafas de água e os sanduíches de manteiga de amendoim, barras de cereais e o kit de primeiros socorros, com os olhos palpitando, respirando suavemente, como uma criança. Eu o pego e coloco delicadamente em uma cama de sacos de arroz vazios. Nico e eu abrimos sacos de dormir e nos ajeitamos no chão.

— E aí, o que ela está pagando por este serviço? — pergunta ela.

— O quê? — Tiro a pequena Ruger do bolso da calça e coloco ao lado de minha cama.

— Martha Milano. O que ela está te pagando para encontrar o marido caloteiro?

— Ah, não sei. Na verdade, nada. Eu só... — Dou de ombros, sentindo que fico vermelho. — Ele prometeu a ela que ficaria até o fim. Ela está chateada.

— Você é um trouxa — diz Nico e está escuro, mas ouço em sua voz que ela sorri.

— Eu sei. Boa-noite, Nic.

— Boa-noite, Hen.

* * *

A bandeira do estado de New Hampshire foi retirada do alto do Thompson Hall e hastearam a nova bandeira em seu lugar. Descreve um asteroide estilizado, cinza-metálico e reluzente enquanto risca o céu, com um longo rastro faiscando atrás, como a capa de um super-herói. Este asteroide está prestes a se chocar não com a Terra, mas com um punho fechado. A bandeira é imensa, pintada em um lençol, tremulando levemente na brisa do verão.

— Você não devia estar de terno — diz-me Nico pela terceira vez esta manhã.

— Foi o que eu trouxe — digo. — Eu estou bem.

Estamos subindo o longo aclive, tomado de capim, na direção da imponente fachada de castelo do Thompson Hall. Houdini trota a nosso lado.

— Estamos entrando em uma sociedade utópica, governada por adolescentes hiperintelectuais. É verão. Você devia ter colocado uma bermuda.

— Eu estou bem — repito.

Nico coloca-se um ou dois passos à minha frente e levanta a mão, cumprimentando as duas jovens — na verdade, meninas — que descem a escada do Thompson para nos receber. Uma é afro-americana de pele clara com cabelo bem trançado e curto, calça capri verde e uma camiseta da universidade. A outra tem pele clara, é baixinha, usa um vestido de verão e rabo de cavalo. À medida que nos aproximamos, passando pelo mastro da bandeira, as duas erguem suas escopetas e apontam para nós.

Fico paralisado.

— Oi — diz Nico tranquilamente. — Não com uma explosão.

— Mas com um gemido — diz a menina branca do vestido leve, e as armas baixam. Nico me lança uma ligeira e mínima piscadela — todos os sinais e senhas — e eu solto o ar. Todo este momento de perigo escapou à percepção de meu vigilante protetor: Houdini fareja o chão, cavando tufos de capim com os dentes.

— Ah, ei, eu te conheço — diz a branca baixinha, e Nico sorri.

— Sim, é verdade. É a Beau, não é?

— É — diz Beau. — E você é a Nico. Amiga de Jordan. Vocês estiveram aqui quando fizemos a estufa.

— Isso mesmo. Como estão indo as coisas?

— Mais ou menos. Conseguimos uma erva ótima, mas os tomateiros não pegaram.

A negra e eu nos olhamos durante este diálogo e sorrimos sem jeito, como estranhos em um coquetel. Não estamos sozinhos, eu percebi: no muro de pedra que se estende do lado direito do prédio estão dois garotos, inteiramente de preto, cada um com uma bandana puxada sobre a metade inferior do rosto. Estão estendidos no muro, relaxados, mas atentos, como panteras.

— Agora você está trabalhando o perímetro? — diz Nico a Beau.

— Estou. Olha, essa é minha namorada, Sport.

— Oi — diz a afro-americana, e Nico abre um sorriso caloroso.

— Este é Hank.

Todos trocamos um aperto de mãos, depois Beau fala:

— Olha só, me desculpe. — Ela avança um passo e Nico diz, "Está tudo bem", e elas nos revistam, um de cada vez, com apalpadelas rápidas e superficiais. Abrem a pesada bolsa de viagem que Nico trouxe do India Garden, abrem o fecho, olham o conteúdo, depois fecham. Estou sem nada nas mãos, só dois blocos azuis no bolso interno de meu paletó; a arma, Nico sugeriu enfaticamente que a deixasse no restaurante.

— Por que você está vestido desse jeito? — pergunta Sport.

— Ah — digo, baixando os olhos e os erguendo. — Não sei.

Sinto a irritação de Nico no ar.

— Ele está de luto — diz minha irmã. — Pelo mundo.

— Tá legal, vocês estão limpos — diz animadamente Beau. — Como devem saber.

— Ah, meu Deus. — Sport se curva para fazer um carinho no cachorro. — Que fofa. De que raça ela é?

— Ele — respondo. — É um bichon frisé.

— Muito fofo — repete, como se estivéssemos em uma daquelas dimensões alternativas, só um pessoal socializando na escada da frente do campus: gramado verde, céu azul, cachorro branco, um grupo de amigos. O detetive McGully fez uma observação sobre o lindo verão deste ano. Ele chamou de clima pé no saco, "Isto é só Deus chutando o nosso saco".

O bom e velho McGully, penso de passagem. *Foi dada a largada.*

Os meninos no muro não são apresentados, mas sua estética e postura me são familiares; do tipo de jovens que antigamente se via no noticiário vespertino, correndo por ruas da cidade em nuvens de gás lacrimogêneo, protestando contra as reuniões de organizações financeiras internacionais. Esses dois parecem confiantes e calmos, pernas compridas penduradas do muro de pedra da universidade, passando de um para outro um cigarro ou um baseado, correias de munição atravessando o peito como cintos de segurança.

— Mas então — diz Nico. — Hank veio comigo, só por hoje. Ele procura alguém.

— Ah — diz Sport. — Na verdade... — Ela para, fica tensa, olha para Beau, que meneia a cabeça.

— Você já esteve aqui; então, você pode — diz Beau a Nico. — Mas infelizmente seu amigo tem de ficar de quarentena.

— Quarentena? — diz Nico.

Quarentena. Que ótimo.

— É um sistema novo — explica Beau. Ela é uma mulher baixa de voz baixa, mas claramente não é tímida. Mais parece insistir que o ouvinte preste atenção. — A ideia veio de Comfort, mas houve toda uma votação do Grande Grupo por ela. Em quarentena, os recém-chegados são instruídos na função de nossa comunidade. Renunciam a suas antigas ideias sobre viver no egoísmo, e ao mesmo tempo renunciam a seus bens pessoais. — Aqui ela cai num ritmo, recita um discurso preparado: — Em quarentena, um recém-chegado aprende como cuidamos das coisas na República, priorizando as necessidades da comunidade em detrimento de suas necessidades como indivíduo.

— Teve muita gente que tipo só ficou vagando — acrescenta Sport mais despreocupada, e Beau faz uma carranca. Ela preferia sua explicação oficial.

— Que pessoas? — pergunta Nico. — Os IC?

— É — diz Sport —, mas também... sabe quem. Qualquer um aí.

— E então, na quarentena — diz Beau, voltando a tomar posse da conversa — aprendemos que a República é um sistema de responsabilidade, não só de privilégios. Não existe uma utopia para um só... deve ser uma utopia para todos.

Sport concorda solenemente com a cabeça, pega a frase e murmura em eco: "Não existe utopia para um só..."

Tá legal, estou pensando. *Já entendi. Vamos logo ao que interessa.*

— De quanto tempo é a quarentena?

— Cinco dias — diz Beau. Sport estremece escusatoriamente.

Que droga. Julia Stone estará em algum lugar por aqui, tenho certeza, sentada entre as colunas dóricas de um ou outro pavilhão acadêmico, com Brett Cavatone deitando a cabeça pesada em seu colo. Em cinco dias, quem sabe? Lanço um olhar a Nico, que ainda aparenta relaxamento, toda sorrisos, mas vejo a faísca de inquietude em seus olhos — essa história de quarentena é uma surpresa para ela tanto quanto para mim.

— Mas é tranquilo — diz Sport. — Sério. É nos Woodside Apartments, o alojamento grande do outro lado da

Wallace, sabe? E, com relação à renúncia e tudo, você pode ficar com seus objetos superpessoais. Fotos de família e essas coisas.

— Na verdade, não é mais assim — diz Beau.
— Jura?
— É. Comfort acaba de decidir.
— Quando?
— Ontem.
— Eu nem fiquei sabendo que fizeram uma conferência sobre isso.
— Fizeram — diz Beau. — Não ficarão mais com objetos pessoais ou sentimentais. Isso é olhar pelo retrovisor.

Ela diz a palavra "retrovisor" com uma ênfase clara e significativa, como se tivesse sido alçada da linguagem e lustrada com um novo significado reluzente, acessível apenas àqueles que suportaram os cinco dias de quarentena nos Woodside Apartments. Olho a bandeira, o lençol tremulante, o altivo estandarte da Terra e do asteroide.

— Ah, peraí, gente — diz Nico. — O Henry não é problema. Não podemos dar um passe a ele?
— Tipo um carimbo na mão? — diz Sport, mas seu riso é fugaz; Beau fica calada, de expressão pétrea.
— Não — diz ela, e sua mão volta à coronha da arma.
— A quarentena é uma regra muito rígida.
— Bom, ontem... — começa Sport, e Beau a interrompe:
— Tá, eu sei, e por isso eles se meteram na maior merda.
— Tá bom, tá bom.

Sport olha para Beau, e esta olha por sobre os ombros para os Black Blocs, os corvos que nos assistem do muro. Que ótima sociedade utópica igualitária, estou pensando, todo mundo cuidando para que os demais sigam as regras.

— Escute... — começo, Nico dá um quarto de volta e me olha fixamente, só por um instante, todo o tempo que precisa para me dizer, com muita clareza, com os olhos e sobrancelhas, para me calar. Eu me calo. Foi por isso que eu a trouxe e posso muito bem deixar que ela cuide de tudo; este é o elemento de Nico, se é que um dia ela teve um.

— Olha, posso ser totalmente franca com vocês? Sabe a garota que Henry procura? A mãe dela está doente. Está morrendo.

Beau não diz nada, mas Sport solta um leve assovio.

— Que merda.

Sigo a dica de Nico.

— É — digo baixinho. — De câncer.

— Câncer no cérebro — diz Nico, e os olhos de Sport ficam mais arregalados. As pontas dos dedos de Beau ainda estão na coronha da arma.

— É, ela tem um tumor — digo. — É chamado de cordoma, na base do crânio. E como os hospitais estão detonados e muitos médicos sumiram, não há muito que possam fazer por ela.

Estou imaginando McGully, é claro, com suas mãozonas burlescas: *seis meses de vida... wakka-wakka*. Foi meu avô que teve cordoma; é visto principalmente em pacientes geriátricos, mas ninguém aqui parece saber disso.

Sport olha para mim, depois Beau, que balança a cabeça.

— Não — diz ela. — Não podemos.

— Ele só precisa encontrá-la — diz Nico suavemente —, informar a essa garota que a mãe está doente, para o caso de ela querer se despedir. É só isso. Se não for possível, nós entenderemos.

— Não é possível — diz Beau de pronto.

Sport se vira para ela.

— Deixa de ser babaca.

— Só estou seguindo as regras.

— Não é a sua mãe.

— Tá legal — diz Beau abruptamente. — Quer saber? Foda-se.

Ela sobe a escada a passos pesados e se senta, rabugenta, enquanto Sport se aproxima dos dois no muro e cochicha algo para o do cigarro, puxa-o de brincadeira de suas mãos. Sport e os anarquistas estão rindo — um deles avança para o cigarro, o outro dá de ombros e se vira —, Beau está amuada na escada. São só um bando de garotos, essas pessoas: de bobeira, paquerando, brigando, fumando, governando seu principado.

Por fim, Sport volta a nós num passo animado, mostrando o polegar pequeno para cima, e eu solto o ar, vejo pelo canto dos olhos que Nico sorri. Temos quatro horas, Sport nos diz, e nem um segundo a mais.

— E usem esta saída. Tá? Só esta saída.

— Está bem — digo, e Nico fala, "Obrigada".

— Ela, hum... — Ela vira a cabeça para Beau. — Ela disse à mãe que era gay. Por causa do asteroide. É hora de sinceridade radical, né? A mãe disse a ela que fosse arder no inferno. Então. — Sport suspira. — Sei lá.

Beau ainda está sentada na escada, olhando feio para o céu. Há ocasiões em que penso que o mundo está melhor de alguma maneira — sim —, penso que em certos aspectos ele melhorou. Um dos anarquistas desce do muro e se aproxima gingando, magricela e de olhos amendoados, a bandana preta caindo frouxa na clavícula.

— Aí, quatro horas, cara — diz. Ele tem cheiro de cigarro enrolado à mão e suor.

— Já disse a eles — diz Sport.

— Legal. Nesse meio-tempo, a gente fica com seu cachorro.

O garoto magricela estende os braços. Nico me olha — eu olho para Houdini. Pego-o no colo, acaricio seu pescoço, seguro-o por um longo segundo. Ele me olha nos olhos, sacode o corpo e tenta ir para o chão.

Eu o baixo e ele volta a mascar o mato sob os olhos vigilantes de seus captores.

— Quatro horas — digo, Nico passa a bolsa de viagem pelo ombro e estamos prontos para ir.

2.

Certa vez, no ensino médio, como parte de uma malfadada e curta campanha para conquistar a atenção de uma garota "descolada" chamada Alessandra Loomis, acompanhei alguns amigos a um festival de música popular de um dia de duração, promovido pela emissora de rádio Rock 101, de Manchester. Isto é parecido, o que olho agora, parado na saída dos fundos do Thompson Hall, baixando os olhos pelo longo declive ao pátio principal. Parece um festival de rock, mas multiplicado por dez: barracas de cores vivas e sacos de dormir estendidos para todo lado, salpicado pelo que parecem caixas de papelão gigantes, viradas e transformadas em fortalezas de decoração barroca. Filas longas e sinuosas de gente tocando tambor deslocam-se pela multidão, dançando em círculos ritmados e entrelaçados. No meio do pátio, há uma escultura de bricabraque alta, pintada em tons néon e pastel, feita de portas de carro, monitores de computador, brinquedos infantis e peças de aquário. Nuvens de fumaça de cigarro e marijuana flutuam para o alto, vagando sobre a multidão como sinais de fumaça. Parece um show sem palco, sem bandas, sem eletricidade; um show que é apenas plateia.

Nico tinha razão. Eu devia ter vestido uma bermuda.

— Demais — murmura minha irmã. Ela se curva para trás, abre os braços e fecha os olhos, respirando tudo aquilo — a fumaça de marijuana, certamente, mas tudo, a coisa toda. E fico surpreso por me sentir assim, confrontado com a cena imensa e caótica — e não como me senti de carro pela longa hora de volta a Concord depois de um dia do festival Rock 101, meus ouvidos tinindo alternadamente com as rejeições inequívocas, mas gentis de Alessandra Loomis e o abominável cover de "Buckets of Rain", do Soundgarden.

Andamos pelo declive e entramos na multidão. Solto a gravata e tiro. Nico ri.

— Lá vai você, Starsky — diz ela. — Altos disfarces.

— Cala a boca — digo. — Para onde vamos?

— Temos de encontrar meu amigo Jordan — diz Nico. — Ele sabe mexer os pauzinhos por aqui.

— Tudo bem. E onde está Jordan?

— Na Dimond — diz ela. — A biblioteca. Se o comitê estiver reunido. Venha comigo.

Eu a sigo para o país das maravilhas, andando a passos rápidos atrás dela quando pega um caminho por entre barracas abarrotadas e os festeiros.

Nico para aqui e ali para cumprimentar gente que ela conhece, entrando por uma barraca, a fim de abraçar uma garota de feições delicadas vestindo minissaia, top e um complicado adorno indígena na cabeça.

Do outro lado do pátio principal, a multidão rareia e pegamos um caminho sinuoso e estreito, entrando e saindo de um grupo de olmos finos e jovens. Depois de alguns minutos de caminhada, o barulho dos tambores e da cantoria esmoreceu e estamos vagando pelo campus, passando por prédios acadêmicos baixos e desinteressantes — departamentos de geologia, cinesiologia, matemática. Mais ou menos dez minutos depois, saímos em uma praça onde há um único sujeito tocando seu tambor sozinho, de moletom e uma camisa dos Brooklyn Dodgers. O marco de tijolos cinzelados diz ARTES PERFORMÁTICAS e uma placa-sanduíche está encostada no pé da escada larga, entre as colunas, anunciando uma palestra: "O Asteroide como Metáfora: Colisão, Caos e Percepções do Juízo Final".

Nico olha a placa.

— É para isso que vamos? — pergunto.

— Não.

— Você *sabe* aonde vamos?

— Sei — diz ela, e continuamos andando. Estou imaginando Brett Cavatone fazendo este mesmo caminho pelo campus com suas pesadas botas de policial, procurando por Julia Stone, como faço agora. Como será que ele contornou os guardas do perímetro? Se eu tiver de adivinhar, o estratagema dele foi mais tangível do que o meu, mais direto. Ele teria analisado o campus, escolhido o posto de controle menos defendido entre os vários existentes e empregado uma força dominadora, porém não letal, para passar por um daqueles magricelas de vinte e poucos anos que brincam de durão.

Continuo seguindo Nico, que ainda carrega sua pesada bolsa de viagem, entrando cada vez mais naquele campus confuso. Os caminhos voltam a si mesmos, a mata fica mais densa e volta a se diluir. Numa quadra de vôlei na frente do complexo de atletismo há uma fila de jovens segurando baionetas no estilo Guerra Civil, treinando sua formação:

alguém grita "Atacar!" e eles atacam, correndo a toda, arremetendo de baionetas estendidas, parando em uma fila, rindo, voltando.

Estou cada vez mais preocupado com o senso de orientação de Nico sempre que ela para em uma bifurcação e morde o lábio por um momento antes de avançar.

— Ei, espere — digo. — Aqui tem um mapa.

— Não preciso dele. Sei aonde estou indo.

— Tem certeza?

— Pare de me perguntar isso.

Não importa; o mapa, quando olho mais de perto, foi pichado com muita imaginação, os nomes dos lugares riscados e substituídos: "Inferno." "Mortópolis." "Onde Habitam os Dragões."

— Estamos no caminho certo — diz Nico, dando uma guinada aparentemente arbitrária para a esquerda em um caminho mais estreito com um corrimão leve. — Vem.

Atravessamos um regato marrom e borbulhante e passamos por mais uma construção, um alojamento, a música alta e insistente despejada para fora com uma série de berros modulados. Tem um homem no terraço, pelado, acenando a quem passa como de um carro alegórico.

— Olha só — digo. — O que eles estão fazendo ali?

— Ah, sabe como é. — Nico baixa os olhos, ruboriza, o que é pouco característico dela. — Trepando.

— Ah, tá.

E então, graças a Deus, chegamos a nosso destino.

* * *

Na biblioteca Dimond, a caminho da escada para o subsolo, vejo um rapaz branco recurvado sobre a mesa em um cubículo, bebendo de um copo de isopor, cercado de livros, lendo. Seu rosto é seco e o cabelo, uma massa gordurosa. No chão a seu lado há uma pilha coagulada e vazando de saquinhos de chá descartados e ao lado disso um balde que percebo com horror estar cheio de urina. Tem uma pilha alta de livros de um lado dele e uma pilha mais alta do outro lado: pilha de entrada, pilha de saída. Paro por um segundo, olhando o rapaz, paralisado no lugar, porém vivo numa ação pequena: resmungando consigo mesmo enquanto lê, quase zumbindo como um motor elétrico, a mão contorcendo-se pela borda das páginas até que, com um movimento súbito, ele vira a página, atira-se como se não conseguisse consumir as palavras com velocidade suficiente.

— Vamos — diz Nico, e continuamos pelo corredor, passando por outros quatro desses cubículos, cada um com seu ocupante atento e silencioso — lendo séria e freneticamente.

* * *

No subsolo, Nico passa por duas portas verdes com a placa RESTAURAÇÃO DE LIVROS e espero do lado de fora, até que um instante depois ela surge com um amigo. Presumivelmente Jordan. Nos poucos segundos antes de a porta se fechar, tenho um vislumbre de uma oficina grande, as mesas empurradas para os lados, gente sentada de pernas cruzadas no chão, em rodas concêntricas frouxas. Enquanto a porta se abre, alguém está dizendo "concordo, com reservas..." e o resto levanta a mão — as duas, de palmas para cima —, depois a porta se fecha completamente.

— Então esse é o irmão, hein? — diz Jordan, estendendo a mão. — Sinceramente, acho que nunca conheci um policial de verdade.

— Bom — digo, apertando a mão dele, e preciso dizer que não sou mais policial, mas então ele fala:

— Como é enfiar um cassetete no rabo de alguém?

Solto a mão dele.

— Estou falando sério — diz ele. E Nico fala, "Jordan, deixa de ser idiota".

Ele a olha, todo inocência.

— Que foi?

Eu só quero encontrar meu desaparecido. É só o que quero. Jordan e Nico recostam-se numa parede do corredor e me posto na frente deles. Ele é baixo, tem cara de bebê, néscio, com óculos Ray-Ban empurrados para o alto da cabeça. Nico puxa um cigarro, Jordan lhe faz uma expressão de expectativa e ela acende um para ele também, com o mesmo fósforo.

— Como está a Ars Republica? — pergunta ela.

— Chata. Idiota. Ridícula. Como sempre. — Jordan olha por cima do ombro a porta da RESTAURAÇÃO DE LIVROS. — Hoje é política de imigrantes: basicamente pegar ou largar. — Ele fala acelerado, dando tragos rápidos e pequenos no cigarro entre as frases entrecortadas: — A turma está disposta a pegar, especialmente agora, com esse papo de quarentena. Aliás, como você conseguiu botar esse aí para dentro?

— Inventamos uma história.

— Bom. — Depois, para mim: — Gostei da sua roupa, por falar nisso. Você parece um agente funerário. — Ele continua tagarelando, agitado e presunçoso: — Mas não aparecem muitos deles por aqui. Dos IC, quero dizer. A Guarda Costeira deve estar fazendo um trabalho excelente cercando os caras e mandando para o acampamento. Ah, "acampamento" não. "Campo de concentração." Falha minha.

Ele sorri com malícia, depois estica o pescoço para um lado até estalar e faz o mesmo com o outro lado.

— Tá legal, do que precisamos?

— Estou procurando alguém.

— Não estamos todos?

— Alguém específico, idiota — diz Nico, e mostra a língua para ele.

Se por acaso minha irmã estiver envolvida amorosamente com esse homem, talvez eu o mate de verdade.

— Uma ex-aluna daqui — digo. — Teria se formado no ano passado, quando tudo isso começou. Seja o que for.

— "Seja o que for"? — A cara de Jordan fica séria. — Vou te dizer o que isso é, seu babaca, isso é o ápice da civilização. Tá legal? É assim que é a democracia, a verdadeira democracia, seu babaca policial nazista e escroto.

Jordan me encara e eu procuro por uma linguagem apaziguadora, desejando mais do que tudo no mundo não ter precisado desta pessoa em particular — depois ele abandona a expressão pétrea e gargalha feito uma hiena.

— Tô de sacanagem, cara. — Ele aponta a reunião do comitê por sobre o ombro. — Esses merdinhas estão ali há 45 minutos discutindo o racionamento de papel higiênico, embora o mundo esteja prestes a explodir. É de um retardo fodido.

— Sei — digo, falando lentamente para controlar a raiva em minha voz. — Se é isso que você acha, por que está aqui?

— Recursos. Recrutamento. E porque por acaso eu sei que o mundo *não* vai explodir. Não é, Nico?

— É isso mesmo — diz ela.

— A mulher que estou procurando se chama Julia Stone. — Dou a ele o endereço do campus que obtive na ficha: Hunter Hall, 415.

— Ela não estaria lá — diz ele. — Ninguém ficou no lugar.

— Foi o que imaginei. Preciso saber onde ela está.

— Tem uma foto?

— Não.

Ele assovia, joga a cabeça para trás e para frente, sopra uma nuvem de fumaça.

— Bom, irmão policial de Nico, isso não vai ser fácil. Tudo está mexido feito ovo por aqui. Farei o que eu puder.

— Tudo bem — digo. Estou pensando em Brett escapulindo, avançando cada vez mais no futuro — pensando também nas quatro horas que me deram meus novos amigos na entrada do Thompson Hall. Que o cachorro já sofreu o bastante. — Quanto tempo?

— Quanto *tempo*? — Jordan vira-se para Nico. — É assim que a polícia agradece?

— Ah, Deus. — Ela ri, dando-lhe um leve empurrão no peito. — Você é um pentelho.

— Encontre comigo na tenda da gororoba daqui a uma hora e meia — diz-me Jordan. — Se eu não tiver nada até lá, jamais terei.

* * *

Logo depois da biblioteca Dimond, há um grupo de alojamentos, cada um no formato de um parêntese e organizado em torno de um pátio compartilhado onde, no momento, há mais ou menos uma dezena de jovens participando de um jogo. Um garoto com um chapéu-coco vitoriano sacode um copo de isopor para jogar dados na calçada com estrondo e os outros jogadores aplaudem, depois começam a correr em volta do pátio. Uma placa escrita com giz diz GRUPO DE TRABALHO DE VULCANISMO ANTÍPODA.

— Sabe o que isso quer dizer? — pergunto a Nico, e ela dá de ombros, acende um cigarro, desinteressada.

Os jogadores não estão apenas correndo, estão desenhando, parando para fazer marcas em um enorme tabuleiro de jogo traçado na pavimentação. O garoto do chapéu coleta os dados, recoloca no copo e o entrega ao jogador seguinte, uma garota simples com uma saia floral e camiseta do *Dr. Who*. Esses garotos lembram algumas pessoas do meu colégio com quem nunca fiz amizade, mas sempre gostei, aquelas que jogavam Dungeons & Dragons e trabalhavam nos bastidores: roupas e óculos sujos, fora de moda e mal-ajustados, muito pouco à vontade fora de seu pequeno grupo. A garota joga os dados e desta vez todos gritam "Cabum!". Aproximo-me um passo e agora consigo ver que foi um mapa do mundo que eles desenharam, estendido no calçamento quente e sem sombra do pátio, uma grande projeção de Mercator ampliada da Terra. Agora eles estão estendendo longas fitas pelo mapa, traçando trajetórias de algum modo condizentes com o número que saiu nos dados.

As fitas vão para vários lados, saindo do ponto de impacto: uma onda de destruição rolando para o sul da Europa; outra por Tóquio e atravessando o Pacífico. Um jovem de cabelo preto se agacha sobre as cidades, uma depois de outra, alegremente marcando-as com um X grande e vermelho.

— Não! San Francisco não! — diz às gargalhadas uma garota de cabelo embaraçado e curto. — É meu antigo apartamento!

Por fim deixo Nico me levar dali, sigo-a de volta pelos caminhos que antigamente eram da UNH. Mais uma vez me vejo imaginando O. Cavatone, se ele realmente esteve aqui, imagino-o percorrendo essas trilhas tortuosas.

Como ele viu tudo isso, as barracas, os garotos, o grupo de trabalho de vulcanismo antípoda? O policial estadual durão e íntegro na terra da festa permanente do asteroide? E então me detenho, balanço a cabeça. *O que está achando, Henry? Que se você imaginá-lo com força, pode fazê-lo aparecer?*

* * *

Toda a comida na tenda da gororoba é gratuita, quente e deliciosa. Há uma mulher eficiente de avental amarelo manchado, servindo chá, sopa de missô e sobremesas grudentas de chocolate em uma mesa comprida. Pão francês e copo de chá são de autosserviço. Olho a fila do bufê, atrevo-me a ter esperanças — é um mundo diferente, uma infraestrutura diferente, nunca se sabe —, mas não tem café. As pessoas entram e saem da tenda, empurrando a aba, dizendo "e aí" à cozinheira, pegando comida e bandejas; a maioria dos cidadãos da República Livre é de idade universitária ou ainda mais jovem, embora existam alguns adultos. Na realidade, tem um barrigudo de meia-idade e barba grisalha e comprida sentado a nosso lado à mesa de piquenique, vestindo uma camisa de boliche de estampa berrante, injetando o que suponho ser heroína nas veias do braço, depois de ter amarrado uma extensão elétrica acima do cotovelo.

Procuro ignorá-lo. Parto meu pão e abro um saquinho de margarina.

— E então — digo a Nico. — Jordan. É seu namorado?

Ela sorri.

— Sim, papai. Ele é meu namorado. E estou pensando em ir até o fim. Não conte a Jesus, está bem?

— Muito engraçado.

— Eu sei.

— Bom, só para sua informação... — Passo a margarina com uma faca de plástico. — Não gosto dele.

— Para sua informação, eu não ligo. — Nico ri novamente. — Mas, pra te falar a verdade, não gosto muito dele também. Tá legal? Ele faz parte do meu lance, é só isso. É um companheiro de equipe.

Recosto-me e dou uma dentada no pão. Esse tempo todo Nico esteve carregando sua misteriosa bolsa de viagem, grande e desajeitada, e que agora está pendurada no banco a seu lado. O viciado em heroína barrigudo na ponta da mesa solta um grunhido baixo e aperta o êmbolo, trinca os dentes e joga a cabeça para trás. Há algo de apavorante e hipnótico nele fazendo isto na nossa frente, quase que como se estivesse representando um ato sexual ou um homicídio. Viro a cara, de volta a Nico.

Conversamos. Colocamos a vida em dia. Trocamos histórias dos velhos tempos: histórias do vovô, de nossa mãe e de papai, de Nico e seus amigos ferrados do colégio, roubando carros, bebendo cerveja na sala de chamada, afanando em lojas. Lembro-a do estímulo fervoroso e equivocado de nossa mãe ao interesse inicial de Nico pela ginástica olímpica. Minha irmã mais nova comicamente descoordenada dava um salto mortal mal executado, caindo dolorosamente sobre o traseiro mínimo, e minha mãe aplaudia como louca, formando um megafone com as mãos em concha: "Nico Palace, senhoras e senhores! Nico Palace!"

Terminamos nossa sopa. Olho o relógio. Jordan disse uma hora e meia. Já se passaram 55 minutos. O viciado em heroína balbucia consigo mesmo, murmurando em meio a seu êxtase particular.

— E então, Henry — diz Nico, naquele mesmo tom que Culverson sempre usou, fingindo despreocupação, inocência, para perguntar se eu tive contato com ela. — Como você está?

— Em que sentido?

— A garota — diz ela. Levanto a cabeça. O teto da tenda não está bem fixado; há um corte em diagonal se abrindo ao ar e ao céu azul. — Aquela que morreu.

— Naomi. Estou bem.

— É?

— É.

Nico suspira e me dá um tapinha no dorso da mão, um gesto meigo e simples com o brilho fraco da luz espectral de nossa mãe morta. Imagino minha irmã e eu em algum futuro que jamais existirá, alguma dimensão alternativa, Nico aparecendo na minha porta no Dia de Ação de Graças ou na véspera de Natal, com um marido de merda qualquer ainda estacionando o carro, meus lindos sobrinhos e sobrinhas sarcásticos correndo pela casa, exigindo seus presentes.

— Pergunta ao acaso — digo. — Conhece o nome Canliss?

— Não. Acho que não.

— É alguém com quem estudamos na escola?

— Acho que não. Por quê?

— Por nada — digo. — Esquece.

Ela dá de ombros. A chef do avental está cantando, ópera, algo de *As Bodas de Fígaro*, segundo creio. Entra um novo grupo, três garotos e duas meninas, todos com camisetas e tênis laranja berrante, como se fossem de alguma equipe de atletismo, e estão debatendo, em voz alta, mas sem raiva, o futuro da humanidade:

— Tudo bem, digamos que todos estejam mortos, menos dez pessoas — diz um dos garotos. — E digamos que um deles abra uma loja...

— Porco capitalista! — interrompe uma das mulheres, e todos dão uma gargalhada. A testa do viciado em heroína bate na mesa com uma pancada audível.

— Ei. Você devia voltar para Concord comigo — digo de repente a minha irmã. — Depois que eu resolver este caso. Vamos nos entocar na casa do vovô. Na Little Pond Road. Dividimos os recursos. Esperamos juntos.

— Bem que eu queria, irmão mais velho — diz Nico, irônica, os olhos dançando. — Mas preciso salvar o mundo.

* * *

Jordan passa pela aba da tenda bem na hora, fiel a sua palavra, os óculos Ray-Ban e o sorriso besta firmes. Ele escreveu as informações sobre Julia Stone em uma tira fina de papel de cigarro, que coloca na palma de minha mão como a gorjeta de um mensageiro.

— Ela está no R&R — diz ele alegremente a Nico, que responde: "Tá brincando?"

— O que é R&R? — pergunto.

— Um dos... como eles chamam. Um dos grandes comitês — diz Nico.

— Tudo bem — digo, olhando o papel. Só o que diz é o que ele acaba de me contar: *Julia Stone. R&R.* — E onde ela está?

Jordan me olha de cima.

— Você tem alguma objeção filosófica ou moral por agradecer às pessoas pelas coisas?

— Obrigado — digo. — Onde ela está?

— Olha, é complicado. O R&R se reúne em uma série de locais em rotatividade.

Ele ergue os óculos de sol e dá uma piscadela.

— É meio confidencial.

— Ah, sem essa — diz Nico, acendendo um novo cigarro.

— Por que você está procurando por ela? — pergunta Jordan.

— Não posso lhe dizer isso.

— É mesmo? Não pode? Você vem até aqui atrás dessa informação mínima e não está preparado para barganhar por ela? Como você vai se virar quando chegar a hora do canibal e você tiver de negociar com Stan das Cavernas por um pedaço do bebê?

— Você é tão babaca, Jordan — diz Nico, soltando a fumaça.

— Não, não — diz ele —, não sou — e se vira para ela, de repente sério. — Você me procura para ter informações, porque sabe que posso conseguir. Bom, como acha que isso acontece? A informação é um *recurso*, assim como a comida, como o oxigênio. Je-sus! — Ele joga as mãos para o alto, volta-se para mim. — Todo mundo só quer tirar, tirar. Ninguém quer *dar*. — Ele joga o cigarro no chão, me dá um soco no peito. — Então. Você. *Dê*. Está procurando por Julia Stone. Por quê?

Fico em silêncio. Fico de braços cruzados. Estou pensando, *de jeito nenhum*. Consegui a maior parte do que quero e posso deduzir o resto sozinho. Eu também o encaro. *Desculpe, palhaço*.

— Tem um homem procurando por ela. — Nico, murmurando, olhando o chão. — Um ex-policial do estado.

— Nico — digo, atônito. Ela não olha para mim.

— O policial é apaixonado pela garota. Meu irmão está tentando encontrá-lo. Para a mulher do cara.

— Sério? — diz Jordan, pensativamente. — Tá vendo? Isso é interessante. E... e... — Ele me olha de cima a baixo, meio boquiaberto, os olhos estreitos, como se eu fosse uma manticora ou um grifo, alguma espécie exótica. — E por que você está fazendo isso?

— Não sei. — Já estou farto disso. Estou pronto para ir embora. — Porque eu disse a ela que faria.

— Ora, ora.

Ele me dá o resto da informação que preciso: R&R significa Respeito e Reserva, e eles se reúnem na sala 110 do

Kingfisher, um grande auditório. Estão reunidos "neste exato segundo"; a propósito, então é melhor eu me apressar. Levanto-me e Jordan segura Nico pelo cotovelo, cochicha em seu ouvido:

— Você vai ficar comigo, né? Porque temos coisas divertidas para discutir.

— Henry? — Os olhos de Nico brilham novamente. Ela estende o braço e me faz um carinho no rosto. — Vejo você daqui a pouco?

— Claro — digo, enxotando sua mão.

Estou perto — estou muito perto. Quando vou saindo, paro.

— Nico? O que tem na bolsa de viagem?

— Doces — diz ela, e ri.

— Nico.

— Drogas.

— Sério?

— Revólveres. Crânios humanos. Xarope de bordo.

Ela dá uma gargalhada, os dois riem, e estão se afastando de braços dados, os dois passando pela aba da tenda de gororoba e partindo para o campus apinhado. Nico Palace, senhoras e senhores. Minha irmã.

3.

Enfileirados no acesso ao Kingfisher Hall, há carvalhos imponentes, flanqueando a calçada, eretos e regulares como uma guarda pretoriana. Têm faixas amarradas, em cores primárias e caracteres simples em destaque, cada uma delas anunciando uma extinção ou quase extinção: a Praga de Justiniano, 541 d.C. A supererupção de Toba, 75 mil anos atrás. A extinção do Permiano. A extinção no limite Cretáceo-Terciário... e assim por diante, um desfile de pandemias, catástrofes e genocídios de espécies enfeitando o acesso.

Entro no prédio em si, em um átrio espaçoso e iluminado pelo sol, de teto abobadado, depois por um longo corredor ladeado de quadros de aviso, de algum modo intocados, ainda oferecendo subvenções, dinheiro para bolsas, oportunidades de estágio para estudantes de engenharia.

Quando abro uma das grandes portas duplas da sala 110, minha impressão imediata é de que temos outra festa, auxiliar das festividades contínuas no pátio principal. É um auditório, apinhado e barulhento, os cidadãos da República Livre relaxados e à vontade em sua variedade de trajes, de moletons a batiques e o que parece um pijama tamanho adulto com pezinhos do Meu Pequeno Pônei. As pessoas gritam ou estão envolvidas numa conversa intensa ou, em um caso, estendido sobre três carteiras, dormindo. Enquanto sigo o mais disfarçadamente possível pelas plataformas de assentos em busca de um lugar vago, conto pelo menos três coolers cheios de gelo e garrafinhas de vidro sem rótulo contendo cerveja.

Só quando encontro um lugar, em uma das últimas filas, consigo me concentrar na frente da sala — e no jovem de costas para a turma, despido da cintura para cima, as mãos amarradas às costas com uma corda de bungee. Na frente dele, sentados a uma mesa dobrável no palco baixo, estão dois homens e uma mulher, mais ou menos de idade universitária, todos com uma expressão séria e atenta, agrupados, cochichando.

Sento-me em meu lugar, cruzo as pernas compridas com dificuldade e olho o palco. Um dos três à mesa, um homem de óculos e cabelos crespos e revoltos, levanta a cabeça e dá um pigarro.

— Muito bem — diz ele. — Podemos fazer silêncio?

O homem de mãos amarradas se remexe, nervoso. Olho a sala. Já vi muitos julgamentos — isto é um julgamento. O homem de cabelos crespos pede silêncio mais uma vez e a multidão se aquieta, só um pouco.

Ela está aqui. Em algum lugar, em meio a essa gente, está Julia Stone.

— Então, chegamos à decisão de prosseguir? — diz a mulher no meio do triunvirato pequeno no palco. — Podemos continuar e apenas por voto verbal reafirmar a autoridade provisória sobre a manutenção da segurança e da paz em nossa comunidade. Todo mundo?

Ela olha a sala. O mesmo fazem os outros dois juízes, aquele do cabelo e o terceiro, o mais afastado à direita, que tem uma cara pequena e gorducha, nariz arrebitado e me parece ter no máximo 18 anos. A maior parte da plateia demonstra pouco interesse nos procedimentos. As pessoas continuam conversando, curvadas para frente em suas cadeiras para cutucar o amigo, ou recostadas, espreguiçando-se. De onde estou sentado, vejo um homem enrolando o que será, se concluído, o maior cigarro de maconha que vi na vida. A duas filas de mim, um casal se agarra sofregamente, a mulher se mexendo para montar em seu companheiro. O cara à minha direita, uma figura amarelada de braços peludos, está absorto em algo que tem no colo.

— Oi? — diz a jovem no palco. Ela tem feições pequenas e agudas, óculos com armação de chifre preto e tranças. Colada na frente de sua blusa está uma folha de papel A4 que diz Presidente, uma designação apressada de autoridade. — Podemos prosseguir? — A multidão, aqueles que prestam atenção, talvez metade, faz o gesto de preso que vi na biblioteca, as mãos para o alto, de palmas viradas para cima. Tomo este gesto como um sinal compreendido de concordância, porque a jovem assente e diz "Ótimo".

O réu estica o pescoço, nervoso, correndo os olhos pela multidão. Cochicho a meu companheiro de cadeira, "Quem é ele?"

— O quê? — diz ele, levantando inexpressivamente a cabeça. O que ele tem no colo é um iPhone, e mesmo enquanto conversamos ele passa o polegar pela tela escura e vazia, distraidamente, sem parar.

— O réu?

O cara torce o nariz e percebo tarde demais que a palavra *réu* pode ser considerada significativamente ultrapassada. — O que ele fez?

— Pra te falar a verdade, não sei — diz ele, espiando o homem trêmulo e sem camisa na frente da sala, como que pela primeira vez. — Acho que alguma coisa. O próximo item da pauta depois disso é a política de nudez. Por isso está tão lotado hoje.

— Ah — digo, e o cara volta a seu iPhone.

— Então, tudo bem — diz a presidente, dirigindo-se diretamente ao réu. — Começaremos pedindo desculpas a você, como membro de nossa comunidade. Entendemos que houve alguma violência desnecessária envolvida em sua, hum, sua detenção.

O prisioneiro resmunga algo que não consigo ouvir e a presidente concorda com a cabeça. Os outros juízes também têm cartazes de folha de caderno. O do cabelo crespo diz VICE, e o garoto de cara gorducha tem um cartaz dizendo VICE DO VICE.

— Gente, se vocês não conseguiram ouvir — diz o vice —, ele disse que está tudo bem.

Risos esparsos da multidão.

— Ah, que beleza! — grita alguém com sarcasmo, e todos se voltam para ver quem é: um gordo grandalhão de macacão e gorro de pintor. — Tá tudo legal, gente. Ele era legal. Não se preocupem.

Mais risos. Mais gente agora parece prestar atenção. Alguém de um canto distante, perto da porta, grita: "Graças a Deus!"

O casal que se agarra a poucas cadeiras interrompe seu empenho por um momento, olha na direção geral do palco, depois volta a suas funções. Durante todo esse lá e cá, estou tentando bolar um plano, tentando antes de tudo calcular quantas pessoas há nesta sala: talvez cem filas de cadeiras, talvez 50 a 75 carteiras por fila, talvez com uma ocupação de 80%, talvez 55% de mulheres. Não tenho fotografia de Julia Stone, nenhuma descrição física: nem raça ou etnia, nem características que a diferenciem, nem vestimenta peculiar. Só o que sei é que ela é uma mulher entre 20 e 24 anos de idade e estou sentado em uma sala que tem entre 175 e 200 pessoas que combinam com essa descrição.

— Então, tudo bem — está dizendo a presidente. — Roubar da comunidade da República Livre está entre as infrações mais graves. É importante pra caralho. Tem um monte de coisas que podemos fazer pra lidar com uma situação dessas. Mas evidentemente é importante que todos tenham uma oportunidade de dar sua opinião e ter ouvidos seus sentimentos sobre a questão.

Passo os olhos pelo auditório, tentando estreitar as possibilidades de quem pode ser Julia. Se eu fosse Brett, por quem aqui me apaixonaria? Quem eu seguiria até o dia do Juízo Final? Mas não sou Brett. Jamais o conheci. Faltam 45 minutos para eu ter de voltar à saída do Thompson Hall, pegar meu cachorro e dar o fora daqui.

— E... desculpe, você acabou? — diz o vice, olhando respeitosamente a presidente, que assente e dá de ombros. — E então, quem quiser dizer alguma coisa está convidado a fazer isto agora. — Algumas pessoas já andam pelos corredores, levantando a mão para falar. O terceiro juiz, o vice do vice, empina o queixo e os observa chegar.

Ele é calado e vigilante, os olhos pequenos e brilhantes percorrendo a sala sem parar. Ele ainda não falou.

Tem uma mulher de cabelo ruivo, vermelho-escuro, tão escuro que é quase castanho. Está a três filas da minha, do outro lado do corredor, e parece tomar notas ou fazer a minuta em um bloco equilibrado no joelho exposto. Usa uma saia preta muito curta e botas pretas. Brett, penso, teria achado a garota atraente.

O primeiro orador a oferecer sua opinião é um homem baixo, de calça cargo e uma camiseta vermelha e simples. Posta-se em um dos corredores e lê rapidamente, quase agitado, uma pilha de fichas de arquivo:

— Toda a ideia de roubo de um armazém comunitário é em si um reflexo do pensamento capitalista. Em outras palavras, o crime de roubo não pode e não deve existir em uma sociedade pós-capitalista, porque a propriedade — ele se curva para a palavra, sua voz carregada de desdém — não pode e não deve existir. — Ele vira uma ficha nova; o vice do vice aparenta irritação. — Nossa vigilância é necessária contra atitudes que reflitam não só o dogma capitalista explícito, mas reflexos vestigiais do mesmo.

— Tudo bem, obrigada — diz a presidente. O baixinho ergue os olhos das fichas; claramente, não havia terminado. "Obrigada", repete ela, e alguém diz, "questão de ordem" do fundo do salão — é o gordo de macacão e a presidente o reconhece com um gesto de cabeça.

— Só quero dizer em relação ao que esse cara disse: isso é idiotice.

O anticapitalista vigilante olha o auditório com olhos de corça, magoado. A presidente sorri levemente e assente para o próximo orador. Pequenas filas estão se formando em dois corredores diferentes do auditório. Continuo atento à mulher de cabelo ruivo três filas à frente. Que atitude devo tomar aqui? Quanto tempo essas reuniões duram?

O orador seguinte é uma mulher de trancinhas compridas e embaraçadas, que quer propor um complicado sistema baseado na redenção, em que aqueles acusados de infração às regras teriam um diálogo com a comunidade sobre a natureza de sua transgressão. Com essa ideia, o vice-presidente se anima, assentindo vigorosamente enquanto a mulher fala, seus cachos quicando. Continua assim, um orador após outro: alguém pergunta se os procedimentos de hoje podem de fato inspirar infrações futuras; um homem pergunta educadamente se a política de nudez em público ainda está na pauta e a resposta afirmativa do vice atrai aplausos; uma jovem de olhos francos e uma única trança grossa descendo pelas costas levanta-se e diz que tem anotado atentamente os oradores desta reunião, bem como das seis reuniões anteriores, e pode afirmar que as pessoas de cor estão participando em uma proporção de apenas 1 para 12.

— Sei — diz o vice-presidente. — Talvez porque os movimentos radicais sempre tenham sido domínio dos privilegiados, não?

— Talvez porque estejamos na merda de New Hampshire — diz o palhaço da turma, o de macacão.

No riso que se segue, a mulher de cabelo ruivo-escuro olha em volta e me vê olhando para ela. Não baixa os olhos: em vez disso, sustenta meu olhar. Ocorre que eu posso lhe passar um bilhete e a ideia é tão absurda que quase dou uma gargalhada alta. *Você é Julia Stone? Marque este quadrado em caso afirmativo.*

— Tudo bem — diz a presidente. — Acho que já basta. Em relação ao tempo?

O vice demonstra surpresa, mas o vice do vice concorda com a cabeça. O réu estremece, curva-se para frente, olha de um lado a outro. Homens sem camisa, nas circunstâncias certas, podem ser poderosos, leoninos, mas isso também pode fazer uma pessoa parecer exposta e indefesa, as saliências da coluna tremendo e frágeis como um peixe na superfície.

— Desculpe — digo. — Com licença. — Eu me levanto. Isto é idiotice. É a coisa mais idiota que poderia fazer agora. — Ele é acusado de roubar o quê?

Uma sala cheia de gente que vira a cabeça para mim, o homem que não combina nada com essa multidão agora atraindo a máxima atenção para si.

— Isto não é relevante — diz o vice, depois de olhar respeitosamente a presidente em busca de permissão para cuidar deste caso. — Nosso protocolo diz que, em vista das limitações de tempo e recursos, devemos nos concentrar nos resultados quando o direito de ação é relativamente claro.

— É — diz a presidente. — Bem colocado.

Os olhos de passarinho do vice do vice estão fixos em mim, desagradáveis.

— Mas ele tem o direito de saber as acusações contra ele — digo, apontando o réu com a cabeça. A multidão se aquieta, praticamente em silêncio, arrancada de sua atmosfera tagarela e social por essa novidade. O cara a meu lado, do iPhone, chega um pouco para lá na cadeira, colocando alguma distância entre nós. Minha suposta Julia Stone, a mulher atraente de cabelo ruivo-escuro, olha fixamente para mim com o mesmo interesse franco de todos os outros. Uma onda de nervosismo me toma. Isto foi de fato idiota, mas ainda estou de pé, então vou em frente e continuo minha argumentação:

— Ele também tem o direito de enfrentar seus acusadores — digo. — Se alguém afirma que ele roubou alguma coisa, ele deve confrontá-lo em sessão pública.

O réu estica o pescoço, depois olha com ansiedade para seus juízes, tentando entender se esta misteriosa crítica está ajudando ou atrapalhando seu caso. Não tenho certeza, meu amigo, digo-lhe telepaticamente. Sinceramente, não sei. Em algum lugar na sala, alguém abre uma garrafa de cerveja com um estalo e um silvo. O encosto do banco à minha frente está pichado, RON AMA CELIA, riscado por algum aluno entediado em tempos que já se foram.

— Estamos cientes das regras das provas — diz o vice, trazendo a cadeira para trás e olhando-me com os olhos estreitos. — Éramos da Faculdade de Direito de Duke, está bem? Mas essas regras são irrelevantes neste contexto.

— Mas como podem proferir uma sentença...

— Não chamamos de "proferir uma sentença"...

— ... sem um julgamento justo?

— Com licença? — diz o terceiro juiz, o vice do vice, enfim falando em bom som, sua voz aguda de taquara rachada carregada de raiva. — Quem é você?

Abro a boca, mas não digo nada, rodando rapidamente por uma série de respostas possíveis, com a consciência aguda da insuficiência de todas elas. Eles podem me matar, essa gente — eu posso de fato morrer aqui. A República Livre de New Hampshire, apesar de todo seu espírito igualitário confortável e ciladas New Age, é um mundo contido em si mesmo, para além do alcance até do pouco que resta da lei; como disse o homem, algumas regras são irrelevantes nesse contexto. Posso ser assassinado aqui, tranquilamente, se o humor desta multidão mudar; posso ser morto a facadas ou baleado, meu corpo abandonado no chão do pátio, minha irmã e meu cachorro se perguntando por que eu não reapareci.

— E então? — diz o vice do vice, levantando-se da cadeira. Nessa hora a presidente fala, "Eu sabia".

— O quê? — diz o vice.

— Eu sabia que alguém viria procurá-lo.

Ela me olha da mesa no palco — braços cruzados, óculos, tranças — e eu também a encaro.

— Como disse? — fala o vice do vice, irritado e confuso. — De que merda você está falando?

Mas Julia Stone não está preocupada com a confusão dele, com a atenção aturdida da multidão. Olha para mim com frieza.

— Eu disse a ele que viriam atrás dele. É o que sua gente faz, né? Vocês vão atrás das pessoas.

O murmúrio baixo do auditório volta a crescer, as pessoas se curvando sobre as outras para cochichar e cutucar, gente trocando expressões indagativas. Eu as ignoro, tenho os olhos fixos em Julia Stone.

— Hum, questão de ordem — diz o vice, enquanto o vice do vice fica de pé feito pedra, de braços cruzados. — Do que vocês estão falando?

— Este homem entrou em nosso espaço usando falsos pretextos — diz Julia, e aponta um dedo firme para mim. — Ele não está aqui para participar de nossa comunidade; ele se infiltrou aqui. Tem a missão de perseguir outro ser humano como um porco ou um cachorro.

Silêncio, o ambiente de repente vivo de tensão, todos encarando a mim ou Julia, ou de um para outro, de mim para ela. Eu sinto de novo a certeza pavorosa e visceral de que essas pessoas podem me matar: que eu posso morrer aqui, nesta sala, e ninguém terá a menor ideia. Ao mesmo tempo, porém, sinto aquelas ondas loucas de empolgação, olhando a mulher com cujo nome Brett batizou uma pizza, a mulher que o tirou de Concord e de sua esposa, a mulher que estive procurando e encontrei. Quero tirar uma foto dela e enviar ao detetive Culverson, dizendo: "Viu só? Viu só?"

— Você não entende onde estamos — diz-me Julia. — Este é um mundo novo. Não temos espaço para táticas policialescas.

— Não sou policial — digo.

— Ah, é? — diz ela. — Mas tem estilo de policial, não tem?

— O que está havendo, Julia? — diz o vice do vice, e dá um passo agressivo para ela, contornando a mesa, e o vice se levanta para impedi-lo, empurrando seu peito com a mão.

— Epa!

Julia mantém os olhos nos meus.

— Vocês jamais o matarão — diz ela.

— Matá-lo? — digo. — Não, eu... a mulher dele me mandou.

— A mulher dele?

Ela prende a respiração por um segundo, apreendendo isto, decidindo o que fazer com a informação, enquanto eu penso: *matá-lo? Quem viria aqui para matá-lo?*

— Desculpe por isso — diz Julia aos colegas do tribunal, depois se volta para o auditório. — Peço um adiamento em caráter extraordinário. Preciso falar com este homem a sós.

— Ah, sem essa — diz com petulância o vice do vice. — Você pediu um adiamento extraordinário ontem mesmo.

— Foi, ué — diz ela, com secura. — Estes são tempos extraordinários.

Julia Stone desce da beira do palco e gesticula para que eu a encontre à porta. Enquanto eu desço as plataformas, o garoto de mãos amarradas se senta, confuso, e o vice-presidente indica que a reunião avance à questão da nudez pública. Todos aplaudem e erguem as mãos, de palmas para cima.

4.

A MULHER QUE BRETT AMA, como a mulher com quem se casou, não é bonita de um jeito convencional. Mas onde a simplicidade de Martha Milano é redimida por um caráter meigo e radiante e pelo calor humano, o corpo magro e pequeno de Julia Stone e suas feições sombrias são atraentes de uma forma inteiramente diferente. Ela não fala, ela *declara*, e rapidamente, faiscando os olhos negros, cada palavra carregada de energia.

— Ali — diz ela. — Aqueles garotos. No terraço. Está vendo?

Olho o que ela aponta, um grupo de figuras ocupadas no alto de um dos alojamentos ao longe.

— Aparelhos de ginástica. Umas 12 pessoas lá em cima agora. Às vezes temos trinta ou 35. Ergométricas, esteiras. Este é um exemplo. Você se junta a nós aqui, faz o que quiser, desde que, A, seus atos não interfiram na capacidade de os outros fazerem o que *eles* querem e, B, sempre que possível, seus atos proporcionem algum benefício concreto à comunidade.

Julia se interrompe e olha o ar à frente, como se percorresse as palavras que acabou de dizer, satisfazendo-se com sua sonoridade antes de avançar. Estamos no terraço do

Kingfisher Hall: dutos de vapor, o jardim murcho, um sofá maltratado pelo tempo que alguém carregou pela escada de concreto e passou pelo alçapão.

— Temos uma equipe de pós-doutorandos em engenharia que equipou aqueles aparelhos para acumular em uma bateria central a eletricidade gerada por eles. Deste modo, por exemplo... — ela gira o braço até apontar outro prédio, mais próximo, onde no primeiro andar as cortinas estão bem fechadas — ... *aquelas* pessoas podem ver filmes. No momento, um festival da Nouvelle Vague francesa. Depois eles terão Tarantino. E por aí vai. Eles votam por isto. Temos um comitê.

— Isso é interessante — murmuro, ainda tentando interpretá-la, entender esta conversa. *Onde ele está?*, é só o que quero perguntar. *Onde está Brett?*

— Interessante? — diz Julia. — Claro, é *interessante*, mas a questão *não é essa*. Estou respondendo à pergunta que você fez lá embaixo. Como podemos sentenciar alguém que pode ser inocente? — Ela me olha feio através dos óculos grossos. — Não foi essa a sua pergunta?

— Mais ou menos.

— Não, foi essa, foi o que você perguntou. Não volte atrás. Ele não fez isso, aliás.

Ela projeta o queixo, esperando por espanto, raiva, discussão. E na realidade estou um pouco espantado; posso vê-lo claramente, o réu trêmulo e nervoso, mal saído da adolescência, de mãos amarradas, esperando pela punição da turba. Mas mantenho a calma, só ergo as sobrancelhas e digo:

— Ah, é mesmo?

— É. É mesmo. Eu armei pra ele.

Ela está pressionando, jogando verde comigo, e sei exatamente por quê. Ela pensa que me odeia e quer ter certeza. Apareci a ela maculado por minha associação com Martha, com "a esposa", e Julia Stone portanto preferiria me dizer para voltar à merda da policialândia ou sei lá de onde eu vim. Assim, preciso ir devagar, dar linha, segurar minhas perguntas até achar que há uma possibilidade de ela responder.

— Só o que quis dizer é que o garoto merecia ser tratado com justiça — digo. — Eu não disse que ele era inocente.

— Ah, ele não é *inocente* — diz Julia —, só não é ladrão. É um estuprador. Está bem? Não me pergunte como eu sei, porque eu sei o que acontece por aqui. Eu *sei*. E quero que ele saia de minha comunidade. Mas se eu o tivesse levado lá por estupro, Jonathan... o vice do vice? Lembra dele?

Concordo com a cabeça. Olhos de porco, cara avermelhada, o desprezo de uma criança mimada.

— Jonathan exigiria um enforcamento. Não porque ele dê alguma bola para a violência contra as mulheres. Porque ele quer enforcar alguém. Sei que ele quer. E depois que começarem os enforcamentos... — Ela balança a cabeça, vendo o futuro. — Pode esquecer.

Esfrego a testa, encontrando a casquinha estranha na têmpora, lembrando-me de quando Cortez me atacou no elevador. Parece fazer um milhão de anos, uma vida diferente. Julia olha o campus mais uma vez, de testa franzida, gesticulando ao falar:

— As teorias sociais radicais têm uma meia-vida notadamente curta quando colocadas em prática. Dissolvem-se em anarquia. Ou o poder do povo, mesmo quando cuidadosamente delegado a autoridades provisórias, é tomado por totalitários e autocratas. Consegue pensar em um só contraexemplo?

Julia volta o olhar a mim.

— Não. Acho que não.

— Não — diz ela. — Não existe nenhum.

Sua paixão, sua confiança — vejo com clareza como esses traços de caráter devem ter sido música para Brett Cavatone, que passei a ver como um homem sossegado, de raciocínio rápido e intenso, um filósofo no corpo grosso e rude de um policial. Como, perguntei-me fugazmente, ele e Martha Milano acabaram juntos, antes de mais nada? Quanto tempo ele levou para entender que tinha se casado com a mulher errada?

— Temos esta oportunidade — diz Julia. — Encontramos esse equilíbrio fugaz entre a segurança e a liberdade pessoal. Este equilíbrio *sempre* acaba fodido, mas agora não há *tempo* para foder nada. Só precisamos manter a merda jacobina acuada, evitar por mais 74 dias que degenere para o *Senhor das moscas*. — Ela fala cada vez mais acelerado, as palavras em estrépito como vagões de trem. — É literalmente uma oportunidade única na história da civilização, e a preservação da ordem pública sobrepuja a forma específica de justiça distribuída a um indivíduo. Não é verdade?

— É verdade — digo.

— É. Isso mesmo. Ela está pagando a você? — Ela se vira para mim, cruza os braços. — A esposa?

— Não.

— Então, por que você está fazendo isso?

— Não sei — respondo e abro a ela um meio sorriso curto e rápido. — Mas as pessoas sempre me perguntam isso.

— Aposto que sim. — E então ela também sorri, apenas a mínima sugestão secreta de um sorriso. Há um pequeno espaço entre seus dentes da frente, como uma menina de dez anos levada.

— Antes, você pensou que fui mandado para matá-lo. Por que alguém tentaria matá-lo?

O sorriso desaparece.

— Por que eu contaria pra você, porra?

— Está apaixonada por ele?

— O amor é um construto burguês — diz Julia de imediato, no entanto vira a cara, olha os telhados e as copas das árvores do campus transformado. Espero, deixo que tenha um momento a sós com as lembranças que ela revê. E então pressiono delicadamente, falando com suavidade, contando-lhe a história que ela já conhece:

— Brett prendeu você alguns anos atrás, em Rumney, mas você lhe deu uma bronca de trás das grades da cela de detenção. Você o fez enxergar a justiça de sua causa e ele passou a respeitá-la. Você o convenceu a não testemunhar. Vocês criaram sentimentos um pelo outro.

Julia me lança um rápido olhar azedo à palavra *sentimentos*, e eu sinalizo com a cabeça o fato de que os sentimentos são um construto burguês, mas continuo:

— Mas ele não abandonaria a mulher. Não faz parte do caráter dele. E assim, no final do verão, você voltou para a faculdade, ele deixou a polícia estadual e se mudou para Concord e foi assim.

Ela não diz nada, agora nem mesmo olha para mim. Seus olhos estão fixos no campus, em seu povo: os que se exercitam, os cinéfilos, os enxames ondulantes no pátio central. Mas ela não está nem interrompendo, nem negando. Continuo falando, só um cara de paletó no terraço contando uma história num dia de verão:

— Mas apareceu o asteroide. A contagem regressiva começa e isso muda tudo. Você pensa, bom, talvez *agora*. Talvez agora Brett e eu tenhamos nossa chance. Você lhe escreve cartas, fala da República Livre e o que realizou aqui. Diz a ele que devia vir para jogar xadrez e ficar com você até o fim.

Agora Julia levanta um único dedo, ainda olhando bem à frente.

— Uma carta. Dois meses atrás.

— Tudo bem — digo. — Uma carta. E então ontem, de repente, ele aparece.

Posso imaginar a cena, Brett Cavatone entrando de fininho no fundo daquele auditório abarrotado e barulhento, como eu, e de súbito Julia o vê da cadeira no palco. Fica boquiaberta, sua pose autoritária de liderança vacila por um momento como um sinal de TV tremido enquanto Brett sorri para ela, reservado, formidável e afetuoso.

— Ele diz a você que agora está aqui, que não restam muitos dias e ele quer passá-los com você.

— Não — diz Julia abruptamente.

— Não?

Por fim, ela se afasta da grade e olha diretamente para mim, os lábios franzidos de emoção e não me importa se o amor é ou não um construto burguês, eu vi o amor uma ou duas vezes e esta é a cara de uma mulher apaixonada. Ela o ama e se arrepende amargamente do que diz agora.

— Não, ele não veio porque não restam muitos dias e ele quer passá-los comigo. Ele veio pelas armas.

— Ele veio pelas... — pestanejo. — Como é?

Julia então ri, uma vez, um latido áspero, enquanto a olho fixamente, boquiaberto de perplexidade.

— Vem. — Ela abre o alçapão para a escada. — Vamos dar um passeio.

* * *

Jeremy Canliss tinha razão. Brett tinha uma mulher em mente. Mas não foi a paixão nem o amor que o trouxeram à Universidade de New Hampshire para encontrar Julia Stone; foi o chamariz das armas que ela orgulhosamente lhe descreveu naquela única carta, dois meses atrás.

Julia Stone anda na frente e eu a sigo, um ou dois passos atrás, pelo caminho que sai do Kingfisher, por baixo do corredor polonês da extinção — Permiana, Limite Cretáceo-Terciário, Praga de Justiniano —, e atravessamos o campus. Não falamos, só andamos, minha empolgação nervosa fazendo-se conhecer na batida alta do coração no peito, minha compreensão deste caso girando lentamente, como uma parede de livros numa mansão mal-assombrada, revelando a escada oculta por trás. Tenho perguntas — mais perguntas, novas perguntas —, mas apenas caminho, deixo-me ser levado, Julia fazendo uma saudação muda a quase todos por quem passamos nas trilhas serpenteantes.

Nosso destino, pelo que vejo, é um galpão compacto de concreto com um telhado plano de alcatrão, construído junto a uma cerca de tela que separa as instalações da universidade da College Road, atrás delas. O galpão fica na sombra da estação de eletricidade, agora defunta, suas bobinas e torres silenciosas e frias.

Julia abre o cadeado do galpão e me leva para dentro. É um único ambiente, uma caixa perfeita: piso plano, teto plano, quatro paredes planas. A luz do sol se infiltra vagamente pelas janelas baixas e sujas. As paredes têm fileiras de ganchos sustentando armas: pistolas, fuzis, automáticas e semiautomáticas. Em uma prateleira perto do chão há uma dezena de caixas de munição, bem organizadas. A revolucionária República Livre, explica Julia Stone, apropriou-se de todo este arsenal do programa do Corpo de Oficiais da Reserva da universidade na época da "revolução". O que Brett lhe disse era que precisava de "armas sérias"; pediu dois fuzis de alta potência, M140 com mira de encaixe. Julia lhe deu as armas e imputou seu desaparecimento ao estuprador.

— As armas não eram minhas, eu não podia dá-las — diz Julia, balançando a cabeça com amargura. — Pertenciam à comunidade. Não sei por que deixei que ele me convencesse a isso. Ele simplesmente...

Ela abre as mãos, fica sem palavras. Mas sei o que ela quer dizer. Já ouvi: *ele é o Brett*.

Saímos, Julia tranca a porta e nos recostamos em uma das laterais de concreto, de frente para a estação de eletricidade, e contenho a ansiedade, uma consciência intensa do que tem no galpão. A capacidade de destruição deste único prédio mínimo, esta salinha em um mundo cheio delas. Porque eu já vi salas iguais, desde que soubemos da lenta aproximação do asteroide. Agora devia haver um milhão delas, porões e sótãos, galpões e garagens, forrados de armas esperando em silêncio para ser usadas, um mundo de barris de pólvora prontos para explodir em chamas. Olho meu relógio e estou atrasado — o prazo limite que me deram os guardas no Thompson Hall já passou. Peço desculpas silenciosamente a Houdini, perguntando-me se aquelas duas garotas ou os caras de camisa preta de fato fariam algum mal ao cachorro.

Dou voltas em torno de minha pergunta inicial.

— Julia, o que está havendo? Quem quer matar Brett?

— Não sei. Talvez ninguém.

— Ele corre perigo?

— Perigo? Quer dizer, perigo é pouco...

Ela balança a cabeça com uma ironia amarga. Ela vai me contar, percebo — já começou a me contar. Pela primeira vez, sinto isso com uma certeza extasiada e arrebatadora: vou encontrá-lo. *Estou chegando, Brett... estou chegando.*

— Julia?

Mas seu estado emocional muda; o rosto fica tenso de fúria.

— Por que eu contaria a você, porra? — Ela cospe as palavras. Gira, afastando-se da parede do galpão, fuzilando-me com os olhos. — Por que eu contaria *essa merda* a você?

Respondo, não à raiva, mas à pergunta. Ela não estaria perguntando se não quisesse uma resposta. Não teria me levado às armas.

— Você gosta dele. O que aconteceu entre os dois significa algo para você. Talvez você não o ame, mas não quer que ele sofra nada. Se eu o encontrar, talvez consiga realizar esse desejo.

Ela não responde. Puxa, nervosa, uma das tranças, um pequeno gesto humano.

Estou chegando, Brett. Lá vou eu.

Há um movimento perto da cerca de tela, algum animal ou cidadão errante da República Livre, movendo-se nas sombras. Ambos viramos a cabeça, sem nada ver, e voltamos a nos olhar. Vejo Julia refletindo intensamente, pensando os fatores, decidindo se rejeita a verdade do que eu disse simplesmente porque foi dita por mim. Vejo-a pesando sua lealdade a Brett, a raiva que sente dele, o desejo de vê-lo a salvo de qualquer mal.

— Não vou te contar o que ele está fazendo — diz ela por fim. — Ele me fez prometer não contar a ninguém. Não posso traí-lo.

— Eu entendo. Respeito isso. — E sou sincero. Mesmo.

— Mas vou te contar onde ele está.

5.

Desculpe, Martha.

Ouço a mim mesmo dizendo as palavras, imagino-as pairando no ar vazio e luminoso de sua cozinha, quando volto a Concord, bato em sua porta como um policial de quepe na mão para lhe dar a notícia.

Sinto muito, senhora, mas seu marido não voltará para casa.

Se eu tivesse razão, e tivesse encontrado Brett Cavatone como brevemente o imaginei, recostado na grama densa do pátio, a cabeça no colo de seu amor há muito perdido — ou se eu o tivesse encontrado em um prostíbulo, ou em uma festa de foda-se-tudo na praia, olhando as estrelas com algo vicioso fluindo pelas veias — e eu então desse o recado de Martha, lembrasse a ele de que "sua salvação depende" de sua volta... se tudo tivesse se desenrolado desse jeito, ainda poderia ter havido uma pequena chance de sucesso, um fiapo de esperança, que ele se lembrasse, baixasse a cabeça e voltasse para casa.

Mas agora o que sei é que ele está na floresta com dois fuzis. E se ele está metido em algum perigo terrível, como Julia parece temer, ou se preparando para algum grandioso ato de nobreza dos últimos dias, como Martha quer acreditar, de todas as hipóteses a mais difícil é vê-lo com muito interesse por sua casa.

Não consegui encontrá-lo, eu podia dizer a Martha. *Nem sinal do homem.*

Mas eu sempre minto muito mal. Talvez o melhor a fazer seja jamais dar notícias a minha cliente. Eu podia ficar aqui, em Durham, ou voltar a Concord, mas nunca ir à casa dela na Albin Road, deixar que os últimos meses rolem para Martha num silêncio esperançoso. Deixar que ela morra em 3 de outubro com aquele pequeno diamante de possibilidade ainda apertado na palma da mão, de que Brett possa voltar, aparecer de repente para abraçá-la com força enquanto o planeta explode.

* * *

— Desculpe, estou atrasado — digo, esbaforido e sem fôlego. Um dos anarquistas de camiseta preta levanta a cabeça e diz, "Ah, que horas são?" E lá está Houdini, perfeitamente bem, saltitando pelo gramado íngreme sob a bandeira tremulante da República Livre enquanto Beau e Sport jogam um Frisbee para diversão dele.

— Pelo amor de Deus — digo e solto o ar. As escopetas das meninas estão descuidadamente deitadas na escada, como livros de bolso; os Black Blocs estão sentados languidamente na terra junto da parede, sem as bandanas, a cara aquecida pelo sol.

Houdini late, me reconhece quando entro no campo de visão, mas, noto com amargura, não vem correndo para o colo do dono. Diverte-se muito, saltando deliciado entre suas captoras, entregando o Frisbee amarelo e amassado a cada uma alternadamente. Beau se agacha como quem quer protegê-lo da volta para minha posse e Sport acena alegremente.

— Ah, oi — diz ela. — Olha só isso. — Ela aponta para meu cachorro. — Senta.

Ele se senta.

— Rola.

Ele rola.

— Que maravilha — digo. — Nossa.

Este é um caso claro de síndrome canina de Estocolmo e explico isto a Houdini enquanto ele anda relutante a meu lado e voltamos a passo acelerado para a Main Street e ao India Garden.

Como uma barra de cereais e um sanduíche de manteiga de amendoim, sirvo um pote de ração para o cachorro, analisando mentalmente minha obrigação, meu contrato com a cliente: *farei o que puder para encontrar seu marido...* O problema agora é que sei onde ele está. O problema agora é que posso chegar lá na bicicleta de dez marchas em uma hora. O problema é que eu quero ir. Cheguei até esse ponto e quero entregar meu recado. Cheguei até aqui e preciso ver o homem com meus próprios olhos.

A porta tilinta animadamente.

— Ei, podem me servir um palak paneer, por favor? — diz Nico, puxando uma cadeira. — E uma porção de pão de naan?

Ela tem seu sorriso torto e inteligente, um cigarro pendurado no canto da boca no estilo durona, mas de algum modo não estou nesse humor. Levanto-me e a abraço por um bom tempo, apertando seu rosto em meu peito e descansando o queixo em sua cabeça.

— Mas o que foi, Henry? — diz ela quando a solto. — Aconteceu alguma coisa?

— Não. Quer dizer, sim. Na verdade, não. — Volto a me sentar. — Você está cheirando a cerveja.

— É. Tomei todas. — Ela passa a mão pelo cabelo preto e espigado, depois joga a guimba do cigarro no canto com um piparote. Houdini levanta os olhos reprovadores de sua comida, farejando a fumaça.

— E aí? — diz Nico. — Você a encontrou?

— Minha testemunha? Encontrei.

— E o marido de Martha?

— Ainda não. Mas sei onde ele está.

— Ah, é? Onde?

— No Maine, ao sul de Kittery. Em um lugar chamado Fort Riley. É um antigo parque estadual.

Nico assente vagamente, servindo-se de uma dentada de minha barra de cereais. Este é o máximo de seu interesse por minha investigação em andamento.

— Tá legal — diz, quando acaba de mastigar. — Está pronto?

Esfrego a testa com uma das mãos. É claro que sei o que ela quer dizer. Prometi que se ela me guiasse pela República Livre de New Hampshire eu escutaria todos os detalhes sórdidos do plano mágico de Nico para salvar o mundo. Eu só queria mais alguns minutos. Só um ou dois instantes de uma pequena felicidade normal, um irmão, uma irmã e um cachorro. *Não estou pronto*, quero dizer. *Ainda não.*

Mas eu prometi. Fiz essa promessa.

— Tudo bem — digo. — Pode falar.

Cruzo uma perna sobre a outra, curvo-me um pouco para frente e concentro a energia em Nico, censurando a mim mesmo enquanto ela diz para ouvir com paciência e boa vontade a ladainha derradeira que estou prestes a escutar.

— O governo dos Estados Unidos — começa Nico e cubro a boca com a mão —, se quisesse, podia detonar uma ou mais explosões nucleares perto da superfície, no espaço que cerca o asteroide em aproximação.

Aperto mais a boca, obrigo-a a ficar fechada, forçando a mim mesmo a não falar.

— O efeito seria o superaquecimento da superfície do objeto, dando início ao que se chama de *back-reaction* e alterando sua velocidade o suficiente para impedir que tenha impacto no planeta.

Agora também fecho os olhos e deixo a cabeça cair para frente numa posição que, com sorte, dará a impressão de uma profunda concentração, mas na realidade é uma tentativa desesperada de não me levantar de um salto e fugir deste monólogo. Nico continua:

— Porém algumas autoridades, em altos cargos do governo, decidiram suprimir esta informação. Fazem parecer que é tarde demais ou impossível.

Não suporto mais, tiro a mão da boca.

— Nico. — Só isso, em voz baixa. Ela não escuta, ou prefere não ouvir. Houdini estala os lábios no canto.

— Quem tem o conhecimento para executar a operação foi preso ou derãm sumiço nele.

São temas para polêmica. Posso sentir o cheiro. Tento mais uma vez:

— Nic?

— Ou, em um caso, foi assassinado.

— Assassinado? — Para mim, chega. Levanto-me, curvo-me pela mesa.

— Nico, isso é loucura.

Ela se afasta de mim e diz: "O quê?"

— É esse o grande segredo? Uma explosão nuclear? Detonada do céu? Não se pode fazer isso. Transforma um asteroide grande em milhões de outros menores. Não ouviu falar nisso? Teve um especial na *National Geographic* sobre isso, pelo amor de Deus. Estava na capa da última edição da revista *Time*.

Estou falando alto. Houdini olha para cima por um momento, assustado, e volta à ração.

— Não foi isso que eu disse. — Nico fala baixo, cruzando os braços com paciência como uma professora de jardim de infância, como se eu fosse a criança, o tolo. — Você não está me ouvindo.

— Entramos em guerra para *evitar* que o Paquistão detone uma arma nuclear na coisa. Milhares de pessoas morreram. — Ainda vejo as imagens; estava tudo no *Monitor* antes de o jornal sair de circulação: drones, ataques aéreos, bombas incendiárias, a rápida aniquilação da capacidade nuclear e a concomitante destruição de áreas civis. Teve também uma matéria grande sobre o Paquistão nessa edição da *Time*, sua edição dupla de despedida. Manchete da capa: "E Agora Esperamos."

— Eu não disse detonado do céu. — Nico se levanta da mesa e se recosta no bufê, tira outro cigarro do bolso. — O que eu disse foi uma explosão nuclear, ou explosões, perto, mas não no asteroide. Seria uma explosão próxima, diferente de um projétil cinético, que seria uma nave ou outro objeto chocando-se na superfície. Uma explosão próxima tem a vantagem de criar a mudança de velocidade desejada enquanto minimiza a perturbação na superfície e a massa ejetada resultante.

Mais pontos polêmicos. Parece que ela vai me entregar um panfleto. Levanto-me. Ando por ali.

— Uma explosão próxima. E vocês acham que ninguém pensou nisso?

— Eu sabia que você não me escutaria — diz ela com tristeza, meneando a cabeça, batendo as cinzas no chão. — Sabia que não podia contar com você.

Paro de andar. É claro que ela sabe exatamente o que dizer; teve uma vida inteira de experiência fazendo com que eu me sentisse mal por castigá-la por seus insultos. Respiro fundo. Baixo o tom:

— Desculpe. Por favor. Fale mais sobre isso.

— Como eu disse, não é que o governo... eu devia dizer os militares, na verdade são os militares, e não o governo civil. Eles *pensaram* nisso. Até designaram gente para pensar em como fazer, anos atrás, quando esse tipo de perigo era puramente hipotético. Deve haver um novo acondicionamento nuclear, com um novo tipo de detonador, para mandar a carga ao espaço.

— Tudo bem. Mas nunca construíram isso.

— Bom. — Ela sorri, dá uma piscadela. — É o que eles querem que a gente pense.

— Meu Deus, Nico. Isso é loucura.

— Você já disse isso. — De repente sua expressão se transforma, de irônica e maliciosa para uma intensidade serena — esta é a parte que ela esperava. Este é o âmago da loucura.

— Alguns elementos conservadores no complexo industrial militar internacional estão gostando do asteroide, Henry. Eles estão *loucos* por ele. A oportunidade de dominar uma população dizimada e miserável? Para consolidar o que resta dos recursos do mundo? Eles estão loucos por isso.

Começo a rir. Viro a cabeça para trás e dou uma gargalhada para o teto, e agora Houdini de fato dá um salto, foge correndo do pote. O absurdo disto, da história toda, sentados ali, falando como se nós, duas pessoinhas num restaurante indiano detonado de New Hampshire, por acaso tivéssemos informação privilegiada sobre o destino do universo.

Nico fala por um tempo e eu escuto o melhor que posso, mas grande parte só passa por mim, grande parte não passa de palavras. Há um cientista picareta, é claro: Hans-Michael Parry, astrofísico antes associado com o Comando Espacial dos Estados Unidos, que sabe exatamente como fazer a coisa, sabe onde estão guardados esses detonadores especialmente construídos e como são operados. A organização de Nico encontrou Parry em uma prisão militar e vai mandá-lo para a Inglaterra, onde elementos simpatizantes estão dispostos a experimentar esta manobra de deflexão com bombas britânicas.

— Ah — digo, durante essa exegese, sem parar, apenas "Tá legal". Dou um tapinha em meu colo e Houdini sobe. Coço atrás de suas orelhas, murmuro "meu garoto" antes que ele escape para perseguir um pedaço errante de ração pela sala.

Havia uma parte de mim, percebo enquanto ela fala, que queria ser surpreendida. Eu queria que ela dissesse algo que me fizesse dizer *Puxa vida! Ela tem razão!*. Mas é claro que isso nunca foi possível, foi? Que, de todas as pessoas do mundo, minha irmã por acaso seja aquela que tem uma solução. Ninguém tem uma solução. Ninguém sentado no India Garden, nenhum astrofísico dissidente apodrecendo nas entranhas do sistema carcerário do exército americano. É tudo um absurdo, tão claramente que seria hilariante se eu não soubesse de pelo menos uma pessoa que já foi sacrificada em nome da crença de minha irmã de que isto é real.

— E daí? — pergunto por fim. — Você e seus amigos vão tirar esse cientista da prisão?

— Já fizemos isso — diz Nico, ignorando o sarcasmo em minha pergunta. — Não eu, nem o grupo da Nova Inglaterra. Outra equipe, no Meio-Oeste, eles já o encontraram e cuidaram da libertação. E agora, Jordan, eu e os outros da Nova Inglaterra só estamos esperando para o reconhecimento com a equipe.

Murmuro as palavras, sem acreditar. *Reconhecimento com a equipe*. Todo esse diálogo de filme B. Quantas vezes, durante nossa vida, vi o belo brilhantismo de mercúrio de Nico se apagar: pela tristeza, por álcool e maconha, por associação com mentes imbecis.

— Como posso acreditar em alguma coisa disso, Nico?

— Porque é a verdade. — Ela estende a mão na geladeira quente e abre um refrigerante de manga. A chuva de verão bate no vidro e na calçada do lado de fora.

— Mas como você *sabe* que isso é verdade?

— Porque é.

— Isso não dá certo — digo. — Essa formulação. Você parece o Jesus Man.

— Não, não pareço.

— Parece sim.

Jesus Man era o esquisito de olhos brilhantes num leito ao lado do de meu avô, em seus últimos dois meses, a rodada final de radiação antes de eles desistirem de Nathanael Palace e o levarmos para morrer em casa. Jesus Man tinha a luz do Senhor e não havia dor ou desconforto que ele não suportasse sorridente pela graça divina. Ele praticamente comemorava tudo, acolhia cada nova infelicidade como um passo na estrada para o paraíso. Meu avô o odiava — quase, uma vez ele me disse, sussurrando numa altura suficiente para que o outro ouvisse, tanto quanto odiava o câncer. Certa vez Jesus Man disse a mim e a Nico, enquanto meu avô dormia, ter esperanças de que aceitássemos o Senhor em nosso coração. Eu não disse nada quando ele falou isso, só assenti educadamente e olhei a TV. Nico, aos 17 anos, sorriu e falou, "Obrigado, senhor. Vou pensar no assunto".

Agora ela dá de ombros, levanta-se.

— Essa é a história toda, irmão mais velho. Não posso obrigá-lo a acreditar, se você não acredita.

— Não — digo. — Não pode. Quando você vai partir? Para o reconhecimento com a equipe?

— Em breve. Jordan disse que agora eles estão a caminho. Amanhã ou depois de amanhã um helicóptero vai pousar no Butler Field para nos pegar.

— Nico, eu te amo — é o que digo em seguida e fico surpreso ao ouvir as palavras saindo de minha boca; ela tam-

bém parece muito surpresa. Cruza os braços e eu prossigo:
— Amo de verdade. E fiz uma promessa a você.
— Eu o libero dessa promessa — diz ela de imediato.
— Você não pode.
— Éramos crianças.
— Você era criança — digo em voz baixa. — Eu tinha 15 anos. Sabia o que estava dizendo.
— Eu o libero.
— Não — digo, de repente arrependido de meu tom, meu ceticismo, arrependido de tudo em torno da conversa. *Não vá*, quero dizer, *não faça isso, fique, venha comigo para o Maine, venha comigo para Concord, Nico, não vá*. Houdini terminou de comer e encontrou um lugar para se deitar. No silêncio, seu ronco enche o ambiente.
— Boa sorte no seu caso — diz minha irmã.
— Boa sorte — digo, o começo de uma frase, mas não consigo pensar em como terminar. É só isso que tenho. — Boa sorte.

* * *

Outra cena da infância. Alguns anos depois daquela primavera, alguns anos antes de Jesus Man. Nico tinha nove anos e já estava entrando e saindo de problemas: ofendendo professores, roubando pequenos artigos em lojas. Adesivos, latas de refrigerante. Uma garota lhe deu cerveja, uma garota mais velha, provavelmente de brincadeira, mas Nico bebeu tudo e ficou embriagada — com dez anos e bêbada, e em seu cérebro ainda em formação o álcool agiu não como um estímulo para o mau comportamento, mas como um soro da verdade, e ela resmungava e esbravejava, processando todo tipo de raiva de mim, de meu avô, de todos. "Mas você vai", disse ela, quando tentei abraçá-la, pegá-la no colo, carregá-la para casa. "Você vai embora como eles foram. Vai morrer. Você vai sumir."

"Não vou", falei a ela. Eu disse: "Nico, não vou fazer isso."

* * *

A chuva se esgotou, por enquanto, e o céu está claro e tranquilo, as estrelas cintilando em seus lugares familiares. Tento dormir, mas não consigo; mal posso manter os olhos fechados, deitado indócil no chão do India Garden, esparramado sem nenhum conforto, tendo a mochila como travesseiro. Ao amanhecer, vou pegar a bicicleta, colocar Houdini entre os suprimentos de emergência e garrafas de água e partir para o sul do Maine.

Pela força de vontade, concentro meu raciocínio, coloco Nico, seus amigos e suas táticas numa prateleira do fundo em algum lugar, puxo um cobertor sobre meu avô, que por algum motivo esteve viajando comigo o dia todo hoje, emaciado e furioso em seu leito hospitalar com a morte acocorada nos ombros. Tiro da cabeça tudo isso e fecho em meu caso, minha viagem, meu amanhã.

Então, por que você está fazendo isso?, perguntou Julia, como Nico havia perguntado, como McGully exigira saber de mim. Sem dúvida há outras formas de passar meu tempo, em atos de valor mais tangível para mim ou para os outros. Mas uma investigação como esta tem força própria — impele você para frente e a certa altura não é mais proveitoso questionar seus motivos para ser impelido. Fico acordado por muito tempo, piscando no escuro do India Garden, pensando em Brett Cavatone.

Ele também vai me perguntar, se eu encontrá-lo na floresta com seus fuzis. *O que está fazendo aqui? Por que você veio?* E não sei o que vou dizer, sinceramente não sei.

PARTE QUATRO

ELE MORREU, ELE MORREU, ELE ESTÁ MESMO MORTO

Domingo, 22 de julho

Ascensão Reta 20 01 26,5
Declinação -61 09 16
Elongação 139,2
Delta 0,835 UA

1.

A Rota 4 parte sinuosa de Durham para o leste e depois norte-nordeste, seguindo o rio Piscataqua, proporcionando-me uma vista ampla e contínua do porto de Portsmouth: armadilhas enferrujadas para lagostas boiando sem cuidado algum; barcos adernando em seu abandono, a tinta descascada, os cascos salientes nos baixios.

Desta vez estou sozinho, animado, partindo cedo em minha missão. Detetive Palace, aposentado, em sua bicicleta de dez marchas com o cachorro preso à traseira no reboque vermelho.

Cutts Neck — Raynes Neck —, a vastidão da Memorial Bridge estendendo-se alta sobre o porto. Depois a série de rotatórias que o lançam para a 103 Leste. Conheço esta rota por pura memória dos sentidos, de nossos poucos verões em York Beach, antes do fundo do poço de minha infância. Rodo pelo donut azul e grande que marcava o Louie's Roadside Diner, agora arrancado do ancoradouro pelas intempéries ou por vândalos, estendendo-se pelo estacionamento como um brinquedo gigante abandonado.

Agora o sol está quase alto, são quase nove e entro na curva da terceira rotatória, desviando-me dos buracos e fendas no asfalto, passando acelerado pelos portões da Estação Naval de

Portsmouth, do lado do mar. *Estou chegando.* A mata aperta-se na estrada enquanto a 103 atravessa a divisa e entra pelo sudeste do Maine, desiste de sua última fantasia de ser uma rodovia e se conforma em ser uma estrada pequena, de duas pistas, tortuosa, com a faixa amarela desbotada no meio.
Cheguei.

* * *

Fort Riley, quando o encontro, fica na boca norte do porto de Portsmouth, um castelo construído continuamente na muralha de um penhasco, dando para o mar. Por algumas centenas de anos, foi um forte ativo do exército dos Estados Unidos, atento ao litoral durante a Revolução, a Guerra de 1812, até a Segunda Guerra Mundial, quando reservistas civis de capacete verde se sentavam em fortalezas litorâneas como esta, de um lado a outro da costa, observando o Atlântico Norte em busca de submarinos. Por meio século, Riley foi parque estadual e local histórico; agora foi onde montou acampamento Brett Cavatone, meu desaparecido. Saio da rodovia para o estacionamento, uma faixa comprida e estreita de cascalho com uma mata densa à esquerda e, à direita, a alta muralha de pedra desmoronada do antigo forte.

Desmonto da bicicleta e tiro Houdini do reboque, colocando-o no cascalho. Meu peito está pesado de expectativa. O ar tem o cheiro do mar. Ele está aqui, estou pensando. É isso. *Olá, senhor. Meu nome é Henry Palace.*

Ando lentamente pelo estacionamento, as mãos fora dos bolsos e um tanto erguidas, a imagem da inocência, caso alguém esteja vigiando — qualquer um com dois fuzis com mira e motivos para ter cuidado com os visitantes. Há um carro no estacionamento, um Buick LeSabre cinza com placa de Quebec e os quatro pneus arriados. No banco traseiro, um ursinho de pelúcia e um tabuleiro de Uno. A entrada do forte fica do outro lado do estacionamento, uma soleira em arco justo onde o muro de pedra se curva para o sul e o cascalho termina em grama e capim. Mais além fica o mar.

Baixe as armas, senhor. Sua mulher gostaria que o senhor voltasse para casa.

— Tudo bem — digo, a ninguém, ou ao cachorro, acho, mas então vejo que ele decidiu ficar perto da bicicleta. Viro-me e ele está lá atrás, onde começa o estacionamento, correndo entre a bicicleta acorrentada e nosso reboque de suprimentos. Gesticulo à minha direita, pelo canto do muro, para o forte em si.

— Você vem? — Houdini não responde. Rosna inquieto, fareja o chão. — Está bem — digo a ele. — Fique aqui.

As construções do forte, meia dúzia de pilhas de pedra vacilantes e ruínas de madeira em decomposição, espalham-se por um morro grande e irregular — 4 ou 5 mil metros quadrados de mato lamacento, descendo para um penhasco sobre a água. O layout é desigual, como se pode esperar de um acampamento militar de séculos de idade, construído aos poucos por diferentes comandantes em diferentes épocas para diferentes fins. É todo centrado numa única estrutura, porém: a blocausse, uma torre de madeira em uma base de granito sólida, elevando-se acima do meio do forte como um bolo de aniversário. O blocausse podia ser a casa colonial arrumada de alguém, uma casa de veraneio encantadora de paredes brancas com uma vista panorâmica do porto de Portsmouth, só que é um octógono perfeito, rachado por toda a face leste por vigias estreitas para rifles, para localizar as embarcações que chegam e abrir fogo.

Protejo os olhos e olho as janelas estreitas. Ele pode estar ali em cima. Pode estar em qualquer uma dessas construções. Com cautela, ando pela lama e pelo mato, sobre as pedras da fundação como lápides horizontais, atento à presença de Brett.

A casa do carabineiro é uma construção quadrada de tijolos aparentes, pequena como uma escola de uma sala só. Uma pedra fundamental anuncia a origem da estrutura em 1834, mas não tem telhado; talvez nunca tenha sido concluído, ou talvez as telhas tenham sido reutilizadas pelo exército quando este forte saiu de serviço, ou talvez simplesmente tenham sido retiradas no mês passado por saqueadores e levadas em carrinhos de mão como o galpão de tijolos do Sargento Trovão.

Fico algum tempo ali, no abrigo sem telhado. Assim serão a forma e a impressão do mundo: um abrigo abandonado, sinais de vida antiga, animais curiosos entrando e saindo das ruínas, a vida silvestre abrindo caminho, apoderando-se de todas as estruturas e as coisas humanas. Em cinquenta anos, tudo ficará assim, desolado, silencioso e tomado de mato. Nem mesmo cinquenta anos — no ano que vem —, no fim deste ano.

Desço com cautela o declive suave ao muro de granito que cerca a margem mais a leste do forte. Há uma trincheira estreita, cavada na lama bem na frente do muro, só que não é nenhuma trincheira, é uma entrada, um patamar de escada entalhado na terra molhada. Uma fenda na base do muro, depois uma escada curta e íngreme a uma câmara escura com piso de barro molhado. A sala é úmida e apertada, longa e estreita como o cano de uma arma. Uma placa de bronze aparafusada na parede de granito identifica a sala com uma palavra desconhecida: *caponier*. Tem cheiro de salmoura, peixe e lodo antigo. A luz penetra por nove seteiras elevadas na face leste.

Sou alto demais para um espaço desses. Ele me sobrepuja, como um caixão, e ouço meu coração bater, experimento uma consciência aguda e inesperada do funcionamento de meu corpo como uma máquina.

Atravesso lentamente a sala, curvo-me para uma das janelas em fenda e estreito os olhos. Ao sul, há um farol, ao norte, quilômetros ininterruptos do litoral do Maine. Longe, no horizonte, está um pontinho preto e mínimo de um barco que chega e, 20 graus à esquerda dele, pelo horizonte verde-azulado, um pontinho mínimo de outra embarcação. Olho fixamente por um minuto, vendo-os chegar.

Eles devem vir o dia todo. Navios, seus porões abarrotados de uma carga desesperada, faminta e exausta, gente de todo o mundo, o hemisfério oriental se esvaziando.

Enquanto olho, vejo um terceiro, outro ponto no horizonte longínquo, quase no farol da boca sul do porto. Tenho uma imagem repentina e nítida da Terra plana, como uma bandeja, coberta de bolas de gude, e alguém a vira, as bolas rolam, caem em cascata, do leste para o oeste.

— É difícil imaginar as condições a bordo desses navios.

Uma voz grave e calma, depois o arranhão do salto de uma bota atrás de mim, eu puxo o ar para dentro, viro-me e, enfim, ali está ele.

— Os países de origem, muitos, antes de tudo ficaram empobrecidos — diz Brett Cavatone, a voz mansa, calma, sábia. — Mais ainda desde o Maia. Os navios estão apinhados de viajantes. Eles vivem no escuro, abaixo dos conveses, em porões úmidos e miseráveis, rastejando como ratos e insetos. — Sua barba cresceu mais, engrossou em uma selva preta e densa. Os olhos são fundos e também pretos. — É difícil conceber o que eles comem nestas embarcações, ou como bebem alguma coisa. Ainda assim, eles vêm.

— Policial Cavatone, meu nome é Henry Palace. Sou de Concord. — Ele não responde. Continuo falando: — Martha me pediu para encontrá-lo. Ela quer que você volte para casa.

O rosto de Brett não trai surpresa nem confusão com este anúncio. Ele não pergunta, como eu havia previsto, como ou por que o encontrei. Só assente uma vez — recado recebido.

— E Martha encontrou o Sr. Cortez?

— Sim.

Mais um gesto afirmativo de cabeça.

— E o Sr. Cortez cumpre nosso trato?

— Sim — digo. — Acho que sim.

— Ótimo. Então, Martha está em segurança? E em boa saúde?

— Ela está arrasada. Inconsolável.

— Ela está em segurança e com saúde?

— Sim.

Brett assente pela terceira vez, num gesto fundo, e fecha os olhos, quase se curva.

— Obrigado por vir.

Ergo as mãos.

— Espere. Espere.

Isso não é justo. Não parece *real*, de algum modo, que no fim desta jornada eu tenha uma conversa de trinta segundos, uma audiência rápida e depois adeus, obrigado por vir.

— Não quer que leve um recado a ela?

Brett fecha os olhos e une as mãos pelas pontas dos dedos. Veste calça de camuflagem, mas uma camiseta branca e básica, os pés em sandálias.

— Pode dizer a ela que o asteroide obrigou-me a algumas decisões difíceis, como a muitos de nós. Martha entenderá o que quero dizer.

— Não. — Balanço a cabeça.

— Não?

— Com todo respeito, senhor, o asteroide não o obrigou a abandoná-la. O asteroide não está obrigando ninguém a fazer nada. É só um pedaço grande de pedra flutuando pelo espaço. Qualquer coisa que alguém faça ainda é por decisão própria.

Um sorriso adeja por seus lábios, desce na moita de pelos faciais.

— Você perguntou se eu tinha um recado e agora o reprova?

Sua voz é grave, sussurrada, ritmada, como um profeta do Antigo Testamento.

— Você cumpriu com sua obrigação, amigo. Seu trabalho acabou e agora devo retornar ao meu.

— Você é um homem casado — digo. Estou abusando de minha sorte. Ele me encara em silêncio, impassível como a encosta de uma montanha. — Sua mulher está confusa. Você a deixou apavorada e sozinha. Não pode simplesmente abandonar suas promessas porque o mundo acabou.

Tenho consciência, mesmo enquanto falo, de que estes argumentos estão condenados à inutilidade. É evidente que Brett Cavatone é firme em seus propósitos como as muralhas de pedra do forte, plantadas por séculos neste solo escarpado, e minha sugestão de que ele volte para Martha e para o Rocky's Rock 'n' Bowl não só é impossível como também ridícula, de algum modo pueril. Ah, por que ele faria o que digo? Por que mesmo? Porque ele *prometeu*?

— Não vou voltar para casa. — Ele me olha firmemente, olhos pretos sob uma testa franzida. — Diga isto a ela. Diga-lhe que nosso contrato foi anulado. Ela entenderá.

Posso vê-la, Martha Milano à mesa de sua cozinha, consternada de tristeza, a mão tremendo na xícara de chá, aproximando-se e se afastando dos cigarros que não se permitirá ter.

— Não — digo a Brett. — Não acho que ela entenderá.

— Você disse que seu nome é Henry?

— Henry Palace. Eu era policial. Como você.

— Existem coisas que você não entende, policial Palace. Coisas que não pode entender.

Ele se aproxima de mim um passo, compacto e poderoso como um tanque, e minha mente voa à arma pequena metida no bolso interno de meu paletó. Mas não tenho dúvida de que Brett, se quisesse, podia estar em cima de mim antes que eu a sacasse, marretando-me com os punhos. A condensação pinga do teto da sala, escorre pelas paredes. Preciso dizer mais uma coisa, porém. Preciso tentar:

— Martha disse que sua salvação depende disso.

Ele repete uma única palavra, "salvação", deixa que paire no ar sombrio entre nós por um momento e fala:

— Vou precisar que você deixe a área deste forte em dez minutos.

Vira-se para a escada, dando-me suas costas largas, e pisa no primeiro degrau para sair do escuro da caponier.

— Brett? Policial Cavatone?

Ele para, fala em voz baixa por sobre o ombro, sem se virar:

— Sim, Henry?

Faço uma pausa, as entranhas reviradas. Os segundos passam. *Sim, Henry?*

Minha investigação acabou. Caso encerrado. Mas ouço a voz de Julia em minha cabeça, tensa de angústia: *perigo? Quer dizer, perigo é pouco...*

Descubro que não posso ir embora. Não sei de nada, mas sei demais para partir. Brett ainda espera. *Sim, Henry?*

— Sei o que você está fazendo — digo. — Conheci Julia Stone e ela me contou. Explicou suas intenções.

— Ah — diz ele calmamente. — Ora essa. — Ele é incapaz de ser surpreendido.

— E eu... gostaria de ajudar.

Brett volta da escada para mim, erguendo as mãos grandes como se as aquecesse perto do fogo. Tenho a impressão de que ele está me sentindo, interpretando-me como uma bola de cristal.

— Está armado? — diz ele.
— Sim. — Pego a Ruger e a estendo. Ele a toma, pesa nas mãos, larga na lama.
— Podemos fazer melhor do que isso.

* * *

Juntos, subimos a escada escorregadia e musgosa da caponier, depois, juntos, em silêncio, atravessamos o trecho de lama e sargaço do forte para o blocausse. Usando um graveto longo com um gancho curvo na ponta, Brett solta uma escada de corda enrolada na soleira elevada, desce até onde possamos alcançá-la para subir. Brett vai primeiro, rápido e seguro, e eu o sigo, erguendo meu corpo desajeitado degraus acima, um de cada vez, todo joelhos e cotovelos, como uma espécie de louva-a-deus invasor.

Não sei o que vai acontecer agora.

* * *

— Ali fica a base naval de Portsmouth, ali uma base em Cape Cod e lá o que antigamente era a estação da guarda costeira de Portland, Maine. E isso é tudo. Três estações e, pelas minhas contas, oito ou nove lanchas. Havia um submarino nuclear chamado *Virginia* auxiliando-os, mas ninguém parece vê-lo há meses. Desertou, talvez, ou eles o levaram ao Sul, para ajudar na Flórida.

Concordo mudo com a cabeça, meu estômago uma bola apertada de perplexidade e inquietação, enquanto Brett me conta seu plano. O nosso plano.

— Tenho plantas de todas essas instalações. Não podemos saber com exatidão qual é o estado de prontidão, mas podemos presumir que é menor do que encontraríamos antes do Maia, devido às deserções e às limitações técnicas relacionadas com o esgotamento dos recursos.

Enquanto fala, Brett passa os dedos delicadamente pelos mapas e plantas baixas que colou por todas as paredes do blocausse.

Ele cobriu os cartazes históricos e os horários do parque, mas estes espiam por trás, as carrancas de velhos soldados de antigas guerras, encarando severamente o retratista ou homem do daguerreótipo. Creio que Brett está enganado sobre nossa probabilidade de sucesso. Creio que podemos descobrir que essas bases navais e da guarda costeira, como o Departamento de Polícia de Concord, são melhor defendidas do que no passado, e não pior. Eu preveria vários postos de controle, várias camadas a mais de cercas de segurança, patrulheiros nervosos da base agindo com ordens estritas de atirar primeiro.

Mas está claro que os cálculos de Brett desses perigos são puramente abstratos. Não se pensa no fracasso, nem mesmo na morte, quando se acredita estar em uma cruzada. A intenção de Brett é matar em nome de um bem maior.

Perigo? Quer dizer, perigo é pouco...

— Isso me parece — digo em voz baixa — trabalho demais para duas pessoas.

— Bom, era um trabalho de uma pessoa só até dez minutos atrás — diz Brett. — Nossa obrigação é fazer o que for possível com o que temos. É só o que podemos fazer e os resultados estão nas mãos de Deus.

Concordo novamente com a cabeça.

Vamos invadir a base naval e as estações da guarda costeira — atirar nos guardas, se necessário — atirar em marinheiros —, atear fogo nos barcos. O que for necessário para evitar missões posteriores dessas embarcações. Uma cruzada de um homem só para impedir a interdição e o confinamento de imigrantes da catástrofe pela costa do Atlântico Norte. Uma cruzada de dois homens, corrijo-me. Vamos primeiro à base naval de Portsmouth e, tendo sucesso em nossos esforços, voltaremos para cá, a Fort Riley, para reabastecer e fazer a viagem mais longa a Portland no final da semana.

— Acredito, policial Palace, que você foi enviado por alguma razão — diz Brett, afastando-se de sua parede de planos e plantas baixas de quartéis, colados com fita adesiva. — Para garantir o sucesso deste trabalho.

Há uma peça enferrujada de artilharia no meio da sala, um canhão com o nariz metido para fora da janela central, apontado para o mar. Abaixo dele, Brett tem um baú pesado e agora ele se ajoelha, abre e começa a mexer nos suprimentos ali dentro, garrafas de água, rolos de atadura e cápsulas de iodo, sacos plásticos de armazém cheios de carne-seca e queijo; enquanto ele revira, algo chama minha atenção, um lampejo de cor viva, deslocado ali. Depois ele fecha o baú e entrega minha arma, exatamente a que eu esperava: o segundo fuzil M140 que Julia Stone levantou para ele em seu esconderijo na universidade. Ele aperta a arma em minhas mãos. Sinto meu simples caso de desaparecimento esfarelar sob os pés, derretendo embaixo de mim.

— Quando iremos? — pergunto.

— Agora — diz Brett. — Neste exato momento.

Jogamos as armas do alto do blocausse e elas caem com dois baques sobrepostos na terra. Começamos a descida, mão por mão, mais uma vez Brett primeiro e eu atrás. E quando ele acaba de tocar no chão e eu estou a dois degraus dali, perco a pegada na escada e caio, tombando em cheio nas costas de Brett, derrubando-o, e ele diz, "Ei", enquanto eu rolo, caio em um dos fuzis e levanto apontando para as costas dele.

— Não se mexa — digo. — Pare.

— Ah, não, Henry — diz Brett. — Não faça isso.

— Lamento ter sido falso, peço desculpas por isso. — Falo rapidamente. — Mas não posso permitir que você coloque em prática um plano calculado que resultará na morte de homens e mulheres das forças armadas.

Ele estava ajoelhado na lama, a cabeça um pouco abaixada e afastada de mim, como um monge em oração.

— Há uma lei superior, Henry. Uma lei superior.

Eu sabia que ele diria isso — algo parecido.

— Assassinato é assassinato.

— Não, não é.

— Desculpe, policial Cavatone. — Meus olhos lacrimejam, readaptando-se à claridade do verão. — Eu lamento muito.

— Não lamente — diz ele. — Cada homem pensa por si e julga seus próprios atos.

O M140 é uma arma maior do que estou acostumado a manusear e eu estava despreparado para seu peso. Não tem mira de ferro, só a telescópica, longa e fina como uma lanterna encaixada no alto da arma. Estou tremendo um pouco enquanto a seguro firme e me concentro em controlar as mãos. Desejo que elas fiquem paradas.

Brett ainda está de joelhos, de costas para mim, a cabeça um pouco voltada para cima, para o sol.

— Eu entendo que você discorda da política de interdição e confinamento executada pela guarda costeira.

— Não, Henry. Você não entende — diz ele em voz baixa. Quase lamentativa. — Essa política não existe.

— Como é?

— Pensei que você compreendesse, Henry. Pensei que por isso Deus tinha mandado você.

Essa ideia, de que Deus ou outra força do universo me mandou aqui, renova minha inquietação e aflição. Ajeito a mão na arma grande.

— Não é uma interdição. É uma chacina. Aquelas lanchas abrem fogo nos navios de carga, afundam quando podem. Atiram nos sobreviventes também. Não querem que ninguém aporte.

Pisco à luz do sol, meu fuzil tremendo nas mãos.

— Não acredito em você.

Depois de um instante, Brett volta a falar, calmo e fervoroso:

— O que você acha que é mais fácil para a guarda costeira... o que resta da guarda costeira? Um esforço imenso de interdição, consumindo recursos, ou a operação simples e eficiente que descrevi? Eles podem baixar armas, é claro, parar inteiramente as incursões, mas assim os imigrantes conseguem passar. Depois eles chegam a nossas cidades e têm o atrevimento de querer dividir os recursos, o espaço. E depois querem ter sua própria chance de sobrevivência após a catástrofe. E estamos decididos, Deus nos perdoe, estamos decididos a não permitir isso.

Ele chora. A cabeça está curvada para o mato do forte e a voz sai sufocada de lamento:

— Pensei que você entendesse isso, Henry, pensei que por isso tinha vindo para cá.

Meu fuzil agora treme e me obrigo a firmá-lo, tentando entender o que vai acontecer, enquanto Brett recupera a voz, continua falando:

— Mas talvez Deus tenha lhe dado olhos que não podem ver essas trevas mais profundas. E isto é uma bênção para você. Mas estou lhe implorando, Henry, deixe-me cumprir minha missão. Imploro isto a você hoje, Henry, porque se eu puder salvar uma leva que seja dessa gente, uma criança, uma mulher ou um homem que seja, então terei feito a obra de Deus hoje. *Nós* teremos feito a obra de Deus.

Penso naqueles pontos no horizonte, os navios mínimos que vi da seteira da caponier, soltando vapor mais perto, mesmo agora.

— Brett — começo, e de repente ele mergulha, rola na lama e aparece com o outro fuzil, tudo num só movimento ágil, acaba de joelhos e de frente, a arma virada para mim, de baixo, enquanto a minha está voltada para ele, de cima.

Não disparo. Não posso. Como poderia? Balanço a cabeça, tentando me livrar do sol nos olhos, balanço a cabeça para tirar o suor. *Resolva essa, Palace. Cuide disso.*

Então eu simplesmente começo, começo a falar:

— Alguém sabe onde você está e o que está fazendo?

— Julia.

— Julia pensou que alguém mais sabia. Ela pensou que alguém tentaria vir impedir você.

— Esse foi um pressuposto da parte dela. Ela está enganada. Ninguém sabe.

— Como você arranjou todas as... as plantas e tudo isso? Das várias bases?

— Com o soldado Nils Ryan.

— Que é...

— Um ex-colega meu da Unidade F. Também ex-suboficial da guarda costeira.

— Mas ele não sabe para que você queria esse material?

— Não.

Não preciso perguntar por que esse homem, esse soldado Ryan, entregaria tais documentos: porque Brett pediu. Porque ele é o Brett.

— Tudo bem. Então, ninguém sabe disso. Ninguém sabe onde você está. Só eu, você e Julia.

— Sim.

— Vamos... — Desvio os olhos do cano da arma de Brett, olho nos olhos dele. — Brett, vamos dar um fim a isso agora. Não quero feri-lo.

— Então, não faça. Vá embora.

— Não vou. Não posso.

E ficamos ali, minha arma apontada para ele, a dele para mim.

— Por favor, soldado.

— Existem seres humanos sem nenhuma chance, apenas uma. — Brett, com o rumor suave de sua voz, um trem rodando lento. — Que arriscaram tudo, viajaram milhares de quilômetros espremidos e transpirando em contêineres e porões abarrotados, e talvez eles tenham assumido um risco idiota, mas é o direito deles e eles não merecem ser assassinados a trinta metros da praia.

— Sim, mas... — *Mas o quê, policial Palace? Mas o quê?* — Um dia fizemos o juramento, você e eu. Não é verdade? Como agentes da lei. Ainda temos a obrigação de fazer o que está dentro da lei e o que é certo.

Ele meneia a cabeça com tristeza.

— Essas duas coisas que você disse aí, amigo. São duas coisas diferentes.

Estou de pé em um leve aclive, olhando de cima, ele agachado, sinto-me muito alto. Uma ave bate as asas acima, depois outra, em seguida vem um vento, mais forte do que o normal, um vento de verão trazendo o cheiro de peixe e uma pitada de pólvora dos vagalhões. Só escutamos o ímpeto da maré, que mal consegue chegar a nós, aqui, no alto da face do penhasco.

— No três — digo — nós dois baixaremos as armas, juntos.

— Tudo bem — diz ele.

— Depois vamos pensar no que fazer.

— Ótimo.

— No três.

— Um — diz Brett, e baixa a arma um pouquinho do ombro, eu baixo a minha uns cinco centímetros, meus músculos gritando de alívio.

— Dois — dizemos, juntos, e agora os dois fuzis estão em um ângulo de 45 graus, apontados para o chão.

— Três — digo e largo meu fuzil, ele larga o dele.

Continuamos parados por cerca de um quarto de segundo e ambos começamos a sorrir, só um pouco, dois homens honrados em um campo verdejante, depois Brett quer se levantar, estende a mão e está falando, "Meu amigo...", e então, quando levanto o braço, há um estouro agudo, um estalo no céu, meu braço explode de uma dor quente e selvagem, uma dor estrondosa, rodo para trás, a fim de descobrir o atirador, e quando me volto, Brett está no chão, achatado na terra, braços e pernas se debatendo no capim. Salto para ele, gritando seu nome e agarrando meu braço. Caio a seu lado e deito-me ali ofegante por cinco segundos, dez, esperando outros tiros. Estou tentando me lembrar do protocolo para vítimas de trauma por ferimento a bala em campo, tentando me recordar de meu treinamento de respiração de resgate, compressões e assim por diante, mas não importa: a bala pegou Brett entre os olhos e metade de seu rosto foi tragada por um buraco. É inútil — não há nada a fazer — ele morreu.

* * *

A primeira providência é fazer um torniquete em meu braço. Sei disso — disso eu me lembro, e além do que é óbvio, o ferimento sangra como uma torneira aberta, grandes jatos de sangue vermelho e brilhante explodindo de meu braço, escurecendo a camisa e o paletó e empoçando entre meus sapatos, na terra. O cadáver de Brett a meu lado no chão.

É estranho porque eu a olho, essa fonte de sangue, e está acontecendo com outra pessoa, como se este fosse o braço explodido de outro homem, o paletó rasgado e o ferimento pulsando de outro homem. Aquele instante agudo de dor terrível que senti no impacto sumiu completamente e o ferimento, no alto do braço direito, no bíceps, é algo que consigo ver e registrar como grave, mas não *sinto*.

Isto é o choque. Essa ausência de sensação resulta da adrenalina inundando meu sangue, correndo por minhas veias como água do mar se chocando nas brechas do casco de um navio. Examino o braço como se fosse uma peça de carne no balcão do açougueiro: um trauma por projétil na artéria braquial e perco sangue rapidamente, com rapidez demais, mililitros preciosos jorrando na terra de Fort Riley. Tive treinamento geral em primeiros socorros, ressuscitação cardiopulmonar e cursos de instrução anuais contínuos, segundo o regulamento do Departamento de Polícia de Concord, e sei o que esperar aqui: perda de sangue, vertigem, sensação de frio, viscosidade e por fim um alto risco de febre, riscos elevados de tudo, os ferimentos a bala em geral exigem assistência médica imediata — em particular ferimentos arteriais a bala. "Alto risco de perda do membro e/ou morte."

Preciso estabilizar a ferida e chegar ao hospital.

Brett jaz a um metro de mim, esparramado na terra. A horrível ferida na cara, a imobilidade de seu corpo. *"Esse contrato foi anulado." Por que ele disse isso? O que significa?*

Foco, Palace. Um torniquete na ferida.

— Tudo bem — digo a mim mesmo. — Meu Deus.

Raspo a terra e arranjo um pedaço grosso e curto de madeira. Isso não vai dar certo, não a longo prazo, mas preciso estancar a hemorragia imediatamente — eu precisava ter feito isso trinta segundos atrás — para continuar de pé, chegar à bicicleta e a meu kit de primeiros socorros. Posso usar a gravata para cingir o ferimento, por enquanto, mas levanto a mão e minha gravata sumiu. Eu a tirei, ontem mesmo... foi ontem? — no pátio da universidade, e agora ela está jogada em algum lugar por aqueles caminhos sinuosos como uma pele de cobra largada no deserto. Estendo a mão esquerda, tentando ao máximo mover apenas esse lado do corpo, para não esbarrar na ferida; curvo-me para frente e lentamente tiro um sapato, depois a meia. Estremecendo, coloco a ponta da meia entre os dentes e a passo em volta do braço como um viciado em heroína, lembrando-me do cavalheiro decadente que encontrei na tenda da gororoba, o viciado velho e barbudo.

Boa sorte, senhor, penso como louco enquanto meto o graveto entre o tecido fino e a carne de meu braço, acima do ferimento. Torço a meia com força em volta do graveto e sinto um formigamento se irradiar com a redução do sangramento. Baixo os olhos para o buraco irregular em meu braço e vejo o jorro de sangue ficar mais lento, acalma-se, transforma-se apenas em um filete.

— Lá vamos nós — digo a meu braço. — Lá vamos nós.

Ainda não dói. O choque acabará em algum momento daqui a mais ou menos meia hora, então a dor se instalará e se intensificará firmemente nas próximas seis a oito horas. Posso ver as palavras na apostila grampeada e verde-mar que recebemos no treinamento técnico em primeiros socorros na sala de descanso, caracteres pretos em Helvética sobre o fundo verde do folheto: O TEMPO É ESSENCIAL. Estabilize a ferida rapidamente e a mantenha estável até que a vítima possa ser removida ao hospital.

Hospital, Henry? Que hospital?

A meia começa a se afrouxar assim que solto a pressão dos dentes. Vai durar talvez dez minutos. Levanto-me trôpego e manco para o estacionamento, para meu reboque vermelho cheio de suprimentos.

* * *

Ele é o Brett, foi o que todo mundo me disse, *ele é só o Brett*. Agora tenho alguma compreensão do que queriam dizer. Um homem fascinante, uma força da natureza. Carismático, solícito, íntegro e estranho.

Parei por um momento para descansar a meio caminho entre o campo onde fomos baleados e o local, na entrada do estacionamento, onde acorrentei a bicicleta.

Esse contrato foi anulado, disse ele. Que palavra estranha para ser importada à linguagem do amor: *anulado*.

Entre meus pesares pelo que acaba de se desenrolar, está o de que Brett jamais me perguntou por que vim procurá-lo, por que me importei. Eu tinha minha resposta preparada. *Porque uma promessa é uma promessa, policial Cavatone, e a civilização não passa de um monte de promessas, é só isso. Uma hipoteca, um voto de casamento, uma promessa de obedecer à lei, um juramento pela garantia de seu cumprimento. E agora o mundo está se desintegrando, todo o mundo instável, e cada promessa rompida é uma pedrinha atirada no lado rígido desta forma em ruínas.*

Explico todas essas coisas a Brett enquanto ando com dificuldade, puxando mais o torniquete da meia e arquejando à primeira promessa latejante de dor. Dou-lhe minha resposta, embora ele esteja morto, e a cada minuto que passa aumentam as chances de que eu também morra aqui.

* * *

Quando consigo chegar à bicicleta, meu torniquete improvisado é um trapo sujo e ensanguentado e o sangue jorra assim que o retiro. Atrapalho-me com o torniquete preto e pneumático de meu kit de primeiros socorros, fecho a alça no alto do braço, acima do ferimento, e o inflo o máximo que posso, fechando bem os olhos enquanto aperto sem parar o bulbo.

Paro, então. Ainda não estou tonto, ainda não experimento a dor severa. Agora posso pensar, por um momento posso pensar. Daqui vejo a estrada, a curva fechada para a Rota 3, e vejo as árvores altas comprimindo-se no estacionamento de todos os lados.

Que hospital, Hank?, pergunto a mim mesmo, arrastando a pergunta de minha consciência para a luz — não quero dizer com isso que hospital você escolherá, mas que hospital operacional pode estar à distância de uma pedalada de um homem fatigado que já sofreu uma perda significativa de sangue? Cerca de um litro, talvez, tranquilamente meio litro. Portsmouth é a cidade mais próxima e nem mesmo sei se eles ainda têm um hospital funcionando ou se é tudo atendimento particular. E Durham? Deve haver uma tenda médica em algum lugar nos terrenos da República Livre de New Hampshire, como existe a tenda de gororoba; em algum lugar, em um daqueles porões, algum estudante de medicina está fervendo pinças e agulhas hipodérmicas numa panela de lagosta.

Será mais fácil, pergunto-me, sem o reboque? Estou olhando para ele, debatendo qual será o risco ou a sensatez de jogar a água e a comida fora, atadura e antisséptico, para ganhar talvez cinco ou seis quilômetros por hora de velocidade na viagem. Agacho-me para ver quanta água ainda me resta, desejando que fosse mais.

Pronto. Agora. A dor. Ela chegou.

— Meu Deus. — Falo as palavras, depois grito: — Meu Deus! — Jogo a cabeça para trás e grito de novo, mais alto. Dói — está doendo —, dói demais, um ferro quente apertado em meu bíceps. Seguro o braço ferido com o outro, de imediato o solto e grito outra vez.

Arrio, fico agachado e fecho os olhos, balanço-me sobre os calcanhares e respiro numa série de sopros curtos e superficiais.

— Meu Deus, meu Deus.

A dor se irradia do local de impacto e queima meu ombro, o peito, o pescoço, todos os circuitos da parte superior do corpo. Respiro fundo mais vezes, ainda agachado, no estacionamento perto da estrada. Depois de sete longos segundos a dor diminui e abro os olhos, vendo no terreno, com uma clareza alucinógena, uma única folha de um laranja vivo.

Mas não — não é uma folha. Olho fixamente. É uma folha falsa. Pego com a mão esquerda. É feita de tecido — um tecido sintético —, uma folha sintética.

A ideia aparece em minha mente não palavra por palavra, mas inteiramente formada, como se outra pessoa tivesse o pensamento e o colocasse ali: *isso não faz sentido*.

Porque eu sei o que é isto, esta folha artificial. É um pedaço de um traje ghillie, a camuflagem corporal usada por atiradores profissionais militares e da polícia, uma roupa feita de folhas usada para que eles possam esperar invisíveis por longos períodos, enterrados na paisagem. Sei o que é um traje ghillie, não de meu treinamento na polícia, mas por meu avô, que me levou para caçar exatamente três vezes, tentando curar meu completo desinteresse por esta atividade. Lembro-me de que ele apontou um companheiro esportista, agachado em um esconderijo com um traje de folhagem, e zombou do homem: "Isso é para caçar homens, e não coelhos." Lembro-me de sua expressão cáustica e me lembro das palavras, *traje ghillie*; parecia um nome cômico para algo projetado com o fim de matar seres humanos.

A dor retorna como uma maré em refluxo e eu arquejo, afundo ainda mais no cascalho do estacionamento, ainda segurando a estranha folha. *Isso não faz sentido.*

Quando a dor passa — não passa, diminui —, olho para além da muralha de pedra, no alto da elevação, tento distinguir o local onde o atirador esperou na cumeeira de madeira, entre a estrada e o forte. Traço mentalmente a trajetória da bala, uma fita vermelha berrante saltando da boca da arma, atravessando o campo. Examino. Faço cálculos. Trezentos metros. Foi um atirador de elite, não há dúvida disso, trezentos metros tranquilo, através da barreira de meu braço estendido, bem entre os olhos de Brett. O que acabo de testemunhar foi o assassinato de Brett por um atirador militar da guarda costeira ou da marinha. Um matador profissional que o localizou aqui, esperou com seu traje ghillie e disparou da mata entre a estrada e o forte. Um ataque preventivo contra a cruzada do louco.

Então, o que é isso? Por que não faz sentido?

Sei a resposta enquanto ainda formulo a pergunta: porque Brett disse não. Ninguém sabia disso. Ele não contou a ninguém onde estava. Só a Julia, e Julia contou a mim.

Como os militares mandaram um atirador para eliminá-lo, antes que ele colocasse em ação seus ataques, quando ninguém sabia que eles aconteceriam?

Nova dor. Pior. A pior. Jogo a cabeça para trás e grito. A náusea sobe em ondas agitadas de meu estômago, alcançando a garganta. A dor salta do ferimento em explosões. Pontos ganham vida zunindo diante de meus olhos e eu me recurvo, conto lentamente até dez, a vertigem penetrando pelos cantos de meu cérebro. Brett me disse que ninguém mais sabia. Brett não tinha motivos para mentir.

Mas e o amigo, da polícia estadual, o homem da guarda costeira que lhe deu as plantas baixas? Será que ele desconfiava de todo o âmbito do que Brett estava planejando? Teria ele dado o alarme? Ele o seguiu até aqui?

Há outra coisa, algo — respiro fundo, procuro me lembrar —, algo no blocausse que não cabia ali. A dor dificulta o raciocínio. Dificulta o movimento — até o *existir*. Sento-me no cascalho do estacionamento, encosto-me à parede, procuro não olhar o braço.

Uma cor.

Um lampejo de rosa dentro daquele baú.

Levanto-me e cambaleio pelo cascalho, onde o assassino desapareceu na estrada, na bicicleta de dez marchas dele.

Ou dela, lembro a mim mesmo, pensando em Julia Stone, pensando em Martha Cavatone — minha mente de súbito em disparada, avaliando motivos, cantando uma rápida lista de chamada de todos que conheci em meu caminho tortuoso até Fort Riley, pensando em todas as armas que vi: os M140 de Julia, as armas de paintball e o estande de tiro de Ricky, minha própria Ruger. Jeremy Canliss tinha um revólver de cano curto metido no casaco quando o conheci na frente da pizzaria. Não, não, ele não. Eu imaginei isso. Não imaginei?

Não importa. Esta é a América em contagem regressiva. Todo mundo tem uma arma.

— Um hospital. — Encontro as palavras em minha garganta e as pronuncio com gravidade, dando uma bronca em mim mesmo, severo: — Esqueça as armas. Esqueça Brett. Vá para um hospital.

Olho a Rota 103, onde o asfalto derrete no sol, soltando um vapor enegrecido e pegajoso. Balanço-me de pé. As páginas verdes do folheto grampeado de técnicas de primeiros socorros flutuam no vento diante de mim, o texto informando-me que minha vertigem irá rapidamente de branda a extrema. Em quatro horas, a dor começará a diminuir, à medida que meus tecidos moles ficarem sem sangue e o braço começar a morrer.

Olho vagamente a bicicleta e percebo que minha decisão foi tomada. Já é tarde demais. A ideia de pular numa bicicleta agora e conseguir chegar a um hospital, qualquer hospital, é ridícula. É insanidade. Já era tarde demais meia hora atrás. Não posso andar de *bicicleta*. Mal consigo andar. Eu rio, digo as palavras em voz alta:

— Henry, você não pode andar de *bicicleta*.

Olho para trás, por sobre o ombro. O corpo de Brett ainda jaz ali, de cara para o sol. O caso do desaparecido deve ser declarado um fracasso. Sei por que ele foi embora, sim, e até para onde foi, mas ele morreu e não pude protegê-lo da morte.

Porém, tenho algumas ideias sobre quem pode ter atirado nele, algumas ideias errantes e febris sobre a questão.

* * *

Levo 45 minutos infelizes e arrastados para refazer meus passos — atravessando todo o estacionamento —, passando pela arcada de pedra e entrando de novo no forte — atravessando o terreno esponjoso ao pé do blocausse. A dor agora só piora, jamais melhora, intensificando-se à medida que ganha território, colonizando os recônditos mais distantes de meu corpo. Quando chego à sombra ondulante do blocausse, minha respiração está entrecortada, estou recurvado, deteriorando-me em movimento acelerado como alguém que morre de velhice num desenho animado. Desabo e caio sobre o braço direito ferido, grito como uma criança da dor eletrizante, rolo de costas abaixo da escada de corda pendurada da lateral de madeira escarpada da construção.

Olho a escada acima de mim. Os grossos degraus de cânhamo pelos quais desci recentemente, logo atrás de Brett, pareciam uma brincadeira de criança uma hora atrás, como uma das estruturas do parquinho em que costumávamos correr no White Park. Agora é uma muralha de pedra, uma face montanhosa pela qual de algum modo devo me arrastar, subindo, exausto e com uma só mão.

Levanto-me, devagar, viro a cabeça para cima e semicerro os olhos. O sol arde no alto de minha cabeça.

— Um — digo, respiro fundo, solto um grunhido e arrasto todo o meu peso com o braço bom, ergo-me o bastante para conseguir colocar o pé no segundo degrau da escada.

Depois espero ali, ofegante, mal me afastei um metro do chão, a cabeça virada para cima e os olhos fechados, o suor brotando de meu couro cabeludo, acumulando-se no colarinho. Espero pelas forças — espero... não sei... alguns minutos? Cinco minutos?

E então digo:

— Dois.

Respirar — firmar — grunhir — puxar. E três — depois quatro — sem parar, colocando o pé em cada novo degrau, carregando-me laboriosamente para cima, depois esperando — esperando — arquejante — o sol me assando contra a parede — o suor escorrendo pela coluna e pelos braços, acumulando-se no cós da calça e encharcando as axilas.

Na metade da escada, no degrau de número 10, concluo que na realidade isto é impossível. Não conseguirei avançar mais. Este é um bom lugar para morrer, como qualquer outro.

Estou cansado demais, com calor e sede em demasia — cada vez mais é minha sede o principal problema, suplantando a exaustão e a vertigem e até a febre nascente — suplantando até a dor, até agora a grande campeã entre meus torturadores. A essa altura esqueci-me do que esperava encontrar dentro do blocausse, se existe alguma coisa.

Não importa. Estou cansado, debilitado e sedento demais para continuar. Morrerei aqui, colado de suor e sangue seco, encostado nesta construção de madeira de dois séculos, queimado de lado pelo sol da tarde. Aqui o Maia encontrará a casca vazia de meu corpo e a levará para o mar.

O cachorro late ao pé da construção. Não consigo enxergar, é claro. Mas ouço. Ele late pela segunda vez, alto e estridente.

— Ei — digo, a palavra vagando fraca no ar como uma folha morta. Dou um pigarro, passo a língua nos lábios e tento de novo: — Ei, garoto.

Houdini continua latindo, provavelmente porque está com fome, ou com medo, ou talvez tenha acabado de me ver, mesmo que seja minha metade inferior comprida e estreita. Provavelmente ele se perdeu na mata, perseguindo esquilos ou sendo perseguido, pelas últimas duas horas. Mas, em minha vertigem e fadiga, imagino seus latidos frenéticos como um estímulo: ele insiste que eu continue a subir, que eu avance ao próximo degrau e ao seguinte.

Meu cachorrinho reapareceu no momento crucial para insistir, em sua linguagem canina rudimentar, que a salvação espera no alto da escada. Continuo subindo. Para o alto, vou.

* * *

Quando enfim estou no chão do blocausse, fico deitado ali por um tempo, tossindo. Minha garganta está se fechando, desmoronando sobre si mesma como um poço de mina empoeirado. Rolo quando consigo e engatinho até o baú abaixo do canhão, consigo abri-lo, encontro um garrafão de sete litros e levo a coisa pesada aos lábios, bebo como o último homem no deserto, deixando a água se derramar e ensopar o rosto e o peito. Subo para respirar como um golfinho vindo à superfície e bebo mais.

Deixo o garrafão vazio de plástico cair de minhas mãos e ele quica com um barulho oco nas tábuas do piso do blocausse.

E então volto ao baú e um minuto depois encontro. O papel cor-de-rosa, enterrado — nem mesmo enterrado —, no máximo meio escondido, por baixo de uma muda de roupas e uma lanterna, uma única folha de papel cor-de-rosa de um caderno, recortado e escurecido nas bordas, onde os dedos de Brett, sujos de terra e pólvora, pegaram-no pelos cantos. Dobrado e sujo, porém ainda trazendo o leve cheiro de canela.

Dou uma gargalhada, um desagradável raspão seco. Pego a folha do diário de Martha e a agito no ar, coloco-a amarrotada no punho de minha mão boa. A folha está rasgada e irregular em uma borda, arrancada como que à força. Olho o teto do claustro de Brett, aperto a folha de papel no peito e sorrio, sentindo rachar e cair a sujeira no rosto. Leio e releio, e seu significado começa a brotar a minha volta, depois estou ficando tonto e sinto frio, então aperto no peito a folha de papel arrancada do caderno e me recosto na velha parede de madeira, fechando os olhos.

* * *

Ele está latindo, lá embaixo. Houdini grita, a linda e fiel criatura, berrando para me manter acordado, ou talvez para alguma nuvem interessante, ou quem sabe só esteja dando à sua pequena caixa vocal algum exercício, como os cães notoriamente fazem.

Eu devia — abro os olhos, fito a parede oposta, esforço-me para compor o pensamento —, *eu devia ver como ele está.* Sentado, rolo de barriga e me arrasto à porta. O braço começa a não doer, o que, embora seja um alívio, é um sinal muito ruim. Espio pela beira e lá está ele, latindo, decidido, mandando sua voz prédio acima aonde eu possa ouvi-lo, bem no alto.

— Bom garoto — sussurro, sorrindo para ele.

O sol agora está mais baixo, não brilha tanto, e enxergo com clareza, pela base do blocausse, onde meu cachorro construiu uma pequena pirâmide de passarinhos mortos. E não sei se isto seria algum sacrifício em minha homenagem, ou um tributo, ou alguma tentação bizarra: *Veja, meu dono, veja! Se você sobreviver a este problema, pode comer os passarinhos.*

— Bom garoto — repito. — Cachorrinho bom.

* * *

Passa algum tempo. Se eu olhar o relógio, saberei que horas são, verei quantas horas terão transcorrido com a maior parte de meu braço sem circulação sanguínea como se descesse a correnteza de uma represa, e descobriria portanto o quanto estou próximo ou de morrer, ou de perder o braço direito para sempre.

Uma dor sobe e desce pelo corpo. Nos velhos tempos, eles o amarravam, mãos e pés, a uma máquina, giravam uma roda para fazer você falar. Ou até nem para tanto, só para assistir a sua experiência. Ou porque havia alguém visitando o tribunal que nunca teria a oportunidade de ver a máquina em ação. Outra daquelas coisas que fazem você pensar: bom, tudo bem, o fim da raça humana, o que você vai fazer?

Leio mais uma vez o papel cor-de-rosa, a letra toda em maiúsculas e um pouco oblíqua de Martha, como na citação de Santa Catarina acima da pia. Mas difere no tom, difere muito:

ELE MORREU N. MORREU ELE ESTÁ MESMO MORTO

NUNCA MAIS VEREI SEU ROSTO NOVAMENTE NEM O BEIJAREI

QUANDO FECHO OS OLHOS ELE ESTÁ ALI O SORRISO COM DENTES DE OURO OS CIGARROS ENROLADOS À MÃO AS TATUAGENS BOBAS

MAS DEPOIS ABRO OS OLHOS E ELE SUMIU DE NOVO

TUDO BEM ENTÃO AGORA QUE O MUNDO MORRA ELE JÁ ESTÁ MORTO SEM ELE MAS

Termina assim, no meio de um pensamento, com sua sequência na página seguinte. Tem uma data no alto, 5 de julho, só duas semanas atrás.

Ele morreu, ela escreveu, *N. morreu, ele está mesmo morto.*

Quem, Martha? Quem é N.?

Ainda não olho o relógio, mas sinto que fica mais tarde. O dia está se esgotando, os raios de sol aparecem e desaparecem nas seteiras. Queria poder mandar meus pensamentos como corvos medievais de telégrafo para pegar pistas e trazê-las para mim, aqui em cima, em minha câmara condenada.

Quem era N., Martha? Com dentes de ouro, cigarros enrolados à mão e tatuagens engraçadas? Quantas armas restam naquele depósito perto da estação de eletricidade, Julia Stone? Você veria isso para mim? Nem mesmo precisa olhar, ou é você que está fazendo sumir?

Policial Nils Ryan — amigo de Brett, dos dias da polícia estadual —, Nils começa com N. Mas existe outro, outro N., e não consigo me lembrar dele. O mundo roda. Este caso parecia uma linha reta, simples e limpa: um homem desapareceu. Encontre o homem. E agora parece que a mata avança pela estrada, transformando o mundo em um matagal, um labirinto, um emaranhado.

Aperto acima e abaixo, pela beira de meu braço, e não sinto nada, enquanto isso minha respiração é entrecortada e irregular. A certa altura, atravessarei a soleira para onde nada disso importará mais; "perda de membro e/ou morte", o ponto de pivô de dupla conjunção resolvendo-se decisivamente no "e".

As crianças vão ficar bem. Alyssa e Micah Rose, da Quincy Elementary. Passei estas a Culverson, e o detetive Culverson estará vigilante. Sorrio ao pensar em Culverson — no Somerset agora, jantando sozinho, perguntando educadamente a Ruth-Ann quanto ele deve.

O sol perde seu resplendor. É o final da tarde. Logo virá a noite.

O único problema é que isso é muito ruim para Nico. Porque eu prometi, prometi a ela que a protegeria até que um de nós ou ambos estivessem mortos.

Ela estava bêbada, e eu tinha 15 anos, mas eu lhe prometi e a promessa foi séria. Peço perdão, em minha mente, em algum lugar. Se há alguém a quem *posso* mandar uma mensagem telepática, é minha irmã, deixo minha mente se esvaziar e a lanço no ar, Nico, minha querida, perdoe-me.

* * *

Abro os olhos e vejo sem entender meu relógio. São 5:13. Aproximadamente seis horas e meia desde o impacto, desde que a bala abriu um buraco em meu bíceps.

Não ouço Houdini há um bom tempo. Talvez ele tenha decidido anular nosso contrato, escapou para a mata, evoluiu para um cachorro do mar ou um lobo. Ótimo para ele. Levo a mão ao rosto como quem quer saber se ainda está ali. Está sujo. Íngreme. Sulcado de um jeito que não me lembro. As bordas de meu bigode crescem de um jeito estranho, encrespadas e irregulares como um litoral que se desintegra. Detesto isso.

Leio de novo a folha do diário de Martha. ELE MORREU N. MORREU ELE ESTÁ MESMO MORTO.

* * *

Quando começa, o tiroteio tem início todo de uma só vez, não uma ou duas, mas cem armas disparando ao mesmo tempo e naturalmente não consigo me mexer, não consigo descer à beira da água; só o que posso fazer é olhar das janelas estreitas do blocausse e assistir ao desenrolar daquele horror.

A certa altura, durante este dia longo, quente e árduo, um daqueles pontinhos que vi no horizonte pela manhã tomou o caminho do porto e baixou âncora perto do farol; um navio de carga com laterais longas de ferro, ancorado e imenso, talvez a meia milha da praia, com dezenas de embarcações minúsculas boiando pelos lados como crianças mamando. Seis ou sete desses barcos pequenos foram baixados e estão a caminho, manobrando para a margem, atulhados de passageiros, os motores pequenos resfolegando. E agora — enquanto assisto — esses barcos entram sob uma artilharia destruidora.

— Não — sussurro.

Mas é exatamente como disse Brett, é um cúter da guarda costeira, as linhas elegantes e a proa de ferro, os mastros e a antena eriçados, sua forma nobre estacionada na água, perpendicular à praia, oferecendo não um cabo salva-vidas aos barcos que chegam, mas um bombardeio.

Os barcos pequenos fazem manobras evasivas inúteis, barcos a remo e balsas girando desiguais para um lado e outro enquanto o cúter metralha a água, levantando montanhas de espuma agitada.

Aves marinhas disparam pelo alto, voando aceleradas, fugindo do estampido das armas.

— Não — digo, daqui de cima, da janela de minha torre, ridícula e inutilmente. — Não.

As balsas começam a virar, jogando seus habitantes na água, onde eles batem os braços, gritam e se agarram uns aos outros — crianças, velhas, homens jovens —, e eu apenas assisto, impotente, preso no blocausse, dentro de minha lesão, tossindo e tonto, vendo-os se afogar, vendo-os nadar, vendo o cúter mandar lanchas para recolher os que sobraram.

— Parem — sussurro, meus olhos rolando para cima. — Polícia.

Crianças se agarrando umas às outras, corpos pequenos agitados na arrebentação, fustigados pela esteira dos barcos, abrindo a boca para gritar enquanto são puxadas para baixo pelas ondas.

* * *

No silêncio, quando tudo acaba, resvalo no sono e em meu sonho febril Brett está vivo e agachado a meu lado, com o M140 apontado para fora da seteira do blocausse. Ele não diz, "Eu te falei". Não é o estilo dele. Porém, o que diz é, "Foi anulado. Nosso contrato foi *anulado*". Quero avisar a ele que o cano de seu fuzil está aparecendo na janela seguinte do blocausse, uma imagem de desenho animado, como se desse a volta por ali e entrasse, apontando bem para a cara dele.

Não faça isso, digo, *não atire*. Mas minha boca se mexe e as palavras não saem, ele atira e um instante depois cai de costas, dá cambalhotas e rola até a imobilidade.

No sonho seguinte, a cena seguinte, ele tem uma arma recreativa e estamos no telhado, eu e ele, e desta vez ele sorri, e quando sorri, sua boca brilha, ele se inclina para trás e atira para cima, para cima, e o asteroide cai do céu, Houdini corre e pega, um planeta ardente de pedra e metal preso entre seus dentes como um pato apanhado.

* * *

Desperto ao ouvir um barulho desconhecido e distante, e a primeira coisa que penso é *ele quis ir embora*. Ele não foi infiel a ela; ela é que foi a ele.

Ah, Martha...

Ela teve um amante, o homem que ela identificou como N., depois esse amante foi morto nos tumultos do Dia da Independência.

E Brett não abandonou Martha, tinha em seu coração o anseio de partir. Tinha informações, um plano, sabia o bem que queria fazer no mundo. Até sabia onde conseguir as armas que precisava para tanto. Mas não podia e não iria embora, porque fizera promessas perante sua mulher e perante Deus, e não liberaria a si mesmo dessas promessas.

Tem uma batida lá fora. Que barulho é esse? O navio deve estar de volta, ou está chegando outro, um novo combate ameaçando na linha do horizonte. Retorna a imagem de mortos e moribundos dos barcos, clara e detalhada como uma fotografia. Tento levantar a cabeça, mas não consigo. Fico dentro do buraco em que estou, fecho os olhos ao que vi e em vez disso volto a refletir sobre meu caso, reúno seus pedaços.

Quando Brett encontrou a folha do diário da mulher, reagiu não com fúria, mas com uma alegria intensa e secreta. Arrancou a folha e a levou como um ingresso, porque esta era uma permissão para partir e fazer o que ele quisesse. Ele fez um trato com o ladrão Cortez e foi embora; pela graça de Deus, sua mulher foi infiel, seu contrato foi anulado, ele se sentiu liberado e partiu. Arrancou aquela folha, segurou-a junto do coração e correu para sua torre litorânea e sua cruzada virtuosa.

A batida fica mais alta. Levanto o braço e ele se ergue lento, denso, como se feito de um feixe de gravetos. *Por favor, que não seja outro navio. Por favor.* Não quero testemunhar mais nenhum.

É um bater de asas, lá fora. Perto, muito mais perto do que a água. Um motor.

Tenho de me mexer então, preciso me arrastar, e assim faço. Uso as pernas não para andar, para me atirar à frente como uma minhoca pelo espaço pequeno, até a porta, meto a cabeça para fora e ali está — ali está ela — o helicóptero grande de lateral verde pairando no céu acima do blocausse, os rotores batendo, o barulho um tumulto grandioso e troante.

Levanto a mão boa na soleira do blocausse e aceno, fraco, tento gritar, mas não escapa ruído nenhum de minha garganta. Não é necessário, porém, porque ela já me viu. Nico se curva da porta do helicóptero, agarrada ao chassi, rindo, gritando: "Hank! Hank!"

Não consigo de fato ouvi-la, só vejo seus lábios se mexerem, compondo as palavras — "Eu te falei!"

PARTE CINCO

Terra da Barbárie

Terça-feira, 24 de julho

Ascensão Reta 19 57 36,4
Declinação -61 59 14
Elongação 137,9
Delta 0,817 UA

1.

Martha, ah, Martha, você escondeu seu coração de mim.
Martha, ah, Martha, ah, por quê?

Então aqui estou, agachado com Martha Milano e a porta do forno Easy-Bake está entreaberta, juntos sentimos no rosto o calor da lâmpada pequena. Estou deitado na sombra do blocausse, encarando o crânio explodido de Brett. Estou recostado e boquiaberto em um helicóptero e minha irmã bate em mim, tentando manter-me acordado. Estou acordado. Cheiros estranhos vagam do forno Easy-Bake. Há murmúrios baixos em algum lugar no fundo de meu cérebro, gente falando em outra parte da casa.

Abro os olhos. A sala branca e estranha é pouco iluminada à luz de velas, mas minhas córneas ardem com a claridade. Fecho os olhos.

Martha, ah, Martha, ah, por quê?

Ela mentiu. Pecou por omissão, no mínimo.

Onde estou? O que aconteceu com Nico? O helicóptero — o forte — o cachorro, onde está o cachorro?

Ela tem um amante — Martha tinha. O nome dele era N. Quem era N.?

Ela foi insincera. Foi *ela* que rompeu seu voto de casamento, que anulou o contrato, que arriscou a própria salvação. Havia um homem que entrava no Rock 'n' Bowl quando eu saía. Norman.

Não foi? *"O Sr. Norman está aqui." "Tá brincando? Já?"*

Flutuo em um ar texturizado, subindo e descendo. O cheiro agora é ruim, forte e acre, parece desinfetante, como se talvez Martha e eu assássemos um esfregão. Onde estou? Meu Deus, e como?

Há mais alguma coisa que você precise me contar, Martha... eu não disse isso? Não perguntei a ela? Qualquer outra coisa sobre seu marido, seu casamento? Tento ver desta distância o coração secreto de Martha: ela deve ter sentido que não importava, o que ela fez e com quem. Deve ter pensado ser irrelevante para a tarefa em vista: o marido sumira, não importava por quê, ela só o queria de volta.

Mas, Martha, ah, Martha, ele não vai voltar.

Vejo a cara de Brett mais uma vez, a cratera vazia e o odor forte e enjoativo de limpeza agora me cerca inteiramente. Cheiro com cautela, de olhos ainda fechados, como um coelho recém-nascido, provando o ar com o orvalho do útero ainda secando no nariz. Alvejante? Fluido de limpeza?

Outros murmúrios, mais vozes baixas.

E de repente um gigante segura meu lado direito e aperta, dedos imensos e brutais cravando-se em minha carne, tentando arrancar o braço de meu tronco como a pétala de uma flor. Contorço-me, lembrando do meu ferimento. Sinto-me um brinquedo quebrado, como se tivesse sido arremessado de uma altura para as pedras da calçada.

— Hank. — Uma das vozes, em alto e bom som. — Hank.

Nunca tinha percebido como esse nome é penetrante e clínico, *HANK*, como é curto e frio, *HANK*, a onomatopeia do tinido de uma corrente de metal numa mesa de metal. Minha mente está em movimento, acelerada e estranha.

— Hank. — A voz volta a falar e é real; há uma voz no ambiente. Estou em um quarto e tem uma voz dentro dele, uma pessoa nele, parada perto de mim, dizendo meu nome.

Decido abrir um olho de cada vez. Abro uma fresta no olho direito e a luz o inunda. Em silhueta no clarão está um rosto que reconheço. Dois olhos, cada um deles envoltos em um círculo de vidro, olhando-me de cima como a uma ameba numa lâmina. Acima dos óculos, uma barra de franja, uma cara cética e irritada.

— Dra. Fenton? — sussurro. Abro o outro olho.

— O que houve com você? — pergunta Alice Fenton.

— Fui baleado.

— Obrigada — diz ela. — Mas esta é a única parte da história que eu já sei.

— Você está lá em cima — digo a ela.

— Sim. Saí do necrotério. Não há médicos suficientes. Gente demais que precisa de ajuda. Muitos idiotas sendo baleados.

Tento retrucar, mas nossa conversa até agora já me esgotou. Deixo os olhos se fecharem novamente. Alice Fenton é uma lenda. Ela é ou era legista-chefe do estado de New Hampshire, e por um bom tempo eu a idolatrava de longe, seu domínio técnico e sua perspicácia. Alguns meses atrás, tive a oportunidade de trabalhar com ela pela primeira vez e sua habilidade de legista ajudou-me a entender quem foi o assassino de algumas pessoas. Naomi Eddes, por exemplo, que amei. Ela é... Fenton é uma lenda.

— Dra. Fenton — digo. — Você é uma lenda.

— Está bem. Vá dormir. Conversaremos depois.
— Espera. Espera.
— Que foi?
— Só um segundo.

Puxo o ar. Consigo abrir os olhos. Apoio-me nos cotovelos e olho em volta. Os lençóis e cobertores são verde-amarelados na luz fraca do quarto. Estou com uma camisola hospitalar fina e azul-clara. Estou em minha cidade. Há um braço de ferro que antigamente sustentava uma televisão no quarto, agora apontando inutilmente da parede como o galho de uma árvore de metal. Preciso ir à Albin Street. Preciso ver minha cliente. *Olha, Martha? Tenho algumas perguntas para você.*

A Dra. Fenton está parada ao lado do leito, com uma pilha de pranchetas debaixo do braço, seu corpo baixo e compacto tremendo de impaciência.

— O que foi? — repete ela.
— Preciso ir.
— Claro. Foi um prazer te ver.
— Ah — digo. — Ótimo.

Ela espera enquanto levo as pernas para a beira da cama e meu estômago sobe e engrossa dentro do corpo. Rolam visões por meu crânio, aceleradas: Martha chorando; Brett encarando; Nico fumando; Rocky em seu escritório com os pés para cima. Naomi Eddes sem se mexer no escuro onde a encontraram. Paro de mexer as pernas, baixo o queixo no pescoço e consigo não vomitar.

— Éter — diz a Dra. Fenton com o mais leve vestígio de alegria. — Você está saindo de uma nuvem de éter. Meus colegas e eu nos reduzimos ao refúgio de nossos analgésicos. O Departamento de Justiça prometeu uma remessa de morfina e MS Contin para sexta-feira, junto com combustível novo para os geradores. Só vou acreditar vendo. Nesse meio-tempo, éter. Tudo que é velho fica novo outra vez.

Concordo com a cabeça. Concentro-me em não ficar nauseado. Meu braço parece um grande hematoma sensível. Tento mexê-lo, ver se isso o faria doer mais ou menos e descubro que ele não se mexe nada.

— Devo dizer, Hank — diz a Dra. Fenton, e noto que não há mais nenhuma ironia em sua voz —, que há uma possibilidade enorme de você perder este braço.

Escuto, entorpecido. *Perder o braço*. Claro. Naturalmente. Meu travesseiro tem cheiro de poeira, como do sangue de outros homens.

Fenton ainda fala:

— Emendei os vasos sanguíneos na artéria braquial rompida, excisando o segmento lesionado e realizando um enxerto. Mas eu — ela para, meneia rapidamente a cabeça. — Não sei o que estou fazendo. Estive cortando cadáveres nos últimos 25 anos e agora faço cirurgia geral há aproximadamente duas semanas. Além disso, você provavelmente nem notou, mas está *escuro* pra cacete aqui.

— Dra. Fenton — digo. — Tenho certeza de que fez o melhor possível. — Estendo laboriosamente a mão boa pela cama e lhe dou um tapinha no braço.

— Também tenho certeza de que fiz — diz ela. — Mas você ainda pode perder o braço.

Tento novamente mexer as pernas e desta vez consigo que fiquem um pouco mais próximas da beira da cama. Imagino meu trajeto mais rápido a partir daqui, do hospital

Concord na Pleasant Street e Langley Parkway, até a Albin Street e North Concord. *Eu não estou zangado com você, Martha. Só quero saber a verdade.* As máquinas em volta de nós soltam bipes vagarosos, suas luzes intermitentes fracas, luzes débeis de geradores de emergência. Minhas pernas se recusam a ir além, por enquanto. O braço lateja e sinto dor pelo corpo. O mundo incha e gira suavemente em volta de mim. Sinto-me escorregar de volta à minha nuvem de éter, o que não é ruim. Naomi está de pé onde agora mesmo Fenton se encontrava, olhando-me com doçura, e meu coração estremece no peito. Naomi era careca em vida; ao que parece, no outro mundo, ela deixou crescer o cabelo e é lindo, um musgo macio em uma pedra banhada pelo mar.

Deixo minha cabeça cair no travesseiro e o helicóptero ruge em minha visão, Nico berrando da escotilha, depois estou dentro dele, nele, febril e confuso, o vento em disparada a nossa volta, o cabelo picotado de Nico adejando como um campo de relva preta. A piloto está nervosa e insegura — é jovem, tão terrivelmente jovem, uma garota no final da adolescência ou início dos vinte anos, de óculos de aviador, sacudindo o manche com hesitação.

Nico e eu brigamos por toda a viagem: 45 minutos de discussões, vozes elevadas, gritando para sermos ouvidos com o barulho das hélices e o vento ensurdecedor, um dizendo ao outro para não ser idiota. Eu disse a ela que precisava ir comigo para Concord, ficar comigo na fazenda da Little Pond Road até o fim, como conversamos. Nico se recusou, insistiu que em vez disso eu ficasse com *ela*, falou sem parar do asteroide, das bombas, de simulações hidrodinâmicas e alterações necessárias na velocidade. Durante tudo isso, sofremos solavancos pelos céus de New Hampshire e minha febre aumentando e depois, de repente, descemos desajeitados no heliponto do Hospital Concord.

Enquanto eu saía, Nico disse... o que ela disse mesmo? Alguma maluquice. Enquanto eu pisava hesitante no heliponto, virava-me e pedia a minha irmã, através da névoa de febre e dor, para continuar sob minha proteção até o fim — ela disse para eu não me preocupar.

— Eu vou ficar bem — gritou ela, com as mãos em concha. — É só me mandar um e-mail.

Acordo rindo no leito hospitalar. *Só me mandar um e-mail.* As palavras, o *conceito*, como algo de uma língua desconhecida: urdu, ou farsi, ou o latim dos romanos.

Descanso a cabeça no travesseiro e respiro, tentando me estabilizar um pouco. Nem acredito que deixei que ela fosse.

* * *

Agora estão ausentes o barulho e a agitação insistentes que aprendemos a esperar de quartos de hospital. Ninguém anda apressado no corredor, não há enfermeiras de avental entrando e saindo de mansinho pela porta para verificar meus níveis de fluido, trazer o jantar ou arrumar a cama. De vez em quando ouço um grito, ou o guincho das rodas de um carrinho, de algum outro quarto ou de um canto por perto.

Por fim, tiro as pernas da cama e ponho os pés no chão, vou até minhas roupas amontoadas em uma pilha.

Meu braço está numa tipoia, embrulhado de forma complexa em ataduras e preso com força lateralmente no corpo. Encontro meu relógio. Encontro os sapatos. Avalio minhas roupas. As calças podem ser vestidas, mas a camisa e o paletó ensopados de sangue devem ser deixados para trás, vou ficar com a camisola do hospital até que possa passar em casa e me trocar.

Depois da casa de Martha. Primeiro, vou passar na Albin Street e fazer algumas perguntas a Martha.

A Dra. Fenton está no posto de enfermagem no corredor, escrevendo rapidamente na primeira prancheta da pilha. Olha para mim, eu que me arrasto pelo corredor na direção dela, e volta a baixar os olhos.

— Então... — digo.

— Eu entendi — diz ela. — Você vai sair.

De uma sala de exames atrás da Dra. Fenton vem um gemido angustiado e constante. De outra, alguém está dizendo, "Vai devagar... Vai devagar... Vai *devagar*".

— Você devia ficar pelo menos 24 horas — diz Fenton. — Precisa ficar em observação. Precisa de uma série de antibióticos.

— Ah — digo, e olho por sobre o ombro o quarto desolado. — Bom, posso tomar isso agora?

— Eu disse que você *precisa* de uma série de antibióticos. — Ela pega a prancheta e se afasta. — Não temos nenhum.

* * *

Houdini está esperando na frente da porta do saguão principal do hospital, como um guarda-costas da Máfia estacionado ao leito do capo. Assim que saio piscando no estacionamento com minha camisola azul-clara, ele assente para mim, juro por Deus que faz isso, e nós partimos.

2.

Meu relógio diz que são 11:15, eu sei que são mesmo 11:15 da manhã porque o sol está alto e forte enquanto Houdini e eu vamos para o norte, atravessando Concord. Mas não sei que dia é hoje — não tenho a menor ideia. Fiquei morto na terra de Fort Riley por não sei quanto tempo, depois estava em um helicóptero e em seguida em um leito no quarto andar do Hospital Concord, flutuando no éter, entrando e saindo dele por anos e anos.

Ando com a maior velocidade que posso pela cidade até a casa de Martha, meu braço morto apertado em seu arnês, o suor escorrendo pelas costas e colando a camisola do hospital na coluna. Olhando em volta, examinando a cidade depois de ter saído, parece uma daquelas páginas de enigmas numa revista para crianças: veja as duas imagens e localize os erros. Desço a Pleasant Street e subo a Rumford. Paredes com pichações novas; carros que perderam uma roda e têm capô aberto agora margeiam toda a volta, ou o vidro do para-brisa foi arrancado com um pé de cabra. Ou estão de fato queimando, a fumaça preta e grossa vertendo do motor. Mais casas que foram abandonadas, as portas escancaradas. Postes telefônicos transformados em tocos.

Na semana passada, a Pirelli's Deli na Wilde Street fervilhava, um animado bazar de secos sem violência, com dois caras fazendo cortes de cabelo, justo isso, no fundo. Agora a cerca de tela está derrubada sobre portas e janelas e Pirelli se posta na calçada, carrancudo, com uma correia de munição cruzando o peito feito um bandoleiro.

Houdini rosna enquanto andamos, saltitando à minha frente, seus olhos são fendas amarelas e ferozes. O sol bate na calçada.

* * *

— Martha? — Bato na porta com a mão esquerda, paro por um momento, bato mais uma vez. — Você está aí?

O gramado dos Cavatone era o único a ser aparado, mas agora começa a acompanhar os outros, o mato avança, a penugem verde e bem tratada crescendo como um cabelo sem corte. Meu braço lateja de súbito, dolorosamente, e estremeço.

Bato de novo, esperando ouvir aquelas trancas sendo abertas, uma por uma. Nada. Grito:

— Ei, Martha?

Do outro lado da rua, uma persiana se abre com um estalo, uma cara preocupada olha para fora.

— Com licença? — chamo. — Ei... — A persiana se fecha. Um cachorro late em algum lugar, pela rua, e Houdini vira a cabeça pequena em busca de quem o desafia.

Meu punho está erguido para bater novamente quando a porta se abre de supetão, a mão forte agarra meu pulso, e alguém, em um movimento rápido, arrasta-me para dentro e bate a porta. Sou empurrado contra uma parede, o braço direito provocando espasmos de dor, e tem um bafo quente na minha cara. Um cabelo caído, um sorriso torto.

— Cortez — digo. — Oi.

— Ah, merda — diz ele, a voz bem-humorada, os olhos risonhos. — Eu conheço *você*.

Cortez solta meu pulso, afasta-se um passo, abraça-me como se eu fosse um velho amigo que ele pegou no aeroporto.

— Policial!

Seu grampeador pende da mão direita, mas ele o deixa virado para baixo, apontado para o chão. Houdini ficou na varanda, latindo como um louco. Vou até lá e abro a porta, deixo-o entrar.

— De onde você veio? — pergunta Cortez. — Por que está vestido como um paciente de hospício?

— Onde está Martha?

— Ah, que merda. — Ele se joga na gorda poltrona Barcalounger de couro dos Cavatone. — Pensei que *você* diria isso *a mim*.

— Ela não está aqui?

— Eu não minto, policial.

Cortez observa com ironia enquanto dou uma busca pela casa pequena, vasculhando os armários da sala de estar, abrindo todos aqueles do quarto e olhando embaixo da cama, procurando por Martha ou evidências de Martha. Nada. Ela sumiu e suas roupas também: as cômodas vazias, cabides de madeira pendurados de seu lado do guarda-roupa. A arma de Brett também sumiu, a SIG Sauer que ele deixou para a proteção da mulher quando partiu para bancar o cruzado na floresta. Na cozinha, raios de sol ainda brincam pela calorosa mesa de madeira e a chaleira de latão está alegremente em seu lugar no fogão. Mas não há nenhum sinal de Martha e meu caso descreve um círculo completo: é uma pessoa desaparecida, só que diferente daquela de antes.

Volto à sala de estar e aponto o dedo colérico para Cortez.

— Pensei que você tomaria conta dela.

— Eu tomei — diz ele, o grampeador estendido no colo como um gatinho. — Estou tomando conta.

— E então?

— Então, eu falhei. — Ele olha o teto com uma infelicidade teatral, como quem pergunta que Deus pode permitir que isso aconteça. — Eu falhei completamente.

— Tudo bem, tudo bem — digo, apalpando os bolsos em busca de um bloco, mas é claro que não tenho bloco nenhum, nem tenho bolsos, e é com a mão direita que eu escrevo. — Me conte a história.

Cortez não precisa de estímulo. Levanta-se, gesticula animadamente ao falar:

— No sábado, passei aqui três vezes. Eu vim três vezes. — Ele estende o indicador, o dedo médio, o anular e seu ritmo parece uma história bíblica: por três vezes, chamei teu nome e três vezes tu me rejeitaste. Por três vezes, Cortez, o ladrão, veio da Garvins Falls Road em uma bicicleta com reboque, carregada de mantimentos para Martha, por três vezes ele fez uma "ronda abrangente" para garantir a segurança da casinha, verificando portas e janelas, olhando o perímetro. De manhã, ao meio-dia, ao pôr do sol. Por três vezes ele se certificou de que estava tudo bem; por três vezes, desfilou por aí com armas de fogo grandes e visíveis, assim qualquer ladrão ou estuprador teria consciência da presença de um defensor armado. No domingo, diz Cortez, a mesma coisa: visita pela manhã, ao meio-dia e à noite.

— E eu disse a ela, se precisar de mais alguma coisa, eu providencio. — Cortez olha a sala. — Se quer um cavalheiro musculoso com um taco de beisebol sentado neste sofá a noite toda, você o terá. Se quiser alguém na varanda com um lança-foguetes, podemos arrumar.

Ergo uma sobrancelha — não vendem lança-foguetes no Office Depot — e Cortez sorri, satisfeito em explicar, mas gesticulo para que ele continue. Não estou com humor para isso.

— A mulher não está interessada em proteção dentro da casa, mas, tirando isso, está feliz — diz Cortez. — Feliz por nos ter por perto. Como o marido programou.

— Tudo bem. E?

— Tá legal, então foi o mesmo ontem. Mas hoje, estou aqui de manhã, como sempre, e a mulher está na varanda, balançando a cabeça e agitando as mãos.

— Ela está na varanda?

— Sim, policial. Com uma mala.

— Uma mala?

— É. Mala. E ela diz, não, obrigada. Como se eu estivesse vendendo biscoitos de escoteiro. Como se eu fosse a porra de uma testemunha de Jeová. — Ele faz uma voz feminina de arremedo, repetindo: — Não, obrigada.

Martha, ah, Martha, que segredos você tem escondidos no coração?

— É como se ela esperasse alguém — diz Cortez, esfregando o queixo. — Alguém que não era eu.

— Espere aí... — digo. Estou tentando apreender todos esses detalhes, organizá-los em minha cabeça. — Espere um minuto.

— O que é? — Cortez me olha com curiosidade. — Precisa que eu repita alguma coisa?

— Não. É só que... que dia é hoje?

— Terça-feira. — Ele sorri. — Você está bem?

— Estou ótimo. Só não sabia que dia é hoje. Por favor, continue a história.

O que aconteceu em seguida foi que Cortez disse a Martha que não era uma decisão dela, com todo respeito, ele foi contratado para cuidar dela, e o trato não foi com ela, para ser desfeito assim. Se ela não queria vê-lo, podia ficar dentro da casa e ele ou seu amigo deixariam os mantimentos e a protegeriam de fora. Ela insistiu, não, obrigada, disse a ele para deixá-la em paz, depois alguém deu uma pancada na lateral da cabeça dele.

— Alguém bateu em você ou nela?

— Em mim. Eu disse em mim.

— Com o quê?

— Não sei. Alguma coisa dura e achatada. — Cortez baixa a cabeça, constrangido. — Me bateram com muita força. Fiquei inconsciente. — Ele recua, ergue as mãos, olha-me arregalado, como quem diz, *Parece impossível, eu sei, mas foi o que aconteceu.* — Fiquei fora do ar por não sei quanto tempo, acho que não muito, e quando voltei a mim, Martha tinha sumido. Entrei e corri por todo lado, procurei por ela três vezes. Mas a casa estava como você vê. Ela sumiu.

— Puxa vida — digo.

— É — diz Cortez com secura, e agora é a minha voz que ele imita, monótona e solene: — Puxa vida.

— Então, o que está fazendo aqui agora, Sr. Cortez?

— Esperando por ela. Um amigo meu, o Sr. Wells, está procurando lá fora enquanto espero... Em geral o desaparecido simplesmente volta. Ellen, enquanto isso, vigia a frente da casa. Olha só, não me importa se essa mulher quer ser encontrada ou não. Vamos encontrá-la. Se aquele cana voltar e descobrir que ela sumiu, estou acabado.

— Esse contrato, segundo penso, foi anulado.

— Por quê? Ah... morreu? — Cortez não parece triste com a notícia. — Quem o matou?

— Estou trabalhando nisso.

Ele se interrompe, vira um pouco a cabeça de lado.

— Por quê?

— Ainda não sei. Vou saber quando encontrar o assassino.

— Não perguntei por que ele foi morto. Quis dizer, por que você está trabalhando nisso?

Dou mais uma volta pela casa pequena, Houdini nos meus calcanhares. Verifico as trancas da janela, procuro digitais, pegadas, qualquer coisa. Alguém fez isso com ela, ou ela própria fez, escapulir da proteção que Brett arrumou? Ela foi raptada? A mala diz que esperava alguém, presumivelmente o misterioso Sr. N. Mas o misterioso Sr. N. morreu, não foi?

Por um bom tempo, olho fixamente o armário vazio de Martha Milano, depois desço ao térreo, encontro Cortez relaxado na poltrona reclinável, o cigarro erguido como um cetro.

— Vou te dizer uma coisa, essa história toda é um mau sinal — diz ele. — Eu, perdendo o rastro de alguém que deveria proteger? É a porra de um sinal.

— Para o quê?

— Ah, merda, você sabe o quê. Para toda a humanidade. Toda a raça humana.

* * *

De volta à Albin Street, olho o sol. A cidade está mais quente do que na semana passada e dá para sentir o cheiro no ar — o fedor de esgoto sem tratamento vagando para o rio, de lixo que foi largado nas ruas e pelas janelas. Suor, cecê e medo. Poderia ir para casa e trocar de roupa, ver se sofreu algum dano enquanto estive fora. Averiguar se nada foi retirado de meu depósito de comida e suprimentos, tudo que deixamos para trás.

— Nós precisamos mesmo, amigo — digo a Houdini. — Devíamos ir para casa.

Mas não vamos. Voltamos para nosso ponto de origem, pela Albin, a Rumford, subindo a Pleasant Street.

As poucas pessoas que estão nas ruas andam rapidamente, sem olhar nos olhos. À medida que nos aproximamos do Langley Boulevard, um homem passa apressado de blusão, cabisbaixo, carregando dois presuntos inteiros, um debaixo de cada braço. Depois uma mulher, correndo, empurrando um carrinho com um garrafão gigantesco de água mineral Deer Park preso ali em lugar de uma criança.

Percebo de repente que não vi uma viatura da polícia nem um policial, nem quaisquer evidências de presença policial desde que voltei a Concord e por algum motivo a observação inunda meu estômago de um pavor agitado.

Minhas pernas estão se cansando; meu braço ferido sacode contra o lado do corpo, apertado, desconfortável e inútil, como se eu carregasse por aí um peso de cinco quilos para provar alguma coisa ou vencer um concurso.

* * *

Encontro a Dra. Fenton exatamente onde a deixei, trabalhando em sua pilha imensa de prontuários, recostada no balcão do posto de enfermagem, os olhos piscando e vermelhos atrás dos óculos redondos.

— Oi — começo, mas outro médico, baixo, careca e de olhos baços, para e faz uma carranca.

— Isso é uma merda de cachorro? Não pode ter uma merda de cachorro aqui.

— Desculpe — digo, mas Fenton fala:

— Cale a boca, Gordon. O cachorro é mais higiênico do que você.

— Espertinha — diz ele —, charlatã de merda. — Ele desaparece em uma sala de exames adjacente e bate a porta. Fenton vira-se para mim. — O que houve, detetive Palace? Levou outro tiro?

* * *

Descemos a escada escura até a cantina abarrotada do primeiro andar: mesas de linóleo sujo e algumas banquetas, uma lixeira grande de plástico cheia de talheres que não combinam, caixas de saquinhos de chá de supermercado e uma fila de chaleiras dispostas junto de fogareiros de camping. A Dra. Fenton e eu levamos nosso chá ao saguão e nos sentamos em poltronas.

— Quando foi que você parou de trabalhar no necrotério?

— Há duas semanas — diz ela. — Talvez três. Mais ou menos no último mês, não fazíamos mais autópsias. Ninguém pedia. Só admissão, preparação de corpos para enterros.

— Mas você ainda estava lá quando aconteceu o Dia da Independência?

— Estava.

A porta do hospital se abre com estrondo e um homem de meia-idade entra cambaleando, trazendo uma mulher nos braços como recém-casados, ela sangrando profusamente dos pulsos, ele gritando, "Meu Deus, sua idiota, idiota, você é tão idiota!" Ele abre a porta da escada com um chute, lança a mulher para dentro e a porta bate às costas deles.

Fenton levanta os óculos para esfregar os olhos, olha para mim com expectativa.

— Estou tentando identificar um corpo que apareceu naquela noite.

— No dia 4? — diz Fenton. — Pode esquecer.

— Por quê?

— Por quê? Tivemos pelo menos três dúzias de corpos. Acho que chegamos a quarenta. Estão empilhados como lenha ali embaixo.

— Ah.

Empilhados como lenha. Meu vizinho, o meigo Sr. Maron do destilador solar, morreu naquela noite.

— Não conseguimos processá-los corretamente, esta é outra questão. Sem fotografias, sem registros de admissão. Só ensacar e etiquetar, na verdade.

— O caso, Dra. Fenton, é que este cadáver em particular teria sido bem característico.

— Você, meu amigo — ela prova o chá com uma careta de desprazer —, é bem característico.

— Um homem, talvez uns trinta anos. Dentes recapeados de ouro. Tatuagens cômicas.

— Como assim, cômicas?

— Não sei. Alguma palhaçada. — A Dra. Fenton me olha confusa e não sei o que imaginei: a tatuagem de uma galinha de borracha? Marvin, o Marciano?

— Onde no corpo? — pergunta Fenton.

— Não sei.

— Sabe a causa da morte?

— Não foram todos... baleados?

— Não, Hank. — As palavras são secas de sarcasmo, mas depois ela se interrompe, balança a cabeça, continua em voz baixa: — Não. Não foram.

A Dra. Fenton tira os óculos, olha as mãos, e caso eu esteja correto em minha impressão de que ela chora em silêncio, desvio os olhos, tento encontrar algo interessante para olhar na escuridão do saguão do hospital.

— E assim — diz ela abruptamente, voltando a seu tom característico —, a resposta é não.

— Não, não havia nenhum corpo combinando com essa descrição ou, não, você não se lembra?

— A primeira. Estou relativamente segura de que não vimos um corpo que combine com esta descrição.

— Com que grau de certeza relativa?

A Dra. Fenton pensa no assunto. Pergunto-me como está lá em cima para o homem desesperado e sua mulher, sangrando pelos pulsos, como eles estão se havendo a cargo do Dr. Gordon.

— Oitenta por cento — diz a Dra. Fenton.

— É possível que a vítima tenha sido levada para o Hospital Hew Hampshire?

— Não. Está fechado. A não ser que alguém leve o corpo para lá, sem saber que está fechado, e o largue na entrada de carros. Eu sei... — Ela se interrompe, dá um pigarro. — Sei que alguns corpos foram depositados desta maneira.

— Tudo bem — digo distraidamente.

Ela se levanta. Hora de voltar ao trabalho.

— Como está o braço?

— Mais ou menos. — Aperto cautelosamente o bíceps direito com a mão esquerda. — Ainda não estou sentindo muito.

— Isto é normal — disse ela.

Estamos voltando à escada. Coloco cuidadosamente minha xícara de chá pela metade no chão, ao lado de uma lixeira cheia.

— À proporção que a circulação melhorar nas próximas duas semanas, você começará a ter um formigamento persistente, depois precisará de fisioterapia para recuperar o movimento normal. Em seguida, no início de outubro, um objeto descomunal se chocará com a Terra e você morrerá.

3.

— Então, eu vou até lá na sexta à noite, talvez duas horas depois de você largar, e o parquinho é uma terra de ninguém. Os balanços estão cortados, só as correntes penduradas, entendeu? A cerca derrubada e... como se chama mesmo?... o trepa-trepa está virado de lado. Estou pensando que talvez tenha ido ao lugar errado.
— Você está na Quincy Elementary?
— É — diz o detetive Culverson. — A Quincy. O campo de jogo atrás da escola.
— É isso mesmo.

O restaurante; a mesa; meu velho amigo com um charuto apagado, mexendo mel no chá, contando-me uma história. Uma marca gorda de dois pães de forma no vinil onde costumava se sentar McGully.

— E então, lá estou eu feito um pateta, segurando aquela espada samurai. Aliás, nem me pergunte como consegui. Estou parado ali e pensando, tudo bem, então os amiguinhos de Hank se mudaram. Mas vejo que tem um folheto: *Se você é um dos pais de...* Entendeu? Um daqueles. Parece que eles foram recolhidos.

Suspiro. Essa é uma boa notícia. É o melhor resultado possível para Alyssa e Micah Rose. Um ônibus da misericórdia apareceu e os levou para algum lugar coberto, com comida, brincadeiras organizadas e círculos de oração três vezes por dia. Ruth-Ann está sentada em um tamborete perto do balcão. Segura a jarra de água quente, suas canetas arrumadas atrás da orelha, o bloquinho de pedidos aparecendo no bolso da frente do avental. Culverson veste camiseta, bege, amarelada e manchada nas axilas, porque me emprestou sua camisa, que infla em minha barriga e sobra no colarinho.

— Foram os católicos? — pergunto a ele.

Ele balança a cabeça.

— Ciência cristã.

— Claro. — Comecei a tamborilar os dedos de minha mão boa na mesa. Agora que sei que minhas crianças estão bem, que não sofreram com minha ausência nos últimos dias, estou pronto para continuar, conto meu caso. Apressei-me até aqui para pegar Culverson nos limites frouxos do horário de almoço e assim poder narrar de meu desaparecido que virou assassinado, ver o que ele pensa.

— Então, fui ao endereço no folheto. Warren and Green. Eu não tinha nenhuma descrição, perguntei pelos nomes.

— Como eles estão indo? — pergunto. — Estão felizes?

— É aí que está a questão — diz Culverson. — Eles não estavam lá.

— O quê? — Meus dedos paralisam. — Não estavam?

— Não. Mas havia muitas outras crianças. Encontrei uma chamada Blackwell.

— Stone — digo. — Andy Blackstone.

— Isso. Garoto engraçado. Mas Andy conta que seu pessoal... — Culverson folheia as notas; ele tem um bloco de estenógrafo que costumávamos usar para anotações de caso; aposto que ele pegou em uma caixa do armário de suprimentos do Departamento de Polícia antes de desocuparmos o prédio. — Ele fala que eles estavam ali, mas depois saíram, antes da contagem.

— Ah.

— E foi o máximo que consegui.

— Ah — repito e olho fixamente o linóleo sujo. Não acredito que deixei que eles fossem. Eram de minha responsabilidade, aquelas crianças, uma responsabilidade autoimposta, mas ainda assim uma responsabilidade, e eu os tratei com despreocupação, como objetos — um caso que podia entregar a um colega. Escolho, em vez disso, seguir o caso do marido desaparecido de Martha Milano e cada decisão exclui outras decisões; cada passo à frente deixa para trás mil universos possíveis extintos.

Penso nos barcos pequenos e quebrados que vi da janela do blocausse: os afogados, os mortos.

— Detetive Palace? — diz Culverson. — Sua vez. Fale-me de seu caso.

Concordo com a cabeça. Levanto os olhos, respiro fundo. Por isso estamos aqui. Cheguei longe. Falo rapidamente, dando-lhe os principais pontos: Julia Stone na UNH, Brett Cavatone em Fort Riley. O tiroteio, a folha laranja do traje ghillie, a folha do diário. O detetive Culverson me interrompe depois do misterioso Sr. N.

— Espere. Vá mais devagar. — Ele dá um pigarro, parece pensativo. — Então, você tem uma garota que procura sua ajuda. O marido chutou o balde, ela o quer de volta.

— Isso.

— Você encontra o marido e logo depois ele é baleado.
— Isso. Por alguém que sabe atirar.
— Militar?
— Talvez. Não sei. Alguém que sabe atirar.
— Tudo bem. E então você volta para casa — diz Culverson. — Como conseguiu chegar em casa?
— De helicóptero... essa é uma longa... — Balanço a cabeça. — Não se preocupe com isso. Pule para frente. Chego em Concord, vou à casa de Martha hoje de manhã e ela sumiu.
— Alguma ideia de onde esteja?
— Não. Sim. Tenho uma teoria.

Culverson ergue as sobrancelhas, brinca com o charuto.
— Tudo bem — diz ele. — Conta.
— Martha está traindo Brett com alguém que ela chama de N.
— Certo.
— N. morre no dia 4... Pelo menos Martha pensa que ele morreu. Ela escreve sobre sua morte no diário, mas Brett encontra o diário, Brett conclui que isto significa o fim do casamento, ele está livre para ir embora.
— Na missão dele.
— Cruzada.
— Cruzada.
— Então, ele vai. Martha fica confusa e perturbada; pede-me para procurar Brett. Mas enquanto estou procurando por ele, o amante afinal parece não estar morto. Eles se encontram, batem em Cortez com uma pá e saem da cidade juntos.
— Montados num dragão — diz Culverson.

— Está de sacanagem comigo.

— Estou.

Culverson alarga o sorriso e acaba o chá. No silêncio, imagino Alyssa e Micah. Para onde podem ter ido? Onde está Martha? Onde está minha irmã?

O silêncio é demasiado aqui, um silêncio enervante: nenhum rádio toca na cozinha, como era antigamente, o cozinheiro Maurice cantando junto com uma banda para iniciados da *Planet Waves*. Nenhum tinido abafado de talheres e conversas aos murmúrios de outras mesas, nem um ventilador de teto zumbindo. Ocorre-me que esta instituição está em seu crepúsculo, não apenas o Somerset, mas a estrutura toda: o jovem Palace situando o caso ao sábio Culverson; Culverson opondo-se, encontrando falhas. É insustentável. Parece o hospital, todos fazendo o máximo em um projeto definitivamente condenado.

— Estou me perguntando sobre essa folha do diário — diz ele. — Tem certeza de que é a verdadeira?

— Tenho. — Faço uma pausa. Olho fixamente para ele. — Não. Não sei.

— Estou falando da letra — diz ele. — Tem certeza de que era a letra da mulher?

— Não — digo. — Sim. Droga.

Fecho os olhos e imagino, as letras em maiúsculas no papel com cheiro de canela: ELE ESTÁ MORTO N. ESTÁ MORTO ELE MORREU MESMO. Tento então segurá-lo ao lado da citação transcrita de Santa Catarina e colada com fita adesiva no espelho do banheiro de Martha: SE TU ÉS O QUE DEVIAS SER... Mas não tenho certeza, não sei dizer e não tenho mais aquela folha cor-de-rosa. Está em algum lugar no blocausse, tragada na lama de Fort Riley, ou voando sobre o mar como um passarinho.

— Eu não tinha pensado nisso — digo, alarmado por ter deixado passar algo tão óbvio.

— Está tudo bem. — Culverson gesticula com dois dedos para Ruth-Ann trazer mais água quente.

Não está tudo bem. Nada está bem. Brinco com os potes de tempero praticamente vazios: ketchup, mostarda, sal. Um vaso de plástico está ali, pedaços de caule flutuando em meio centímetro de água no fundo. Aqui dentro está quente e escuro, alguns raios errantes de um sol fraco se infiltram pelas persianas empoeiradas. Tão simples. Tão evidente. A letra.

— Suponho que seria inútil observar — diz Culverson — que não tem sentido investigar nada. Não é assim, você encontra esse assassino, ele é preso, você tem uma promoção. O gabinete da promotoria está fechado. Só moram guaxinins lá, literalmente.

— É — digo. — É, eu sei disso tudo.

— E se a sua babá realmente foi raptada, o que você vai fazer? Resgatá-la com aquela arma bonitinha que McConnell te deu?

— Não. — Coço a testa. — Na verdade, eu a perdi.

Culverson me olha por um segundo, depois solta uma gargalhada e eu faço o mesmo, nós dois sentados ali rindo por um segundo, Houdini me olhando com olhos indagativos embaixo da mesa, onde estacionou. Ruth-Ann se aproxima para servir nossa água quente — é praticamente o que lhe resta, água quente, e há algo de engraçado nisso também, sério mesmo. Agora estou morrendo de rir, socando a mesa, fazendo os potes de tempero dançarem e deslizarem pelo tampo.

— Vocês são dois malucos, sabiam disso? — diz Ruth-Ann.

Nós dois baixamos os olhos, depois a olhamos. A camisa de Culverson eleva-se em meu corpo magro como um camisolão. Tufos de pelo grisalho do peito aparecem pela gola em V de sua camiseta. Damos outra gargalhada, por nossa própria condição ridícula, depois Culverson lembra que queria me falar do pobre Sargento Trovão, o homem do tempo, que esteve esperando em sua varanda desde as seis da manhã, pelo visto esperando pelo transporte que supostamente o levaria ao Mundo de Amanhã.

— Já sei que o FDP burro vai aparecer hoje à noite — diz Culverson —, pedindo emprestada uma xícara de *tudo*.

Desmoronamos numa nova rodada de gargalhadas e Ruth-Ann balança a cabeça, junto a seu balcão, folheia a mesma edição do *Monitor* que todos estão lendo há um mês.

— Tudo bem, então — digo enfim a Culverson, tirando as últimas lágrimas do canto dos olhos com as costas da mão boa. — Vou andando.

— Para casa?

— Ainda não. Tive uma ideia rápida que quero verificar, sobre a história de Martha.

— É claro que quer.

Abro um sorriso.

— Vou informar a você o que acontecer.

Houdini levanta-se junto comigo, olha incisivamente os cantos do salão, fica rígido e reto, com a cabeça virada um pouco de lado.

— Ah, espere — diz Culverson. — Aguenta aí. Sente-se. Não quer ver?

— Ver o quê?

— A espada samurai, homem.

Sento-me. O cachorro se senta.

— Você disse para eu não perguntar sobre ela.

— Bom, é, sabe como é. As pessoas falam qualquer coisa. — Ele a retira de baixo da mesa, lentamente, um centímetro curvo de cada vez: uma arma de verdade, reluzindo na luz fraca.

— Nossa.

— Eu sei.

— Eu disse uma espada de brinquedo.

— Não consegui encontrar uma de brinquedo. — Ele puxa a camiseta suada do peito. — Escute, Stretch. Vá resolver o seu caso. Vou encontrar as crianças.

Tento, sem sucesso, esconder o prazer que me dá esta declaração. Mordo o lábio, emprego a voz seca e sarcástica que aprendi, ao longo de muitos anos, com o detetive Culverson.

— Pensei ouvir você dizer que não tinha sentido investigar nada.

— É. — Ele se levanta, erguendo a espada. — Sei o que eu disse.

4.

— **De jeito nenhum** — diz o amigo medonho de Nico, Jordan, encarando-me da porta da loja de roupas vintage. — Você está de *sacanagem* comigo.

Ele usa short de jeans, os Ray-Ban, sem camisa, sem sapatos. O cabelo é um emaranhado só. Uma loura está desmaiada em um saco de dormir no chão atrás dele, a sono solto, a face apertada no braço magro e despido jogado para fora do saco.

— Jordan — digo, olhando a loja atrás dele, as caixas abarrotadas, sacos pretos e grandes de lixo transbordando de meias de lã e gorros de inverno. — O que você está fazendo aqui?

— O que *eu* estou fazendo aqui? — diz ele, colocando a mão no peito despido. — *Ésta es mi casa, señor*. O que *você* está fazendo aqui? — Ele me olha na camisa grande demais de Culverson. — Procurando umas roupas?

— Nico disse que todos vocês iam para o Meio-Oeste. — Não consigo me obrigar a dizer "para o reconhecimento com a equipe". É ridículo demais. — Para a próxima fase de seu plano.

Ainda estamos na soleira da loja, a desolada Wilson Avenue atrás de mim.

— Esses planos mudam o tempo todo. — Jordan levanta um pé para coçar a panturrilha oposta. — Recebi uma nova missão. Esta é a equipe que guarda o forte.

A loura solta um miado sonolento e se espreguiça, rola o corpo.

Jordan me vê olhando e abre um sorriso de dentes arreganhados.

— Precisa de alguma coisa?

— Sim — digo. — Preciso.

Passo por ele, entro na loja e Jordan solta um leve muxoxo:

— Ei, isso é invasão, cara. Não me obrigue a chamar a polícia.

Conheço este tom de voz, é um dos preferidos de Nico, volúvel e presunçoso; é o tom que ela usou na UNH quando me disse o que tinha na bolsa de viagem: armas, xarope de bordo, crânios humanos.

Jordan avança para pegar uma camiseta amarela rota em uma das pilhas desarrumadas no chão e a veste. A sala cheira a mofo. Olho os manequins reunidos, alguns vestidos, outros não, alguns de mãos erguidas numa saudação, outros encarando os cantos empoeirados da sala. Dois deles foram colocados num aperto de mãos, como se um recebesse o outro para uma reunião da diretoria.

— Jordan, é possível que...

— Sim?

Ele alonga o sim, sorrindo com afetação, como um mordomo obsequioso.

A camiseta que Jordan escolheu tem o Super Mario, bigodudo, hidrocéfalo, um falso herói. Se estou me lembrando disso incorretamente, ou imaginando, o que Nico me disse no helicóptero, vou parecer um imbecil — tenho consciência disso. Por outro lado, este homem, de todas as pessoas no mundo, já me acha ridículo: minha estética, minha atitude, minha existência.

— Você tem conexão com a internet aqui?

— Ah, claro — diz ele, sem hesitar, sorridente, orgulhoso. — Por quê? Quer ver seu e-mail?

— Não. — Em meu peito há uma explosão estelar de empolgação, possibilidades ganhando vida como fogos de artifício. — Preciso fazer uma pesquisa.

* * *

Passamos na ponta dos pés pela Bela Adormecida até uma porta com a placa de GERÊNCIA, onde Jordan me pede para ficar olhando o chão enquanto ele entra com os números em uma tranca de combinação e nos coloca para dentro. E ali está, no espaço mínimo e claustrofóbico do escritório, metido entre um arquivo de três gavetas e um frigobar com a tomada fora da parede, sem uma porta: uma mesa de aglomerado e vidro, com um computador grande e feio da Dell, a torre alta do processador inclinada de um jeito alarmante. Jordan vê minha expressão cética e dá uma gargalhada enquanto se senta na cadeira giratória atrás da mesa.

— Ah, vós, de pouca fé — diz ele, curvando-se para frente e apertando o botão de ligar. — Acha que o chefe da Administração da Segurança Nacional está off-line agora? E Sua Excelência o Presidente?

— Não posso dizer que tenha pensado nisso — digo.

— Talvez devesse pensar. — Ele gira a cadeira para me dar uma piscadela. — Já ouviu falar de sipper?

— Não.

— Não? — E ele soletra, S-I-P-R. — Nunca ouviu falar disso?

— Não.

— E de nipper?

— Não.

Ele gira a cabeça e ri.

— Meu Deus. Nossa. Mas ouviu falar do Google, né? Começa com G.

Eu o ignoro. Estreito os olhos, esperançoso, para a tela, sentindo que estou no meio de alguma pegadinha complicada. Na realidade, neste longo momento de incerteza, esperando para ver se a tela escura do monitor ganha vida, de repente parece que talvez toda a *coisa* é uma pegadinha, que todo este último ano da história humana não passa de uma peça que estão me pregando, no velho e crédulo Hank Palace, e que todo mundo vai saltar do armário aqui na gerência da Next time Around e dizer, "*Surpresa!*", todas as luzes se acenderão e o mundo voltará ao que era.

— Ah, vamos lá, Scott — diz Jordan com indolência, interrompendo meus devaneios. Ele olha fixamente a tela ainda escura, tocando tambor nas coxas.

— Qual é o problema?

— É aquele punheteiro de Toledo que nunca está operacional quando diz que estará.

— Não sei do que você está falando.

— Isso se deve a sua mentalidade limitada de policial. — Mais uma vez, não mordo a isca; mais uma vez, continuo impassível, esperando ter o que preciso. — A internet não é uma coisa grande que fica pairando no céu. É um monte de redes e as pessoas não podem mais entrar nas redes porque os dispositivos que as colocam lá são alimentados por carradas de eletricidade. Então, construímos redes novas. Tenho esse computador de merda e três linhas fixas, um modem 12.8 e um tanque cheio de gasolina e posso me conectar com uns caras que conheço em Pittsburgh que têm a mesma configuração, que podem se conectar com Toledo e assim por diante pela bela eternidade. Parece uma rede de malha dos velhos tempos. Sabe o que é uma rede de malha? Peraí, deixa eu adivinhar.

Ele sopra uma bolha, estoura com o indicador sujo. É de enlouquecer; parece o menino irritante de sete anos que alguém instalou no leme de uma vasta conspiração internacional.

— É claro que todos os sites são espelhos, assim muita coisa se perde, é corrompida, ou o que for. Mas ainda é impressionante, né?

— Eu ficaria muito mais impressionado — digo — se ainda não estivéssemos olhando uma tela escura.

Mas enquanto digo isso, a tela se acende com os quadrados variegados e tremulantes do logotipo do Windows 98, bruxuleando espectrais como um hieróglifo na parede de uma caverna.

— Ooo — diz Jordan, curvando-se para frente. — Isso fez você parecer um babaca, o que não é novidade.

Escuto o familiar silvo, depois um estalo, depois o bipe de um modem discado fazendo sua conexão. Tenho uma comichão no fundo em algum lugar nos nervos de meu braço ferido. Estendo a mão esquerda e aperto o bíceps direito em sua tipoia, massageando com dois dedos. Jordan clica no menu Iniciar e traz uma tela escura com o cursor piscando. Ele estala os nós dos dedos com ostentação, feito um maestro, enquanto minha mente zune e esvoaça. De repente estou de volta a meu estudo de caso, tentando decidir de que informação mais preciso, o que vale a pena tentar. Jordan, porém, não faz menção de me ceder a cadeira.

— Me diga o que procura e encontro pra você.

— Não — respondo. — De maneira nenhuma.

— Tudo bem, então vamos pra alternativa B, que é você ir à merda.

Ele sorri para mim.

— As coisas funcionam assim, você não pode simplesmente digitar o que quer. Tenho de correr um código para cada busca.

— Tudo bem. Tudo bem.

— E só pra você saber, em geral quanto mais banal for a informação que você procura, menor é a chance de que vá encontrar em nosso servidor. Mas é claro que todos temos definições diferentes para o *banal*, não é?

Atrás de nós ouço um farfalhar e Jordan grita, "Abigail? Está acordada?"

— Estou — responde a garota. — E não estou feliz com isso.

— Podemos começar? — digo, e Jordan me diz fala e eu falo: — Preciso pesquisar uma coisa chamada NCIC.

— O Centro Nacional de Informações Criminais — diz Jordan, já digitando.

— Como sabe disso?

— Eu sei de tudo. Pensei que você já tivesse deduzido isso. — Os dedos dele ainda dançam pelo teclado. — Ei, por acaso você não precisa acessar o Pentágono, né?

— Não.

— Ah, bom.

Dou os dados a ele: Rocky Milano. Homem branco, idade aproximada, 55 a 60. Sem apelidos conhecidos.

Ele digita. Esperamos. Funciona lentamente, passam fluxos de texto estremecido, o monitor pisca de tela cinza para tela cinza. Todos os ícones conhecidos e tranquilizadores da interação homem-máquina estão ausentes: a ampulheta, os círculos giratórios de luz. Por fim, Jordan olha atentamente a tela, dá de ombros e se vira.

— Nada.

— Como assim, nada? Não está funcionando?

— Funciona. Eu estou lá. Mas não há nada listado.

— É possível que você não tenha conseguido tudo?

— O banco de dados todo?

— Sim. Que isto seja incompleto... como vocês chamam mesmo?

— Espelho — diz ele. — Um espelho incompleto dos arquivos originais.

— Isso. É possível?

— Ah, claro. É bem possível. Na verdade é provável.

Faço uma careta. É claro. Nada é para sempre. Nada é certo. Oriento Jordan a sair do banco de dados do FBI e fazer uma busca simples na web pelo nome de Rocky, conformando-nos com infrutíferos 15 minutos de rolagem por centenas de resultados — sobre o verdadeiro Rocky e dezenas de outros Rocky Milanos.

— Cara — diz enfim Jordan. — O que exatamente você está procurando?

Não respondo. O que eu *estou procurando*? A mesma folha corrida que eu procurava quando tinha dez anos e "todo mundo sabia" que o pai de Martha não valia nada — que ele roubou uma loja de bebidas, matou um cara com as próprias mãos. Procuro qualquer coisa que confirme minha hipótese indistinta e malformada de que Rocky Milano tem um péssimo caráter e/ou talento para atirar de longa distância, matar o genro a sangue-frio e impedir que ele denuncie Rocky por violações à IPSS e o mande fazer a contagem regressiva da Terra de uma cela de prisão.

— Tá legal, meu querido — diz Jordan, girando a cadeira. — O tempo está se esgotando.

— Me dê cinco segundos, está bem?

Ele revira os olhos e conta:

— Um...

Ando atrás de Jordan na sala pequena, tentando raciocinar e avançar, reprimindo a decepção e a irritação que isso me provoca — a coisa toda. Não há como saber mais nada, é o que parece. Começou cedo, a era da terrível ambiguidade marcada para ter início quando o Maia se chocar no Golfo de Boni e provocar um acontecimento tenebroso que ninguém sabe exatamente qual é.

Esta era de terrores incertos é metastática, cresce retroativamente, destruindo não só o futuro, mas o presente, envenenando tudo: relacionamentos, investigações, sociedade, impossibilitando que alguém saiba algo ou faça qualquer coisa.

— Ei? Irmão de Nico? — está dizendo Jordan. — Tenho minhas merdas pra fazer. Merdas importantes.

— Aguente. Espere.

— Não posso.

— Nils Ryan — digo. — Um policial estadual.

— Soletre Nils.

— Não. Peraí... Canliss. Pode procurar o sobrenome Canliss?

Jordan solta um suspiro teatral e se volta lentamente ao teclado, deixando-me claro pela última vez quem está encarregado desta operação. Soletro o nome para ele e me curvo por cima de seu ombro enquanto ele martela o teclado. Primeiro ele verifica o NCIC e não há resultados, eu não esperava que houvesse, depois ele executa uma busca simples. Curvo-me um pouco mais para frente, praticamente na horizontal sobre a mesa, olhando as palavras faiscarem, as linhas de texto rolando pela tela, verde sobre preto.

— Pronto — diz Jordan, jogando-se para trás da mesa em sua cadeira de rodinhas, esbarrando em minhas pernas. — Isso ajuda?

Não respondo. Estou longe, em algum lugar, corro pela mata, estou de pé em uma tempestade, de mãos erguidas, tentando pegar pedaços e flocos de ideias como neve. Primeiro pensei que Brett tivesse sido infiel a Martha, depois pensei que a infidelidade fosse de Martha, mas eu estava errado o tempo todo. Toda a maldade está em outro lugar.

Conheço o nome Canliss de Canliss & Sons, um vendedor que tinha contratos com o Departamento de Polícia de Concord. Quando eu era novo na força policial, depois de três meses, o sargento Belroy se gripou e cumpri três turnos cuidando da papelada das contas a receber, lembro-me do nome. A Canliss & Sons era uma empresa local, uma organização da Nova Inglaterra que vendia equipamento especializado ao Departamento de Polícia: óculos de visão noturna, tasers, bipés. Trajes ghillie.

Canliss & Sons, da Nova Inglaterra. Eu sabia. Eu conhecia esse nome.

— Oi? Irmão de Nico? — diz Jordan, agitando as mãos no alto como um semáforo. — Acabamos?

— Sim, acabamos. Acabamos e eu vou embora.

— Nossa. — Ele se curva para desligar o monitor. — Parece até que você é alérgico a isso.

— A quê?

— A agradecer.

— Obrigado, Jordan — digo e sou sincero nisso. — Muito obrigado.

Ele só desligou o monitor, noto ao passar, não o disco rígido, o que significa que minha busca e meu histórico de pesquisa ainda estão ali, um fato que não me deixa louco de empolgação. Mas não tenho mais tempo para perder aqui. Preciso ir — preciso ir agora mesmo.

Assim, é claro que Jordan salta de sua cadeira de escritório e se posta na porta. Recosta-se no lintel; esta é sua posição padrão, vadiar despreocupado numa soleira, a má vontade e agressividade zombando por trás de seu sorriso de criança. Quanto a mim, agora tenho uma imagem mental clara e nítida de Martha Cavatone e ela pode estar no porão de Jeremy Canliss, ou pode estar na mala de um carro, ou debaixo de tábuas de piso, preciso alcançá-la e preciso fazer isso agora.

— Jordan, eu tenho de ir.

— É, sei disso — diz ele, os polegares enganchados nas presilhas dos jeans, só matando tempo. — Você já disse. Mas eu só queria perguntar. Acredita em nós agora?

— Se eu acredito no quê?

— Bom, é só que Nico, sabe quem, a sua irmã, ela ficou muito magoada por você não ter acreditado nela. Em tudo. Nosso grupo, nossos planos, nosso futuro.

Ele fala em um adágio vagaroso, faz isso de propósito, absorvendo minha repentina impaciência desesperada e me devolvendo com um ritmo derrisório arrastado. — Você não deve saber o quanto significa para ela.

Calculo minhas chances de passar esbarrando pelo homem e correr daqui. Ele é baixo, mas compacto, vigoroso, e embora eu seja muito mais alto, também estou exausto, fiquei de pé o dia todo depois de uma noite no hospital e tenho um braço que me é inútil.

— Para ser sincero com você, eu tinha me esquecido de tudo isso.

— Ah, bom — diz ele e dá de ombros. — Estou lembrando a você.

Mudo de atitude, caio num falatório disparado de policial, mantendo a voz firme, franca e sincera:

— Jordan, me escute. Há uma mulher que acredito ter sido raptada e preciso ajudá-la agora.

— Sério? — Ele esbugalha os olhos. — Tá falando sério? Cara, é melhor ir! Vai parar numa cabine telefônica pelo caminho, irmão de Nico? Para colocar sua capa?

— Jordan. — Penso que talvez eu possa cuidar dele. Não importa quantos braços tenho. — Saia da frente.

— Pega leve, cara. — Ele sopra uma bolha, estoura com um dedo. — Só perguntei se você ainda acredita na gente.

— Se acredito que, como vocês têm um helicóptero e acesso à internet, isto quer dizer que têm capacidade para alterar a trajetória de um asteroide? Não. Não acredito.

— Bom, olha só, é esse o seu problema. Imaginação limitada.

Atiro-me para frente e jogo meu ombro nele, mas Jordan simplesmente sai do caminho, fazendo-me cambalear como louco para fora da sala da gerência. Endireito-me e ando rapidamente para a frente da loja, Jordan rindo atrás de mim, abro a porta e Houdini espera por mim no meio-fio, como o instruí.

— É um problema de Nico também, sabia? — diz ele, e eu paro com a mão na porta, viro-me para ele. Um comentário tão inocente, não tinha nada de mais, mas algo no jeito como ele falou — ou era porque havia algo no jeito como ele dizia tudo?

— O que quer dizer com é problema de Nico também? O que é?

— Nada não. — Ele sorri com malícia, deliciado, um pescador puxando um peixe vivo.

A amiga de Jordan, Abigail, sai do banheiro, vestindo saia floral e camiseta sem mangas, o cabelo num rabo de cavalo.

— Jordan, sabia que a água acabou? — diz ela.

— Na verdade eu sabia — diz ele. — Sabia. E acho que provavelmente vamos passar a noite aqui.

Ele está falando com ela, mas seu olhar está fixo no meu e toda a besteira de palhaço engraçado rá-rá se esvai de seus olhos, de repente ele é todo ameaça desagradável e de baixo nível. — Só o que estava observando, Sr. Palace, é que sua irmã sofre de imaginação limitada semelhante. Nunca percebeu isso?

Estou atravessando a sala em duas longas passadas, olhando fixamente em seus olhos e segurando seu braço com a mão boa. Abigail diz "ei", mas Jordan não se retrai.

— O que você quer dizer?

— Nada não. — O sorriso de palhaço voltou. — Só estou falando.

Aperto mais seu braço. Ouvi pela primeira vez sobre esta organização indefinível de Nico quando ela me explicou que o marido, Derek — que pensava estar por dentro, mas entendeu tudo errado —, foi sacrificado involuntariamente a um objetivo maior do qual ele não tinha ideia.

— Para onde vai aquele helicóptero, Jordan?

Há, então, uma explosão enorme. Parece próxima — alta —, como o passo desajeitado de um dinossauro.

— Epa — diz Jordan. — Parece que uma das associações de moradores está apelando a armas pesadas.

— South Phil Hill — diz Abigail.

— Acha mesmo?

Ela assente e o olha como quem diz: *dã, é claro.*

— Parece uma noite daquelas — diz Jordan. — Como no dia 4.

— Pior — diz ela, olhando daquele jeito de novo. Estou parado aqui, olhando de um para o outro. — Bem pior.

— O quê? — pergunto com raiva, embora eu saiba exatamente do que eles falam: é o que disse McGully, precisamente do que ele avisou, aos gritos no Somerset, *Espere só até a água acabar.* — Do que você sabe?

— Eu sei de tudo, cara, lembra?

— Será uma espécie de guerra — diz simplesmente Abigail, falando suavemente da porta. — Existe uma associação de moradores que esteve entocando garrafas de água Poland Springs no ginásio de esportes da YMCA. Milhares delas. Outro grupo colocou uma tonelada no porão do centro de ciências. Todo mundo esteve ouvindo os boatos, todos têm um plano para proteger seu próprio estoque e procurar o esconderijo dos outros.

— Ou voaram para a represa — diz Jordan, tirando meus dedos de seu braço, um por um.

Abigail concorda com a cabeça.

— Bom, é, a represa, nem preciso falar.

— Será como a captura da bandeira, só que com armas — diz Jordan, e Abigail assente mais uma vez. — *Muitas* armas.

Como que para sublinhar o argumento, reverbera uma segunda explosão, é difícil dizer se está mais próxima ou mais distante do que a primeira, mas sem dúvida nenhuma é mais alta. Uma pausa, e então o som arrepiante e multifacetado de várias pessoas gritando a um só tempo, seguido pelo matraquear inconfundível de um disparo de metralhadora, como uma máquina de escrever.

Ouço tudo isso com a respiração pesada, minha cabeça virada de lado. É a presença dominadora da polícia que tem mantido a frágil paz, todos sabem disso, as viaturas do Departamento de Justiça, um policial em cada quarteirão, é o que tem evitado que a preocupação e a ansiedade da população fervam e estourem como vapor subterrâneo.

Hoje não vi um só policial. Nem uma viatura.

— Aí, Henry? É melhor você ir andando. A noite vai ser agitada.

5.

É O ÚNICO BEM QUE ME RESTA, a única peça de equipamento policial que ainda carrego comigo, meu conhecimento profundo das ruas de Concord. Pedalei por elas quando criança e as percorri de carro quando adulto, e agora ando imperturbável e rapidamente da Wilson Avenue para a Main Street.

Minha casa fica a oeste, depois da Clinton Street, mas vou para o outro lado. Eu só preciso... preciso resolver isto.

É só isso.

Jordan tinha razão: será uma noite agitada. Ouço tiroteio vindo de uma dezena de lados diferentes e vejo fumaça subindo de uma dezena de fogos distantes. Passo por uma turba, pelo menos trinta, andando pela rua, todos juntos em uma formação estreita e quase militar, arrastando carrinhos de supermercado unidos por cordas e trelas de cachorro. Uma família de cinco anda apressada pelo meio da rua, o pai carregando dois filhos no peito, a mãe levando um, olhando angustiados o local de onde vieram.

O detetive McGully, enfurecido mais uma vez em minha lembrança, a cara vermelha e apontando o dedo: *Espere só até a água acabar, espere só, caralho.*

Houdini patrulha à minha frente com os flancos de pelo mosqueado e o escárnio de predador, lábios repuxados sobre caninos amarelos. Curvo-me para frente, apresso o passo para acompanhá-lo enquanto passamos pelo prédio da Water West, pela sede do governo, pelo McDonald's, onde uma vez encontrei o corpo de um suicida chamado Peter Zell, enforcado no banheiro.

Na Phenix Street, onde o cinema ainda está de pé, o letreiro ainda anunciando o último episódio de *Distant Pale Glimmers*, de dois meses antes, um cara de boné virado para trás passa em um skate, agarrado ao que parece um garrafão de cinco litros de água mineral, tentando chegar rapidamente a algum lugar. Uma jovem de sapatos pretos rasteiros e avental de dona de casa aparece na porta do cinema com uma escopeta e atira, pega o cara de lado, ele cai do skate na rua.

Continuo, cada vez mais rápido. Livro-me disto, livro-me de tudo — a família em fuga, a mulher armada, a insinuação maliciosa de Jordan, Nico em seu helicóptero, Alyssa e Micah no parquinho da Quincy Street — tudo tudo tudo —, fico de cabeça baixa e mantenho a mente concentrada no caso porque estou enjoado de perguntar por que faço isso, por que me importo. É só o que tenho, é o que faço.

Entro à esquerda na Rota 1 antes de chegar à Hood Factory, depois dou uma guinada para a direita no pequeno emaranhado de ruas atrás da prisão.

Agora anoitece. O sol fica rosado no horizonte, preparando-se para afundar.

Mais ou menos me afastei da família, foi o que me disse Jeremy Canliss, mas não antes de ter herdado algum equipamento para tiro de precisão da Canliss & Sons, não antes de aprender a usá-lo. Passou algum tempo no estande de tiro, não uma pista de boliche convertida, mas um estande de verdade, aprendeu a dar um tiro certeiro a uma distância de trezentos metros. A arma assassina pode até ter sido um fuzil com mira do antigo suprimento do pai. A não ser que ele a tenha apanhado pelo caminho, um golpe de sorte inesperado, o destino sorrindo para seu plano. Depois ele me seguiu até a Universidade de New Hampshire, em seguida conseguiu entrar, passando pelos guardas do perímetro de atenção irregular — de repente aqui está o miniarsenal de Julia Stone e Jeremy se serve de uma arma do mesmo esconderijo de onde Brett tirou a dele.

Porque agora está claro o que aconteceu: Jeremy queria que Brett sumisse, depois me seguiu para garantir que continuasse desaparecido.

Agora eu corro. Estou quase lá.

Canliss me contou sem querer onde morava. Do outro lado da mesa de minha cozinha, transpirando e gaguejando sua história, disse que ele e Brett se sentavam na varanda, vendo os bandidos entrarem e saírem da penitenciária estadual, Brett dizendo "Temos de dar graças a Deus". Só existe uma rua curta que passa bem atrás da Penitenciária Estadual Masculina de New Hampshire, e é a Delaney Street, e quando chego lá meu relógio diz que são 8:45 — terça-feira, creio, de algum modo ainda é terça-feira, a escuridão desceu por esta rua curta e sinuosa.

Normalmente eu levaria uma hora para dar uma busca em uma rua de 19 casas. Mas nove das 19 estão abandonadas, as portas principais derrubadas, janelas quebradas ou cobertas por papel. Em uma casa, a de número 6, no lado norte, o telhado descascou como pele, revelando as vigas do sótão. Nas dez casas restantes, duas têm tochas acesas nas janelas e decido começar por uma dessas, a de número 16 da Delaney Street. Corro pelo escuro de seu gramado cheio de mato.

O presídio fica bem atrás da casa e está em chamas, paredes brilhantes de fogo saindo da antiga ala oeste da construção.

Levanto o punho esquerdo e bato à porta, gritando "Martha!", e a porta é atendida por um casal de idosos assustados, as mãos estendidas, a mulher de camisola e o homem de chinelos e calça de pijama, suplicando-me para que os deixe em paz. Solto o ar, afasto-me um passo do batente da porta.

— Desculpem-me pelo incômodo — digo. Desço um degrau da varanda, depois me viro antes que fechem a porta.

— Sou policial — digo. — Vocês têm comida?

Eles assentem.

— Quanta?

— Muita — diz a mulher.

— O bastante — diz o homem.

— Tudo bem — digo. Nossos ossos são chocalhados por uma explosão que reverbera do sudoeste, a área da Little Pond Road e da represa.

— Vocês me façam um favor: não abram mais a porta.

Eles concordam com a cabeça, olhos arregalados.

— Quer dizer esta noite?

— Só não abram mais a sua porta.

O vento aumenta, brisas de verão transformando-se em um vento em pânico, fazendo as folhas deslizarem pela rua, batendo latas de lixo, abanando as chamas que saltam do telhado do presídio.

Houdini desce da varanda na minha frente e vamos para a outra casa iluminada por uma tocha, o número 9 da Delaney Street. Ao atravessarmos o gramado, Houdini late para o chão e uma criatura noturna foge aos saltos dele, farfalhando uma fileira de arbustos. Mesmo no escuro, o calor é impiedoso. Meu braço transpira na tipoia. É uma varanda bamba de madeira, tomada de lixo antigo. A porta não é pintada e tem uma toalha de praia grande dos New England Patriots pendurada na janela da frente. É esta — parece esta — exatamente o tipo de casa onde um faz-tudo semidesempregado de vinte anos estaria entocado com um sortimento de amigos e conhecidos. Subo a escada de dois em dois degraus, o coração batendo acelerado por Martha.

Cortez foi golpeado na cabeça esta manhã, disse ele, três horas antes de eu chegar lá. Cheguei por volta das onze e meia. Isso quer dizer que Martha foi levada 12 horas atrás. Bato na porta e chamo "Jeremy" — a história viva e nítida em minha mente.

Jeremy amava Martha. Martha amava o marido.

Mas o jovem e sagaz Jeremy viu o coração secreto do marido e sabia que Brett queria ir embora. Ele sabia, pelas longas conversas durante a procura de mantimentos e pelas noites na pizzaria, que o coração de Brett puxava a trela: ali estava um homem estranho e magnânimo que queria usar os últimos meses para fazer algum bem furioso no mundo — que tinha certeza, na realidade, de que Deus o chamava a fazer isso. Mas ele estava preso por outro tipo de bondade, vinculado por seus votos de casamento.

Daí o plano de Jeremy, a página forjada do diário, a fraude, como algo saído de Shakespeare, uma cena de ópera:

exilar o homem por meio de estratagema, tomar a mulher à força.

— Jeremy? — chamo de novo, balanço a maçaneta.

Novos tiros soam no ar como um trovão distante, ouço gritos indiscriminados e depois, por algum truque do vento, pego uma conversa desesperada — "Não, o que é isso... não...", "Cala a boca, cala a sua boca" — de alguma outra crise, outro canto da cidade.

Ninguém atende à porta. O vento revira meu cabelo, provoca arrepios na nuca. Hora de entrar ali.

— Fica — digo ao cachorro. — Monte guarda. — Ele me olha, a cabeça virada de lado, os dentes arreganhados. — Se alguém aparecer na escada, você late. Ataque qualquer um que sair que não seja eu. Entendeu?

Houdini se senta sobre a traseira no alto da escada, silencioso e decidido. Eu recuo e dou um chute forte com um pé direito. A madeira fina se estilhaça; meu corpo explode de dor. O tecido grita em meu braço costurado. Solto um berro, recurvo-me e grito de novo, mantenho a cabeça baixa, até que a dor conclui seu caminho pelas linhas de minha perna para o braço, voltando ao chão. Houdini fica ali, os olhos arregalados de solidariedade e assombro, mas sustenta posição, como instruí.

— Isso, garoto — murmuro, puxando e soltando o ar, puxando e soltando. — Muito bem.

Quando consigo entrar, em uma sala de estar escura e desordenada, uma tocha arde, bruxuleando em um vaso. Uma mala está encostada na parede de trás, entreaberta, algumas camisetas se derramando como cobras emboladas. Uma geladeira fora da tomada deitada de lado na sala como uma baleia encalhada; alguém pintou o topo com spray, sem dar certo.

— Martha? — chamo, aos gritos, avançando cautelosamente, desarmado, de mãos estendidas: — Martha?

À direita, há uma porta em arco que leva a uma cozinha, à esquerda tem um longo corredor. Vou para o corredor e tropeço em alguma coisa — um par de tênis, as línguas estendidas obscenas, sem cadarços. Antigamente, aposto, esta casa tinha caixas de pizza e latas de cerveja espalhadas por aí; antigamente, a televisão estava sempre ligada, sempre havia alguém no sofá se embebedando, entrava e saía gente trôpega do banheiro, se vestindo para subempregos no varejo. Agora está escura; agora todos esses jovens se foram, vagando pelo mundo. Eu os imagino, um foi para casa, ficar com os pais, um se juntou em um casamento do asteroide, outro foi para Nova Orleans, tomou a dianteira.

Ainda tem um aqui. Um é sequestrador, assassino.

Eu o ouço no exato momento em que o vejo, arriado no patamar no alto da escada, gemendo.

— Aí — diz ele vagamente, a voz embargada. — Tem alguém aí?

Jeremy Canliss está tombado de costas contra o corrimão, pairando acima de mim no patamar, o contorno de um homem contra a escuridão como um fantasma apanhado a meio caminho do paraíso. O rabo de cavalo pequeno está desfeito e seu cabelo é oleoso e escorrido, emoldurando a cara pequena e assustada. Os olhos são inquietos e tristonhos, as bochechas vermelhas, como se ele não passasse de um garoto apaixonado, o garoto apaixonado por Martha Milano.

Um fuzil de cano longo com mira encaixada, a arma que ele usou para atirar em Brett Cavatone, está deitado ao lado dele no chão, o cano virado para a parede, a coronha metida de qualquer jeito embaixo de sua nádega esquerda.

— É o detetive Palace, Jeremy — digo num tom alto, lançando a voz pela escada. Parece bom, só o ato de elevar a voz, caindo ao registro poderoso de policial durão. — Fique exatamente onde está.

— Você parece um monstro, cara — diz ele, a leve ironia tingindo sua voz tensa. — De um filme de monstro. O homem que nunca desiste.

— Preciso que você se levante, por favor, e coloque as mãos para cima.

Ele ri e resmunga "Legal, cara", mas fica onde está, a cabeça rolando um pouco no pescoço. É como se ele fosse o último numa festa de fraternidade, abandonado pelos irmãos para dormir no patamar, talvez tombando pela escada.

Não tenho autoridade. Não tenho arma. Subo um degrau, na direção do assassino.

— Onde está Martha, Jeremy?

— Não sei.

— Onde ela está?

— Bem que eu queria saber.

Dou outro passo.

— Quem é N.?

— Ninguém — sussurra ele, e ri. — Significa "ninguém". Engraçado, né?

Não estou rindo. Subo outro degrau, aproximando-me mais. Ele ainda não se mexe.

— Por que você fez isso? — pergunta-me ele, petulante, infantil.

— Por que eu fiz o quê, Jeremy?

— Ir lá pegá-lo. Eu te *falei* pra não fazer isso. Eu te *falei*. — Ele me olha com verdadeira perplexidade, confuso e triste. — Eu só queria ter minha chance, tá entendendo? Só queria ter uma chance com ela. Eu só precisava que ela ficasse sozinha, pra eu falar com ela, pra fazê-la entender.

De tudo isso eu já sei. Depois de criar a falsificação, arrancar uma folha do diário rosa com aroma de canela de Martha e preparar o trecho incriminador, ele o "descobriu" e entregou a Brett.

Olha, cara, não sei como te contar isso... isso estava tipo aberto... na sua casa... eu sinto muito... lamento muito mesmo.

Qualquer marido teria ficado cético, teria confrontado a esposa, exigido uma explicação, na esperança de um mal-entendido. Mas não Brett: o marido que *queria* ir embora, que queria que o casamento acabasse, que o contrato fosse anulado para ele partir e fazer a obra de Deus na floresta.

— Ele nem mesmo a amava — diz Jeremy, balançando a cabeça, olhando o teto. — Sabia dessa? Ele nem mesmo a amava. *Eu* a amo.

— Onde ela está? — pergunto mais uma vez e ele não responde.

Outro degrau e agora estou na metade da escada, quase a distância de um salto daquele maldito fuzil. Imagino os movimentos físicos — um rápido pulo para o alto, empurrar o suspeito para a esquerda com a força de meu corpo, pegar o fuzil debaixo do seu corpo com a mão direita. Não tenho mão direita.

— Onde ela está, Jeremy?

— Já te falei. Eu disse que não sei.

— Isso não é verdade.

Estou tentando manter a voz tranquila, ficar calmo, frio, para que ele saiba que pode confiar em mim, mas por dentro estouro de fúria com esta criança tola e seu amor violento, inútil e estúpido. Há um ano e meio, tudo isso teria sido uma paixão pós-adolescente, um devaneio com a mulher de um amigo. Mas, à sombra do Maia, brotou como uma beladona, uma obsessão louca, uma trama homicida.

Ele lambe os lábios, ergue a mão e esfrega o rosto. Começo a ter a impressão muito forte de que o garoto está alto feito um satélite, que andava em algum lugar fora do alcance do rádio.

— Martha? — grito, alto, e não tenho resposta, nem de Jeremy, nem de algum canto distante da casa, nem de qualquer armário ou espaço apertado. — Martha, é o Henry. Preciso que você grite, se puder me ouvir.

— Cala a boca — diz Jeremy incisivamente, de súbito, a raiva toldando a voz. Ele muda de posição na escada e pega a coronha do fuzil. Uma barba rala, a cara triste de garotinho. — Ela não está *aqui*. Queria que estivesse, mas não está.

Ele diz essas palavras tão baixo e suavemente, *queria que ela estivesse, mas não está*, e eu sinto muito frio, como se minhas entranhas estivessem numa caverna subaquática subitamente inundada pelo mar congelado.

— Ela está morta? Você a matou, Jeremy?

— Não. Eu só queria falar com ela.

— Você foi pegá-la. Esta manhã?
— Fui. — Ele assente, a boca frouxa e aberta.
— O que houve, Jeremy?
— Nada. Ela havia sumido. — Ele me olha, impotente, confuso.
— Tinha um homem lá, eu o vi...
— Cortez. Você o atacou. Na varanda.
— Não... não, ele estava dentro da casa. Martha tinha sumido. Eu não entendi. Fui embora.
— Não é verdade, Jeremy. — Balanço a cabeça, falo com suavidade, sedutor. — O que você fez com ela?
— Já te falei, ela não estava lá. — Ele se contorce e grita, levanta-se rapidamente, o que é improvável. — Eu te falei. Eu a amo.

Ele cambaleia na minha direção de arma erguida, dou um passo para trás na escada, levanto a mão boa na frente de meu rosto como se pudesse pegar uma bala, feito o Super-Homem, arrancá-la do ar e jogar de volta a ele. Um ano e meio atrás, eu teria sido um detetive, interrogando suspeitos — só que nem então. Ainda teria sido o patrulheiro, rondando pela Loudon Road, pegando ladrões de lojas e quem joga lixo na rua.

— Jeremy...
— Chega — diz ele, e eu digo: "Não, por favor...", e ele está agitando a coisa em um arco amplo ao descer a escada, ora o cano aponta para a parede, ora para o chão, depois para mim, bem para a minha cara.

Meu coração palpita e afunda. Não quero morrer — não quero —, mesmo agora, quero continuar vivo.

— Espere, Jeremy. Por favor.

Há uma pancada ao pé da escada, alta como fogos de artifício, Jeremy arregala os olhos e giro o corpo para ver o que ele vê.

O vento abriu a porta espatifada, jogou-a de lado, revelando Houdini na varanda, olhando pétreo o interior da casa, silencioso e cruel, de olhos inabaláveis e dentes arreganhados, as laterais pontilhadas de cinza e lama. O cachorro é iluminado por trás pela fornalha tempestuosa do presídio. Jeremy grita enquanto o cachorro nos olha duro, amarelado, feroz e estranho, eu pulo os três degraus restantes e aperto o braço esquerdo no pescoço de Jeremy para prendê-lo na parede.

— Onde ela está?

— Eu juro... — Ele luta para respirar. Esbugalhado, encara o cachorro por cima de meu ombro. — Eu juro que não sei.

— Não é verdade. — Assomo sobre o garoto. Estou me curvando para seu pescoço com o objeto rombudo de meu braço, isso o está matando e não me importo.

— Você viu Cortez aparecendo e bateu nele com uma pá.

Ele ofega, espreme as palavras para fora.

— Não sei quem é esse. — Ele luta, respira. — Eu não a machuquei.

Encaro seus olhos apavorados e procuro raciocinar. Ela me dispensou, dissera Cortez, ela me tratou como uma testemunha de Jeová. Por que ela fez isso, por que dispensou seu protetor? E Martha tinha uma mala, disse ele, estava esperando alguém. Certamente não Jeremy — mas quem? Estou pensando na sequência temporal de tudo isso — em que dia Brett foi baleado, quando Jeremy voltou depois de lhe dar um tiro e a que horas desta manhã Martha disse a Cortez para deixá-la em paz? O mundo está girando, dias e acontecimentos virando um sobre o outro como bolas de gude soltas em um saco.

— Eu vou morrer. — Jeremy arqueja, eu me recupero e o solto.

— Não, não vai.

— Você não entende — diz ele. — Já estou morto.

Posso ver agora, nos olhos dele, a doença nascendo, as pupilas se contraindo. *Mas que droga.*

— Vamos — digo, agachando-me, puxando seu braço esquerdo com meu braço esquerdo. — Vamos ao banheiro.

Ele me afasta, arria de novo no corrimão.

Eu o desço pela escada, arrasto ao banheiro, observando o hematoma preto tomar forma por seu pomo de adão, onde eu o ataquei. Não sei quando ele tomou os comprimidos, não sei quanto tempo ficou sentado ali até eu aparecer. Se conseguir levá-lo à privada, posso curvá-lo sobre ela, colocar os comprimidos para fora. Limpar o que estiver em seu organismo. Posso fazer isso. Seu corpo não pode ter metabolizado todo o tóxico, ainda não, é cedo demais.

— Jeremy?

Laboriosamente, coloco-o de joelhos de frente para a privada e ele vacila, o corpo balançando para frente e para trás. Planto a mão em seu rosto. Sua cabeça tomba no pescoço e o tronco desliza para frente.

— Jeremy! — Abro as torneiras para borrifar água fria em seu rosto e é claro que nada sai dali. Seu corpo está ficando estranhamente quente, como se ele começasse a derreter, feito uma vela de cera, de sólido para líquido, pingando de minha mão.

Tento mais uma vez:

— Onde está Martha, Jeremy?

— Você vai encontrá-la — diz ele, quase gentil, encorajador, como um treinador, e dá para ver, numa overdose, dá para ver a luz escapando dos olhos da pessoa. — Aposto que você pode encontrar qualquer um.

* * *

Houdini e eu olhamos em cada canto daquela casa. Cada canto, debaixo de cada cama e colchão, na despensa de madeira barata, tomada de baratas e percevejos, nos cantos escuros com teias de aranha do porão.

Meu braço incha e irradia calor e dor. O suor escorre de minha testa para os olhos. Eu procuro e procuro.

Mas esta não é uma casa grande e não estou procurando chaves fora de lugar ou óculos perdidos. É um ser humano. Minha amiga apavorada, amarrada e trêmula, ou seu corpo, vazio e de olhos fixos. Mas continuamos procurando. Não tem sótão; os cômodos do segundo andar são arqueados e agudos, mas subo numa cadeira e bato no reboco do teto para eliminar a possibilidade de um esconderijo ou cômodo secreto onde Martha possa ter sido enfiada, a boca coberta com fita adesiva, lutando. Os armários, a cozinha, de novo os armários, jogando tudo para fora, chutando as paredes à procura de um fundo falso ou câmara oculta.

Houdini late e fareja as tábuas do piso. Encontro um martelo em uma caixa de ferramentas na despensa e uso a garra para levantar o piso da sala de estar, tábua por tábua, minhas costas doendo do esforço. Ignoro as pontadas de dor e as ondas de náusea, arranco as tábuas uma de cada vez como quem descasca uma fruta teimosa, mas abaixo do piso tem isolamento, canos e uma vista do porão.

Verifico de novo o porão, mas ela não está ali — ela não está aqui —, não está em lugar nenhum.

Continuo procurando. O barulho das armas e os gritos do lado de fora, as janelas iluminadas pelo fogo do outro lado da rua, continuo procurando, muito depois até de o mais diligente investigador ser obrigado a concluir que Martha Milano não está dentro desta casa.

Procuro sem parar e grito seu nome até ficar rouco.

* * *

Deixo o corpo de Jeremy no banheiro. Não há outra opção que faça sentido. Por acaso sei que a Funerária Willard Street abriga agora um grupo de profetas do Apocalipse, assim como por acaso sei que o necrotério no porão do Hospital Concord está abandonado, a Dra. Fenton nos andares superiores, fazendo uma triagem furiosa junto com quem ainda está por lá.

Não há lugar ao qual relatar sua morte ou entregar este cadáver, porque de repente as ruas estão em chamas e nossa terra é de bárbaros. Deito melhor o homem em sua banheira com pés de garra, fecho suas pálpebras com os indicadores e saio.

6.

Minha casa sumiu.

Quando enfim o cachorro e eu conseguimos voltar a meu endereço na Clinton Street, descobrimos apenas o esqueleto de uma casa, só as vigas, precariamente inclinadas na escuridão do verão em meio aos bordos prateados e escuros. Retiraram todo o metal, os tabiques, os tijolos e depois queimaram; ou, possivelmente, primeiro incendiaram, depois os saqueadores vieram e carregaram os restos. Montes repugnantes de cinzas e pedaços de móveis. O tesouro de meus pertences, meus potes de manteiga de amendoim, minha máscara de gás, minhas garrafas de água, estavam por baixo das tábuas do piso, embaixo do sofá, no fundo da sala de estar. O tesouro sumiu. As tábuas do piso sumiram. O sofá sumiu. A sala de estar sumiu.

Houdini e eu andamos lentamente pelas ruínas como se caminhássemos na Lua. A fundação, de cimento, ainda está no lugar e localizo os contornos aproximados de onde antigamente ficavam os cômodos: a sala, o banheiro, a cozinha. Pilhas de reboco em desintegração, que antigamente eram paredes. Houdini fareja os destroços e aparece com uma perna de mesa, presa em suas mandíbulas como um úmero. Encontro meu exemplar de *Investigação criminal*, de Farley e Leonard, queimado, reconhecível pelo desenho colorido na capa. Teclas de piano como dentes. Um sortimento de antigas polaroides: meus pais fazendo careta em uma festa de aniversário, papai com uma coroa de visco, os lábios de minha mãe roçando seu rosto.

Estou consciente, de um jeito abstrato, de que isto é uma catástrofe. A contagem regressiva começou e todos os arranjos fortuitos — os bazares, simulacros de restaurantes, o escambo e as associações de moradores —, todas as instituições vestigiais estão esfareladas no passado e de agora em diante é cada um por si, e aqui estou eu, sem casa, sem arma, sem nenhum pertence. Tenho um braço só. Uso uma camisa emprestada e calça de moletom rasgada.

Mas o que eu sinto é nada. Entorpecimento e frio. Estou numa casa cheia de cômodos queimados.

Eu disse a Martha que faria todo o possível para encontrar seu marido e trazê-lo para casa. Disse a ela que podia fazer isso. Eu prometi.

O homem que ela desejava está morto. E agora ela também está morta, ou morrendo em algum lugar, sozinha em algum lugar, e a única pessoa que sabe de seu paradeiro é outro morto. O mundo em colapso, transformando-se em morte, desaparecendo diante de meus olhos.

Sentei-me à mesa de sua cozinha, sorri por revê-la depois de todos aqueles anos, olhei em seus olhos preocupados e fiz uma promessa.

Houdini caça em volta de mim em círculos, de focinho baixo, levantando e largando pedaços de reboco com os dentes afiados.

Há um brilho forte e bonito na direção do centro da cidade, um bulbo radiante, pulsando de luz. Olho para ele até entender que é a cúpula do capitólio do governo de New Hampshire, que está em chamas.

É difícil apreender os aspectos práticos de minha situação. Precisarei de ajuda, mas de quem? A Dra. Fenton? Culverson?

Arrio de pernas cruzadas no chão e Houdini assume uma posição a meu lado, ereto e vigilante, ofegando. Tiro uma fotografia da lama, Nico e eu abraçados em sua formatura no ensino médio. Minha expressão é adulta, séria, autocongratulatória, num orgulho silencioso por ter cuidado para que ela chegasse a esse dia. Nico, por sua vez, sorri de orelha a orelha, porque está alta feito um satélite.

Eu podia ter ficado naquele helicóptero. Podia estar agora em Idaho ou Illinois, fazendo o reconhecimento com a equipe. Salvando o mundo.

A ideia de Nico de repente é arrasadora e não posso fingir ser cético a respeito disso, nem mesmo a mim — a ideia de que estou sentado aqui e ela, lá. O que eu fiz? *O que eu fiz?* Eu devia ter ficado naquele helicóptero. Jamais deveria deixá-la partir. Deito-me na cratera sulcada que era minha casa e considero minhas opções: chamar minha irmã de tola por perseguir uma possibilidade de sobrevivência em um milhão enquanto fui eu que aceitei uma probabilidade de morrer de cem por cento.

Um guincho de pneus e a batida da porta de um carro, barulhos antigos e familiares, eu me sento reto, viro a cabeça rapidamente, Houdini toma posição e late. Estacionado em diagonal por meu quintal está um Chevrolet Impala, o veículo padrão do Departamento de Polícia de Concord, o brilho do luar dançando pelo capô.

Passos, cada vez mais perto. Esforço-me para me levantar. Houdini late mais alto.

— Lá vamos nós, Henry.

Trish McConnell. Fico boquiaberto para ela, e ela sorri como uma criança levada.

— O que você está *fazendo* aqui?

— Salvando sua vida, Skinny. — A policial McConnell de algum modo parece mais policial quando está sem uniforme: baixa e durona de jeans e camiseta preta. — O que aconteceu com seu braço?

— Ah... — Mexo no braço inchado. Dói. — Está bem. O que está havendo?

— Vou te contar no carro. Vamos.

Olho para Trish, depois para o centro da cidade, para o fogo e a imensidão. A cidade cheira a fumaça.

— Você não devia estar em patrulha?

— Ninguém está em patrulha. Nossas ordens foram de ficar estacionados, deixar a merda se queimar. Não arriscar os recursos do departamento. O resto da força está na School Street, bebendo cerveja e vendo revistas pornográficas.

— Então, por que você não está lá?

— Não gosto de revistas pornográficas. — Ela ri. McConnell está toda motivada, isto está claro, este é seu jogo, ela está pronta para mandar ver. — Estou saindo sem permissão, policial Palace, e não vou voltar. Peguei o Chevy emprestado do Departamento de Justiça e vou dar o fora, agora, rapidinho, e você também vem.

— Por que eu?

Ela sorri enigmaticamente.

— Vamos, bobalhão.

O veículo está ligado e ronrona, a fumaça de uma gasolina sem chumbo genuína e regular do Departamento de Justiça saindo pelo cano de descarga. É uma coisa linda, um Chevrolet Impala, de fato é, linhas simples, eficiente: o puro veículo policial. Houdini está por ali, espiando por suas janelas escurecidas. Tento pensar com rapidez e inteligência, procuro processar tudo. A sede do governo arde com ferocidade ao longe, uma vela romana queimando no coração de nosso pequeno horizonte urbano.

— Vamos, Palace — diz McConnell, de pé junto à porta do motorista. — O caos é pior perto da represa, mas vamos exatamente para o outro lado. — Ela dá um soco no capô do carro. — Está pronto para agitar?

— OK — digo. — Eu só preciso... — Olho em volta. Não tenho mala. Nem uma roupa para guardar. Alguém levou minha casa. Puxo a camisa de Culverson para mais perto do corpo e ando até o carro. — Tudo bem — digo. — Vamos.

O banco do carona está atulhado de malas e caixas de papelão com comida e garrafas de Gatorade. Assim, sento-me no banco traseiro, ao lado dos filhos de McConnell, e Houdini pega um lugar entre nós.

— Oi — digo a Kelli e Robbie, enquanto McConnell acelera e canta pneus pela Clinton Street. Robbie tem o polegar na boca, um ursinho de pelúcia azul e esfarrapado metido debaixo do queixo. Kelli parece solene e assustada.

— Que tipo de cachorro é esse? — pergunta-me ela.

— Um bichon frisé — digo. — Ele é mais brabo do que parece.

— Jura? — diz Kelli. — Ele parece mesmo bem brabo.

* * *

McConnell leva o Chevy pela Clinton Street, afastando-se do centro, na direção da rodovia, enquanto Houdini consente que Robbie faça cócegas no pelo de seu pescoço. Curvo-me para a tela divisória e pergunto a McConnell aonde vamos.

— Para a mansão.
— Que mansão?
— Já te falei, Palace. — Ela ri. — Eu e alguns dos outros, dos velhos tempos... Michelson, Capshaw, Rodriguez... planejamos tudo meses atrás.
— Ah, sim — digo. — Sim, isso mesmo.
— Fica a oeste de Massachusetts, numa cidadezinha chamada Furman, perto da divisa com Nova York. Conseguimos equipar o lugar todo. Muita água, muita comida. Óleo de cozinha. Precauções necessárias. — Ela eleva a voz, olha pelo retrovisor: — E ainda há umas crianças lá, outras crianças. O policial Rogers tem dois gêmeos.

— Esses caras são uns babacas — diz Kelli, e McConnell responde: "Olha o linguajar, querida", pisa no acelerador, mete 140 por hora, segura e reta, voando pelas estradas na saída da cidade.

— Pensei que tudo isso fosse brincadeira sua. A mansão no campo. A história toda.
— Eu nunca brinco.

McConnell sorri, irônica, esquiva, orgulhosa, o Impala zunindo pela Rodovia 1, a Merrimack uma faixa marrom a nossa esquerda. Puxa vida, penso, puxa, relaxando em meu banco. Oeste de Massachusetts.

Kelli pede uma garrafa de água para Houdini beber um pouco e McConnell empurra duas garrafas pela abertura da tela, não sem um leve tremor de ansiedade — não há nada tão precioso como uma garrafa de água. Agradeço em nome do cachorro e McConnell diz, "claro", ela diz, "beba uma você, espantalho".

McConnell, gosto dela — sempre gostei.

A lua brilha pelas janelas traseiras escurecidas do Impala enquanto chocalhamos por estradas abandonadas, atravessamos a ponte, para a junção com a 89 Sul, a cidade em chamas a nossa volta. Robbie adormece. Passamos acelerado por uma longa fila de pessoas, uma quadra e meia de extensão, carregando mochilas e bolsas de viagem, empurrando malas de rodinhas, uma associação de moradores indo reunida para o exílio por algum arranjo prévio, saindo da cidade, Deus sabe para onde.

Apesar de tudo, recosto-me e deixo o cansaço me dominar, deixo as pálpebras palpitarem, Houdini em segurança no colo de Kelli a meu lado, e começo a sentir aquela magia onírica que vem nas viagens de carro tarde da noite.

Tem uma palavra que minha mente procura.

Eu disse, *McConnell, o que está fazendo aqui?*, e ela disse, *Salvando sua vida, Skinny*.

Qual é a palavra que procuro?

Eu deitado no pedaço de terra que foi minha casa, o Impala apareceu e o que ela me ofereceu?

Diga a ele que precisa voltar para casa, disse Martha, urgente, suplicante. *Diga que a salvação dele depende disso.*

Meus olhos se abrem.

Kelli e Houdini agora roncam suavemente; estamos na periferia da cidade, chegando a seus limites e à rodovia que vai para o oeste.

Salvação.

Toda essa gente enfrentando os mares terríveis, sendo baleadas ou arrastadas da água em redes, lançando-se em praias desconhecidas em busca de quê — do mesmo que minha irmã persegue pelo país em um helicóptero roubado.

Salvação. E não em algum amanhã glorioso, não nas alturas majestosas dos céus. A salvação *aqui*.

Não tenho nenhum bloco. Nem lápis. Fecho bem os olhos, tento fazer a cronologia funcionar, junto as peças, vejo se faz sentido.

O Sargento Trovão conseguiu aquele folheto idiota na semana passada e entregou seus bens mundanos na semana passada, mas o dia da evacuação era *hoje* — Culverson o viu hoje, na varanda, esperando incessantemente, infeliz e desamparado. Isso foi *hoje*.

— McConnell?

— Oi, amigo.

Cortez a viu esperando na varanda lá pelas oito e meia desta manhã, esperando alguém. Jeremy chegou lá às nove ou às dez, desesperado e nervoso, pronto para fazer sua súplica apaixonada, mas Martha tinha sumido. Há muito tempo.

— McConnell, preciso fazer uma parada rápida.

— *Como é?*

— Ou... tudo bem... você pode me deixar aqui.

— Palace.

— Eu alcanço você. Deixe-me o endereço. Preciso ir a uma pizzaria.

— Uma pizzaria?

— Chama-se Rocky's. Perto do Steeplegate Mall.

A policial McConnell agora está reduzindo.

— Uma parada rápida, Trish. — Curvo-me para frente e peço pela tela, como um criminoso, desesperado, como um pecador com seu confessor: — Por favor. Uma parada.

7.

McConnell rosna e entra em alerta máximo, acende as luzes e a sirene e lança o Impala em uma manobra de retorno brusca, leva-nos a mil quilômetros por hora ao Rocky's Rock 'n' Bowl, perto do shopping. Dá uma guinada para a calçada, desviando-se de uma turba que se reúne no cruzamento da Loudon Road com a Herndon Street. Metade deles tem lanternas grandes, a maioria tem revólveres e estão em volta de um rebanho apertado de carrinhos de compras. Um homem de jaqueta de couro e capacete de moto está pendurado do alto de um poste, gritando para eles, instruções ou avisos. Estreito os olhos para o homem enquanto passamos em disparada — quando eu era criança, ele era nosso dentista.

Ao pararmos abruptamente na frente do Rocky's, vejo duas piras distintas irradiando-se de diferentes alas do Steeplegate Mall.

— Minutos — diz McConnell com raiva. — Este quarteirão estará em chamas em cinco minutos.

— Eu sei.

Kelli está acordando, olha em volta, enquanto eu saio do carro.

— É sério, McConnell — digo. — Vá embora, se precisa ir.

— Eu vou! — diz ela, gritando para mim enquanto corro à pizzaria. — Eu *vou* mesmo!

As portas estão fechadas e trancadas com correntes. Estou me perguntando se é tarde demais, mas não creio que seja. Acho que eles ainda estão ali, Martha e o pai, Rocky. A cidade está pegando fogo e eles estão abraçados, esperando como o Sargento Trovão pela salvação que não virá. Abraçados no meio deste salão gigantesco, um vasto espaço sem seus bens de valor, tudo entregue aos pilantras: o forno a lenha, as armas e alvos de paintball, os pesados utensílios com seus metros de cobre, fluido refrigerador e tanques de gasolina.

Bato de novo, chuto o vidro. Rocky e Martha estão ali, sentados, enlouquecendo. Eles estão ali desde esta manhã, porque Rocky apareceu para pegá-la, hoje é o dia, chega de esperar por seu marido idiota e foragido. Falta de sorte de Cortez que ele por acaso estivesse lá quando Rocky chegou, o tempo passando, sem humor para discutir porcaria nenhuma com ninguém. Ele só precisava da filha e precisava dela agora. Hoje é o grande dia — nem um minuto a perder.

Desloco-me para a esquerda, junto da parede do prédio, de vez em quando socando uma das janelas com a base da mão boa. Sem chances de abrir a porta a pontapés; é acrílico grosso. Se Jeremy passou por aqui depois da casa de Martha, e aposto que passou, ele teria encontrado outro beco sem saída, outro lugar em que seu verdadeiro amor desapareceu. Não admira ele ter ido para casa, se envenenar.

Mas eles estão aí dentro. Esperando. Sei que estão. O mundo desmorona em volta deles e ainda assim esperam pelos homens que prometeram vir.

— Ei? — grito, batendo na janela. — Ei!

Protejo os olhos e tento espiar pelo vidro escuro, mas não enxergo nada e talvez eles não estejam aqui, talvez eu tenha me enganado. Martha não está aqui para ser resgatada e estou arriscando a minha vida, também a de McConnell e das crianças, a troco de nada. Olho por sobre o ombro e vejo Trish me fuzilando com os olhos do banco do motorista. Espero que ela faça, torço para que ela vá, que por segurança leve seus filhos e meu cachorro e me abandone.

Está quente, quente demais, mesmo no meio da noite, a noite de verão negra tingida dos tons loucos de laranja e amarelo das chamas.

Grito seus nomes de novo — *Rocky! Martha!* —, mas deve haver mais de uma senha, uma palavra-código que eles decoraram por ordem dos vendedores de fala macia do Mundo de Amanhã, algo que eles esperam ouvir quando os bons homens do comboio de resgate aparecerem em seus macacões e carros pretos. Giro o corpo. McConnell ainda está sentada ali. Estico o dedo e o rodo, uma linguagem policial de sinais e grito, para o caso de ela não conseguir enxergar ou não entender:

— Luzes, McConnell!— berro. — Acenda as luzes!

McConnell acende as luzes. Elas giram no teto do carro, nas clássicas cores de programa policial, preto refletido em preto. É um truque cruel, mas preciso que Martha saia dali. Preciso que ela saia e não se pode distinguir um carro da polícia estadual de um Impala do Departamento de Polícia de Concord, não de dentro de um restaurante escuro. E dá certo. Ela vê o que quer, como fez em seu sonho. A porta se abre de repente e ela sai de rompante, voa para o carro.

— Martha.

Mas ela não espera. Passa correndo por mim para a viatura policial, olha pelas janelas. Vejo McConnell na frente e Kelli no banco traseiro jogando o corpo para trás, afastando-se do fantasma desesperado na janela. Ele não está ali e ela gira o corpo enquanto Rocky Milano sai para pegá-la. Ele está sem o avental, de moletom, a careca vermelha pingando de suor.

Martha corre de volta para mim, balançando a cabeça sem parar, suas faces ruborizadas. Os olhos claros estão arregalados de carência.

— Onde está... onde ele está?

— Martha...

— *Onde ele está?* — grita Martha, lançando-se para mim pelo estacionamento.

Não sei o que dizer, o quanto da história vale a pena contar. O garoto era obcecado por você. Ele enganou seu marido a ir embora. Seu marido partiu na cruzada de um louco. Foi baleado e morreu em campo perto de uma praia.

— Onde ele está?

— Martha, venha para dentro — diz Rocky. — É perigoso aqui fora.

— É verdade — digo. — Hora de ir.

Rocky me olha como a um estranho. Mal me reconhece. Concentra-se na próxima etapa de sua vida, em amealhar a promessa de escapar que ele recebeu — para si mesmo e sua filha, e também para seu genro, até o misterioso desaparecimento de Brett. Pergunto-me se ele pediu esse especial ao pessoal do Mundo de Amanhã: "Ei, esse cara pode ir para lá também? Minha filha não vai sem ele." Pergunto-me se os mercenários pigarrearam, hesitaram e finalmente concordaram, um a mais não faz diferença, mascatearam mais uma vaga inexistente em seu complexo subterrâneo inexistente.

— Onde está Brett, Henry? — diz a pobre Martha, e eu digo simplesmente a ela, eu digo "Ele morreu", ela desaba de joelhos no chão, enterra a cara nas mãos e geme, uma longa sílaba aguda e sem sentido.

É o fim do mundo bem aqui para Martha Milano.

— Querida? — Rocky é todo prático, pegando-a pelas axilas, prendendo-a com as mãos grandes. — Está tudo bem. Vamos guardar luto por ele, mas precisamos ir andando. Vem. Vamos seguir em frente.

Ele a está arrastando de volta ao prédio, que estará em chamas a qualquer minuto. McConnell buzina. Mas não posso ir embora. Não posso deixá-la aqui. Não posso deixá-la morrer.

— Martha — chamo. — Você estava certa. Não existe outra mulher. Ele estava... ele fazia a obra de Deus.

Martha se afasta do pai. Olha para mim, depois o céu, para o asteroide, talvez, ou Deus.

— Estava?

— Ele estava. — Dou um passo na direção de Martha, mas Rocky a segura novamente.

— Já chega — diz ele asperamente. — Precisamos entrar e esperar em segurança até eles virem.

— Eles não virão — digo a ele, a ela. — Ninguém virá.

— O quê? Mas do que é que você sabe? — Rocky avança para mim, as veias da testa inchadas.

Mas ele entende — ele precisa entender —, alguma parte dele certamente deve entender. Não sei a que horas lhe disseram que o comboio chegaria, essa hora já passou há muito tempo. Até o velho Sargento Trovão se permitiu admitir isso muitas horas atrás.

Mantenho a voz calma e firme, com autoridade, tanto para benefício de Martha, como para Rocky.

— Não existe este Mundo de Amanhã. Vocês foram vítimas de um trapaceiro. Não virá ninguém.

— Papo furado — diz Rocky, metendo a mão em meu peito, fazendo-me girar nos calcanhares. — Papo. *Furado*.
— Ele se vira para Martha, sorrindo intranquilo. — Não se preocupe, querida. Eu fiz *tudo* que aquelas pessoas pediram. Tudo.

Há um estrondo atrás de nós e todos se viram: é o teto do Steeplegate Mall, do outro lado do estacionamento, arriando com uma série de estalos em estilhaço. McConnell se curva na buzina e eu giro e grito, "Estou indo, já vou", e estendo o braço para Martha de novo, abro minha mão para ela.

— Martha.

— Não — diz Rocky. — Eles estão vindo. Eles virão, merda. Temos um contrato.

Um contrato. É isto que ele tem e vai contar com ele.

Não adianta sacudi-los. Nem fazê-los ver a razão, porque agora, neste ritmo, isto *é* a razão. Isto é o que resta da razão. E o helicóptero veio para Nico, é bem verdade, isso aconteceu, e talvez Jesus Man de fato tenha ido para Jesus, e talvez *este* comboio seja diferente daquele que não apareceu para o Sargento Trovão: talvez esteja na estrada, talvez seja trapaça, talvez não seja. Nada — nada —, nada é garantido, nada é certo.

— Fique — digo a Rocky. — Mas deixe Martha ir.

Ele meneia a cabeça, começa a falar, mas Martha o interrompe, de repente composta, calma, clara como a luz do dia:

— Ir? — diz ela. — Ir *para onde*?

Isso eu não posso responder. A mulher está esperando em um estacionamento em chamas por uma fila imaginária de carros e não tenho melhor opção para ela. A casa de policiais de McConnell no interior não é minha, não posso oferecer. Minha própria casa foi despojada do piso às vigas do teto. O mundo perde lugares seguros.

— Obrigada, Henry — diz Martha Milano, curva-se e me dá um beijo suave, deixando o mais leve vestígio de brilho labial em meu rosto. Levanto a mão para tocar o local com dois dedos. Ela já se foi, agarrando-se ao braço sólido do pai, que a leva de volta para esperar o dia do Juízo Final.

— Desculpe, McConnell — digo, enquanto mergulho de volta para dentro do Impala. — Vamos embora.

EPÍLOGO

Domingo, 12 de agosto

Ascensão Reta 19 03 39,1
Declinação -68 41 32
Elongação 122,0
Delta 0,677 UA

Todos ouvimos ao mesmo tempo. É o meio da noite e a casa ganha vida, policiais saindo da cama ou pulando de colchões, metendo armas no cós das calças de moletom; policiais metendo a cabeça para dentro dos quartos apinhados de crianças, sussurrando "fiquem onde estão, meninos" e "vai ficar tudo bem"; policiais saindo para dar apoio aos policiais Melwyn e Kelly, que estão de serviço na varanda esta noite e portanto são os oficiais de comando na cena, por nossas regras combinadas de combate.

— Três estrondos agudos — grita o policial Melwyn, segurando a Beretta contra o peito, dirigindo-se ao grupo. — Na propriedade ou pouco depois do limite.

— Precisamos de uma equipe para o gramado sul — diz o policial Kelly, todos concordando com a cabeça, de armas na mão. Estou agora portando uma SIG Sauer, o revólver que costumava carregar em patrulha. Estamos formando grupos, preparando-nos para agir, quando todos ouvimos o barulho de novo: um estrondo, como de metal em metal, e todos ficam petrificados.

— É um urso — diz a policial McConnell.

— O quê? — cochicha Melwyn.

— Olhe. Urso.

Todos olhamos, nosso grupo, um grupo de policiais numa varanda na floresta ocidental de Massachusetts às duas, talvez três da madrugada, cheios de adrenalina e olhando fixamente a imensa figura desajeitada de um urso-pardo batendo na porta do galpão. É um de nossos vários anexos e abriga blocos de gelo, barris de açúcar-mascavo, sal e aveia seca, caixas cheias de comprimidos de iodo e alvejante, depósitos de munição e alguns quilos de explosivos. Por um segundo, todos ficamos petrificados, assombrados com a majestade corpulenta do urso. Ele desiste do galpão trancado a cadeado e pula pelo gramado, voltando peludo para a mata circundante.

— Lindo — sussurra McConnell.

— É — digo.

— Devíamos atirar nele — diz Capshaw.

Ninguém protesta. O policial Capshaw desce da varanda, um homem parrudo com uma cabeça de lua e couro cabeludo felpudo. Aponta um rifle ao luar e derruba o urso com dois tiros rápidos, *pop, pop*.

Voluntários são solicitados para esfolar e curtir a pele do urso, o resto de nós volta para a cama.

* * *

O que as crianças decidiram, depois de muito debate e discussões, foi que a grande casa de campo, um celeiro convertido em Furman, quase na divisa com o estado de Nova York, deveria se chamar simplesmente Casa da Polícia. Algumas crianças mais novas passaram a tarde toda escondidas na área do celeiro projetada para arte e artesanato pintando uma complexa placa para a Casa da Polícia, com distintivos dourados, arco-íris, símbolos da paz e estrelas prateadas cintilantes. Entre os adultos, houve um debate intenso, para grande consternação das crianças, sobre a sensatez de pendurar uma placa colorida acima dos beirais do que, afinal, é um esconderijo. Eu estava entre os mais céticos. Trish, porém, assumiu o lado das crianças:

— Até parece que somos imperceptíveis, não é?

Éramos 19 adultos e 13 crianças no total: todos policiais, cônjuges de policiais e filhos de policiais, além de três integrantes da equipe de apoio, inclusive Rod Duncan, o melancólico, mas amado ex-presidiário que serviu como zelador do Departamento de Polícia por 29 anos. A idade das crianças ia de quatro aos 15.

Houdini não é o único animal de estimação: são dois gatos, um coelho e um peixe dourado no aquário que foi transportado com muito esforço pelos gêmeos de nove anos do policial Rogers, equilibrado no colo por 390 quilômetros a 150 por hora. Também há um enorme sheepdog de nome Alexander, propriedade de uma patrulheira chamada Rhonda Carstairs. Alexander é uma criatura velha e bamboleante com olhos marejados e uma expressão desnorteada que segue meu cachorro por aí como um ajudante de ordens, embora tenha dez vezes o tamanho de Houdini.

Apesar do tamanho da casa e de seus anexos auxiliares, o espaço para dormir é limitado e a certa altura a policial McConnell e eu tomamos a decisão mútua, com muito pouca discussão, de dividir uma cama. Pergunto-lhe se ela achava importante ter uma conversa com Kelli e Robbie sobre isso, talvez dar alguma explicação delicada sobre a mudança, mas a policial McConnell diz não.

— Eles gostam de você — diz ela. — Eles estão felizes.

— Você está feliz? — digo.

— Ora essa, que merda. — Ela se encosta no meu tronco. — Com a felicidade que posso ter. Como está o braço?

— Posso senti-lo. Quando o futuco, ele dói.

— Então pare de futucar.

Isto foi numa manhã de sábado, no último sábado — estávamos na varanda, vendo Kelli e outras duas crianças em um desfile improvisado, com Houdini latindo ao lado como a proteção do serviço secreto, Alexander bamboleando atrás.

* * *

O policial Capshaw e eu somos os guardas de serviço e ele está na mata, pouco além dos limites da propriedade, urinando em uma árvore, quando um veículo lento aparece ao longe, uma luz fraca flutuando a mais ou menos cem metros pela pista estreita de acesso à casa.

Levanto-me. Houdini se levanta também, o rabo em um ângulo agudo, o focinho apontado para a estrada, para o estranho barulho que agora ouvimos: o inconfundível clip-clop de cascos batendo na estrada.

Houdini late.

— Eu sei — digo. — Eu sei.

É um cavalo e uma carruagem, aparecendo do escuro como se saíssem das páginas de um conto de fadas, chocalhando pela estrada rural de cascalho na direção da casa. Empoleirado no banco está Cortez, sorridente, de cartola, segurando com um requinte cômico as rédeas de uma égua sarapintada.

— Ah, olá — diz ele, puxa as rédeas da égua e toca o chapéu. Tem o cabelo num rabo de cavalo frouxo, como Thomas Jefferson.

Mantenho a arma erguida.

— Como você me encontrou aqui?

— Não quer saber como consegui a carruagem e o cavalo?

— Quero saber como me encontrou.

— Tudo bem. — Cortez desce da carruagem e joga a cartola na varanda, como se morasse ali o tempo todo e estivesse muito feliz por chegar em casa. — Mas a história do cavalo é melhor.

— Mantenha as mãos onde eu possa vê-las, por favor.

Ele suspira e obedece, e eu pergunto de novo pela história. Por acaso havia um jovem policial chamado Martin Porter que fazia parte do plano original da casa Furman, mas saiu quando conheceu uma garota em Concord que queria ir para Atlantic City, porque ouviu falar de uma festa de contagem regressiva que aconteceria lá. Cortez conhecia Porter porque este tinha um monte de metanfetamina que pegara na sala de provas antes de ser lacrada e Cortez estivera vendendo para ele, dividindo o lucro meio a meio, a uns viciados de praia no Seacoast.

— Mas então, na semana passada, Ellen e eu tivemos uma pequena desavença.

Cortez agita a mão esquerda e vejo na luz fraca de nossas tochas externas que a ponta de seu indicador foi decepada.

— E ela conseguiu a custódia de nosso Office Depot. Porter me fala desse esconderijo doido na floresta, só para policiais! E eu pensei: ei, eu conheço um policial.

Estou tentando formular uma reação para alguma parte dessa história quando Capshaw volta teatralmente, irrompendo da mata com a arma apontada para Cortez.

— Mãos pra cima! — berra ele.

— Minhas mãos já estão pra cima.

— Que merda é você?

— Está tudo bem, Capshaw — digo. — Eu conheço.

— Não perguntei se você o conhece, eu perguntei quem é ele?

Capshaw está agitado, pronto para fazer uma prisão, construir uma cadeia e jogar esse cara dentro. Tem a cara vermelha, os olhos coléricos, a testa franzida abaixo do boné. A camiseta diz Señor Frog's Spring Break Fiesta Cancun 1997.

— Aí, sabe o que você devia fazer? — diz Cortez, mansamente. — Uma busca na carruagem.

Capshaw olha para mim e dou de ombros. Ele faz isso, desce os degraus da varanda e começa a vasculhar a carruagem enquanto a égua estremece e balança a cabeça no escuro. Mantenho a SIG Sauer apontada para Cortez, que se recosta no corrimão da escada da varanda, ainda de mãos erguidas, despreocupado, cantarolando. "Golden Years." David Bowie.

— Roupas. Objetos pessoais — conta Capshaw, fechando o zíper de uma pequena nécessaire preta e jogando na terra.

— Tem comprimidos de Ecstasy aí também — diz Cortez, para mim, confidencialmente. — Ele deixou passar os comprimidos de Ecstasy.

— Óleo de cozinha — diz Capshaw, retirando dois tambores grandes de plástico. — Uma caixa cheia de revistas.
— A maior parte é pornografia.
— Facas — diz Capshaw. — Mais facas.
Cortez me olha, dá uma piscadela.
— Ele vai achar num segundo. Não se preocupe.
E então eu ouço, um farfalhar denso como moedas num copo de cassino. Ou grãos. Meu Deus. Grãos caindo um por cima do outro em um pacote laminado. Meu coração fica preso na garganta e Cortez sorri. Capshaw levanta a cabeça maravilhado, joga o saco de um lado a outro das mãos, sentindo seu peso como se resgatasse um tesouro de pirata.
— Grãos de café — diz ele boquiaberto para Cortez, que baixa as mãos.
— Muitas centenas de quilos. Quer saber onde arrumei? É uma história ótima.

* * *

Na maior parte dos dias, à medida que nos aproximamos do fim, fico satisfeito em apenas existir, esperar, desfrutar da companhia de McConnell e dos outros, desempenhar conscienciosamente a parte das tarefas que me cabe. E em geral tenho sucesso em meus esforços de manter a mente concentrada no presente imediato, em qualquer acontecimento ou exigência que apareça — sem ir muito além no futuro, nem muito além no passado.

Costumamos acordar cedo, McConnell e eu, e agora é de manhã, estamos tomando café na cozinha e olhando pela janela o gramado, os galpões, depois a extensão arborizada do mundo. Os primórdios do outono no oeste de Massachusetts, as folhas verdes dourando nas pontas. Trish está do outro lado da mesa, falando-me de uma conversa irritante que teve na noite passada com o policial Michelson.

— É sério, eu estava a ponto de estrangular o sujeito — diz ela. — Porque basicamente o que ele está dizendo é que a essa altura, se a coisa *não* bater... se houver algum lance de última hora, sabe, alguma hipótese maluca, tipo eles explodirem o troço, ou desviarem, ou o povo religioso rezar para que ele saia do céu... Michelson diz que talvez isto seja *pior*, a essa altura. Sabe como ele é, ele sorri torto, então a gente não sabe se ele fala sério ou não, mas ele fala, a essa altura, imagine voltar tudo. Depois de tudo fodido, imagine recomeçar? E eu só disse: "Cara, qualquer coisa é melhor do que a morte. *Qualquer coisa.*"

— É — digo —, é claro — e estou assentindo, tentando prestar atenção, mas no momento em que Trish disse a palavra *desviarem*, minha mente explodiu de pensamentos em Nico: lembranças de minha irmã desaparecida repentinamente tomam toda minha cabeça, como invasores atravessando uma fronteira. Ela tem quatro anos e caiu da bicicleta; tem seis e olha confusa a multidão durante os enterros; tem dez, está embriagada e digo a ela que nunca a abandonarei. O helicóptero desce para me pegar no blocausse em Fort Riley e Nico aperta uma massa de tecido branco na mixórdia que é meu braço, diz-me que vai ficar tudo bem.

— Hank?
— Hein? — digo, piscando.
— Você está bem?

Nos cinco minutos de conversa, conto toda a história a Trish. Sobre a Next Time Around, sobre Jordan, a loura e o computador, sobre o helicóptero. Ela pede, então dou os detalhes de que me recordo sobre o plano em si: a explosão nuclear próxima do asteroide e a "back-reaction"; uma alteração suficiente na velocidade com um mínimo de massa ejetada; o cientista secreto mofando na prisão militar.

— Jesus Cristo do céu — diz Trish.

— Eu sei. — Meu café está frio. Levanto-me para completá-lo.

— Se o governo está tão decidido em evitar que isto aconteça, por que não matou o cientista?

— Ah, olha — digo. — Ótima pergunta. Essa eu nem mesmo fiz.

— Escute, não pode ficar se punindo por isso — diz Trish em voz baixa. — Se ela teve de ir, teve de ir. — Ela encontrou Nico algumas vezes com o passar dos anos — em festas de policiais, na central de polícia, em minha casa uma ou duas vezes.

— Ir para onde? — diz Kelli, entrando com sua camisola da Bela Adormecida.

— A lugar nenhum, meu bem.

Kelli está de mãos dadas com o irmão e ela abre a despensa para pegar bolinhos para os dois. A Casa da Polícia segue uma política rigorosa de "as crianças podem comer sempre que quiserem".

— Você devia ir procurá-la.

Não tínhamos visto Cortez entrar. Ele está parado à porta, tem a expressão séria, o que é incomum.

— Por quê? — diz McConnell, olhando para ele. Eles ainda precisam se entender, esses dois.

— Ela é irmã dele — diz Cortez. — Posso comer um desses, por favor?

Kelli entrega a ele um bolinho e ele o desembrulha enquanto fala.

— Ela é da família. Ela importa para ele. Olha só o cara. Tudo está diferente. O asteroide vai se chocar daqui a um mês e meio. E se ela estiver com problemas? E se precisar de ajuda?

Cortez me examina enquanto dá uma dentada no bolinho. McConnell também me olha, a mão em meu braço, eu observo o vapor subir de minha caneca.

É, estou pensando. *E se estiver?*

Agradecimentos

Ao Dr. Timothy Spahr, diretor do Minor Planet Center, no Centro de Astrofísica Harvard-Smithsonian; ao policial Joseph Wright e a todos do Departamento de Polícia de Concord, em New Hampshire; a Andrew Winters.

A minha família na Quirk Books: Jason, Nicole, Eric, Doogie, Mary Ellen, Jane, Dave, Brett e — é sério — a todos os outros que eles têm por lá.

A minha família em minha casa: Diana, Rosalie, Ike e Milly.

A minha agente, Joelle Delbourgo.

A gente inteligente: o escritor de negócios e economia Eduardo Porter; Mitch Renkow, professor de agricultura e economia de recursos na Universidade Estadual da Carolina do Norte; Christopher Rudolph, da Escola de Serviço Internacional da American University; Joe Loughmiller, da Indiana American Water; Dra. Zara Cooper; Dra. Nora Osman; Dr. Gerardo Gomez e seus colegas do Wishard Hospital, em Indianápolis; Dani Sher, médica assistente, e seus colegas do Mount Sinai Hospital em Chicago; tenente-coronel Eric Stewart dos Boinas Verdes; ao pessoal da Snipercraft, Inc., Sebring, Flórida.

Aos primeiros leitores: Kevin Maher, Laura Gutin, Erik Jackson e especialmente a Nick Tamarkin, meu detetive Culverson pessoal.

Aos colegas, alunos e amigos da Universidade de Butler, Indianápolis.

Aos colegas, alunos e amigos da Grub Street, Boston

E um agradecimento especial a todos que responderam com um artigo "O que você faria?" em TheLastPoliceman. com. Não parem.

O QUE VOCÊ FARIA...
... com apenas 77 dias até o fim do mundo?

O escritor Ben H. Winters fez esta pergunta a uma variedade de escritores, artistas e figuras notáveis.

Visite QuirkBooks.com/TheLastPoliceman para:

- Ler suas respostas
- Dar suas próprias respostas
- Ver o trailer do livro
- Ler uma entrevista com Ben H. Winters
- Descobrir a ciência por trás da ficção científica

E muito mais!

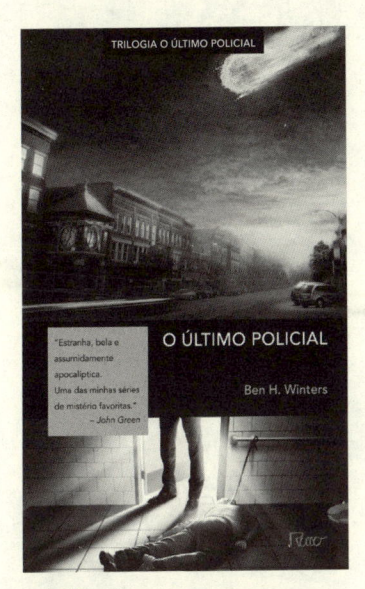

O ÚLTIMO POLICIAL
Livro 1

Qual o sentido em se investigar um assassinato se em breve todos irão morrer?

Apenas a seis meses do impacto do asteroide 2011GV1, o detetive Hank Palace tenta juntar as peças do estranho quebra-cabeça que envolve a morte de Peter Zell, recusando-se a aceitar que se trata apenas de mais um entre os inúmeros casos de suicídio que tomam o país. Ao mesmo tempo, Palace precisa localizar o marido de sua irmã e evitar se envolver com uma das principais suspeitas do crime. Livro ganhador do Edgar Award, uma das maiores premiações dedicadas ao gênero policial.

Este livro foi impresso na Intergraf Ind. Gráfica Eireli.
Rua André Rosa Coppini, 90 – São Bernardo do Campo – SP
para a Editora Rocco Ltda.